Cory Taylor

Mr. Booker und ich

Cory Taylor

Mr. Booker und ich

Roman

Aus dem australischen Englisch
von Sabine Roth

List

Die Originalausgabe erschien 2011
unter dem Titel »Me and Mr. Booker«
bei Text Publishing, Melbourne.

Zitiert wurde aus:
S. 90 (MS): T.S. Eliot, Sweeney Agonistes, dt. von Erich Fried, *Die Dramen*, Suhrkamp 1974; S. 92: Samuel Beckett, *Warten auf Godot*, dt. von Elmar Tophoven, Suhrkamp 1971; S. 96: Lewis Carroll, *Alice hinter den Spiegeln*, dt. von Christian Enzensberger, Insel 1974; S. 187: T.S. Eliot, *Vier Quartette*, dt. von Norbert Hummel, Suhrkamp 2015; S. 195: Philip Larkin, This Be the Verse, aus *High Windows*, 1974, dt. von Sabine Roth.

MIX
Papier aus verantwortungsvollen Quellen
FSC® C014496

List ist ein Verlag
der Ullstein Buchverlage GmbH

ISBN 978-3-471-35164-2

Gesetzt aus der Berling
bei Pinkuin Satz und Datentechnik, Berlin
Druck und Bindearbeiten: GGP Media GmbH, Pößneck
Printed in Germany

Für Ev

»Erst lieben wir den Ort, den wir hassen,
dann hassen wir den Ort, den wir lieben.«

Terence Davies

Die Seele der Party

Zu der ganzen Geschichte kam es nur deshalb, weil ich bereit dafür war. Vielleicht nicht konkret dafür, aber für etwas in der Art. Es liegt jetzt eine Weile zurück, aber meine Devise war damals, dass ein Mädchen schlicht eine Frau ohne Erfahrung ist. Ich weiß, was Mr. Booker zum Thema Erfahrung sagen würde. Er würde sagen, wenn bei den Schiffschaukeln nichts läuft, brummt's bei den Karussells umso mehr.

Da war zunächst die Altersfrage. Ich war sechzehn, als ich Mr. Booker kennenlernte, was je nach Person jung oder alt sein kann. In meinem Fall war es alt. Ich fühlte mich schon alt, seit ich zehn war, also grob geschätzt seit der Zeit, als meine Eltern zu dem Schluss gekommen waren, dass sie ihr Leben in den Sand gesetzt hatten. Das wusste ich, weil sie es jedem erzählten, der es hören wollte, mich eingeschlossen. Ihre Enttäuschung gehört zu den Dingen, die sie mir beide gemeinsam vererbt haben, wie auch ihr welliges Haar und die Tischmanieren. Im Speziellen, so glaube ich, verdanke ich es Victor, dass ich meine Erwartungen so früh herunterzuschrauben lernte.

Auf den ersten Blick wirkte mein Vater noch ganz annehmbar, zwar aufgeblasen und verbohrt, aber das sind viele Männer und kommen damit durch. Es gibt Schlimmeres als Verbohrtheit und Aufgeblasenheit. Sogar ich fand ihn halbwegs annehmbar, bis ich alt genug wurde, um ihn zu durchschauen. Ab da sah ich Victor als das, was er war: pures Gift. Wenn man das einmal kapiert hatte, hielt man sich nach Möglichkeit fern von ihm. Einen tollwütigen Hund streichelt man schließlich auch nicht, wenn man nicht lebensmüde ist.

Dann war da die Frage meines Aussehens. Die Leute reagierten auf mich, das stellte ich schon seit einiger Zeit fest. Ich war nicht hübsch, dazu war ich zu melancholisch und blass, an meinem Gesicht konnte es also nicht liegen. Aber etwas an mir brachte die Leute – und mit Leuten meine ich eigentlich die Männer, die mit den Freundinnen meiner Mutter verheiratet waren – dazu, mir nachzuschauen. Das hatte mit meinem Bereitsein zu tun, meinem Warten. Ich wusste es schon, ehe sie es wussten, und deshalb mochten sie mich und küssten mich zur Begrüßung auf die Wange. Diejenigen, die Kinder hatten, fanden es auch gut, wenn ich bei ihnen babysittete, weil sie mich dann anschließend heimfahren konnten. Mich störte das nicht. Es waren nette Männer. Sie redeten mit mir wie mit einer Freundin, und keiner wurde zudringlich, bis auf den Gitarrenlehrer, der Italiener war, also hörte ich auf, seine Kinder zu hüten, und hängte die Gitarrenstunden an den Nagel.

Meine Schulnoten waren so lala. Es gab nur ein Fach, das mir wirklich Spaß machte, und das war Französisch. Für Jessica, meine Mutter, stand bereits fest, dass ich nach der Schule studieren und Lehrerin werden würde wie sie, aber das hatte ich nicht vor. Der einzige Grund, warum ich Französisch mochte, war, dass wir Mr. Jolly als Lehrer hatten und es mir vollkommen gereicht hätte, bis an mein Lebensende nur Mr. Jolly anzustarren und ihm zuzuhören, wie er französische Vokabeln vorlas. Aber das sagte ich meiner Mutter nicht. Ich sagte ihr, dass ich warten und erst einmal meine Optionen ausloten wollte, bevor ich eine Entscheidung über meine Zukunft traf.

»Du kannst alles schaffen, was du nur willst«, sagte meine Mutter. »Vorausgesetzt, du klemmst dich richtig dahinter.«

Was eine reichlich seltsame Aussage aus ihrem Mund war, denn sie hatte es als Einziges geschafft, ihre besten Jahre an einen hoffnungslosen Fall wie Victor zu verschwenden. Nicht dass ich ihr das hätte sagen müssen – sie wusste es selbst am besten. Das war das Problem bei meiner Mutter. Sie redete sich ein, sie könnte mich davor bewahren, die gleichen Fehler wie sie zu machen, aber im Grunde ihres Herzens glaubte sie an Vorbestimmung, an Schicksal.

Deshalb würgte ich sie auch meistens sehr schnell ab, wenn sie davon anfing, wie viel Potenzial ich doch hätte, denn das klang immer so, als würde ich absichtlich hinter meinen Möglichkeiten zurückbleiben, und das stimmte nicht. Wie schon gesagt, ich wartete; ich war bereit.

Ich träumte außerdem davon, von daheim wegzugehen, aber das sagte ich ihr erst recht nicht, weil es sie nur noch trauriger gemacht hätte. Meine Mutter war an einem ziemlichen Tiefpunkt, und sie wollte nicht allein sein. Das wusste ich, auch ohne dass sie es aussprach. Ich merkte es an der Art, wie sie manchmal schaute, als wäre sie ihr Leben lang nur von allen verlassen worden und ich würde die Nächste sein.

»Was täte ich bloß ohne dich?«, fragte sie.

Ich sagte ihr, dass diese Frage rein hypothetisch und darum sinnlos war. Aber sie stellte sie trotzdem immer wieder.

Ich glaube, das, was passierte, hatte auch eine Menge mit der Stadt zu tun, in der wir damals wohnten, die nichts Großstädtisches an sich hatte, aber auch nichts Ländliches.

Es war eine Art Niemandsland, ein Ort viele Meilen entfernt von allem, was zählte, von allem mit irgendeiner Art Eigengeruch. Und alle dort waren wie ich, alle wollten nur weg und etwas erleben, völlig egal was, selbst wenn das Scheitern quasi schon vorprogrammiert war.

Nur darum saß ich ja Ende dieses ersten Sommers statt in der Schule, wo ich hingehörte, im Five Ways Hotel in Sydney und wartete auf Mr. Booker.

Mr. Booker hatte mir versprochen, sich von seiner Frau zu trennen und zu mir nach Sydney zu kommen. Und so, wie er es sagte, glaubte ich ihm. Es war ein fiebrigheißer Februarabend, und er saß mit mir auf der dunklen Terrasse, die Hand an meinem nackten Arm.

»Lass uns einfach weglaufen«, sagte er. »Irgendwohin, wo uns keiner findet.« Und dann lachte er, nicht weil er es nicht ernst meinte, sondern weil er betrunken war. Das war ich auch. Ich nahm noch einen Schluck von seinem Whisky und spürte ein stechendes Gefühl hinter den Augen. Der Garten meiner Mutter verschwamm immer mehr.

Das ist auch so etwas, das ich erwähnen muss, nämlich dass alle, die wir in dieser Stadt kannten, zu viel tranken. Es war, als könnte keiner den Tag ohne Alkohol durchstehen.

Ich hatte die Bookers Anfang des Sommers kennengelernt, im November. Ich war frisch mit den Prüfungen fertig, und vor mir lag ein letztes, wenig verheißungsvolles Schuljahr. Sie kamen zu einer Party bei meiner Mutter. Mein Vater war da schon ausgezogen. Er wohnte in einer Art Motel am anderen Ende der Stadt. Wenn ich ihn besuchte, zeigte er mir regelmäßig sein Gewehr. Es lag in eine Decke gewickelt ganz hinten in seinem Kleiderschrank. Zum Karnickel-Schießen, sagte er, aber für mich klang das etwas arg schwammig. Ihm gefiel es ganz einfach, das Ding zu haben. Es bewies, dass er noch ein paar Überraschungen für die Menschheit bereithielt. Meine Mutter war überzeugt, dass er es irgendwann gegen sie richten würde.

»Verrückt genug ist er«, sagte sie.

Wobei er ihr noch nie ernstlich etwas getan hatte, außer das eine Mal, als ihr Arm gebrochen war und mein Bruder Eddie sie ins Krankenhaus fahren und dort zwei Stunden warten musste, während sie geröntgt wurde. Es sei ein Unfall gewesen, hatte sie behauptet, und mein Bruder hatte es ihr geglaubt. Sie sei ausgerutscht und mit dem Arm gegen die Schreibtischkante geschlagen, sagte sie.

Eddie ging danach nach Neuguinea. Soweit ich weiß, arbeitete er auf einer Bohrinsel. Meine Mutter schrieb ihm jede Woche, aber er schrieb nie zurück.

Ich habe mich oft gefragt, was meine Mutter in Victor gesehen haben mag, zu Anfang, bevor Eddie und ich kamen. Gut, damals war er um einiges dünner. Sie hatte ein Foto von ihm aus der Zeit kurz nach ihrer Hochzeit, auf dem er in Anzug und Krawatte an einer Straßenecke stand und mit einem schlauen Lächeln in die Kamera blickte. Er sah gut aus auf dem Bild, auf so eine schmale, hohlwangige Art. Ich nahm das Foto immer wieder aus dem Album und studierte es. Schwer zu glauben, dass Victor und der Mann von der Fotografie ein und derselbe Mensch sein sollten. Welcher war der echte: der dünne Mann oder der aufgeschwemmte – der lächelnde Jüngling oder der mittelalte Choleriker? Meine Mutter muss das gleiche Problem gehabt haben. Sie hatte sich in den einen verliebt, nur um dann festzustellen, dass er in Wahrheit ein völlig anderer war.

»Er war ganz in Ordnung, bis Eddie kam«, meinte sie einmal zu mir. »Danach bekam er es mit der Panik.«

Meine Mutter brauchte ihre Partys fast so sehr wie die Luft zum Atmen. Sie halfen ihr, die Wochenenden zu überstehen, denn andernfalls dehnte sich die Zeit jeden Freitagabend vor ihr aus wie eine staubige Straße, die nie jemand entlangkommt. Meine Mutter war ein Mädchen vom Land, aus einer Gegend ohne Bäume und ohne Nachbarn, und hatte ihre Jugend hindurch nach Gesellschaft gelechzt wie ein Verdurstender nach einem Schluck Wasser.

Sie hatte außerdem starken Nachholbedarf, da mein Vater ihr jahrelang den Kontakt zu Leuten vermiest hatte, die er nicht mochte. Victor hatte sie viele Freundschaften gekostet. Jetzt ließ sie die Woche über alle wissen, dass es am Samstag Abendessen oder am Sonntag Mittagessen bei uns geben würde, zu dem jeder mitbringen konnte, wen er wollte. Auf diese Weise kamen immer neue Leute zu uns, die wir vorher noch nie gesehen hatten, Leute wie die Bookers.

Die Bookers kamen, weil Mrs. Booker zusammen mit Mums Freundin Hilary beim Metzger um deutsche Würste angestanden hatte. Hilary war aus Schottland und konnte deshalb, sagte sie uns, ein Lied davon singen, wie sich das anfühlte, in einem Land neu Fuß fassen zu müssen, wo man keinen Menschen kannte. Ihr Problemsohn Philip ging in die gleiche Jahrgangsstufe wie ich.

»Ich habe sie mitgebracht, damit sie das hiesige Brauchtum kennenlernen«, erklärte sie meiner Mutter.

Meine Mutter forderte die Bookers auf, hereinzukommen und sich mit allen bekannt zu machen.

»Drink gefällig?«, fragte sie und führte sie in die Küche, wo ich die Flaschen samt Eiswürfeln und Gläsern auf der Arbeitsplatte aufgereiht hatte, damit jeder sich bedienen konnte.

»Eine Frau nach meinem Herzen«, sagte Mr. Booker,

woraufhin sie strahlte, seinen Arm nahm und wissen wollte, wo er und Mrs. Booker sich bisher versteckt hatten.

»Wir waren uns nicht sicher, ob die Eingeborenen friedlich gesinnt sind«, sagte Mr. Booker.

»Nicht alle«, sagte meine Mutter. »Aber hier sind Sie unter Freunden.«

Als sie zurück ins Wohnzimmer kamen, sah ich Mr. Booker zum ersten Mal richtig. Er war ganz in Weiß gekleidet, mit einem roten Einstecktuch in der Brusttasche seines Jacketts. Er zog es heraus, um sich den Schweiß von der Stirn zu wischen, und mir fielen seine Hände auf, die trotz ihrer Größe etwas Feingliedriges hatten, und seine Augen, die schokoladenbraun waren und verträumt wie bei einem kleinen Jungen.

»Martha, meine Tochter«, stellte meine Mutter mich vor.

»Enchanté«, sagte Mr. Booker und sah mich auf die Art an, die ich schon gewohnt war.

Mr. Booker kam aus England, seine Frau ebenso. Sie stammten aus derselben Kleinstadt irgendwo an der Grenze zu Wales. Sie sprachen beide gleich. Sie sahen sogar gleich aus. Das gleiche schwarze, gelockte Haar, der gleiche leuchtende Teint, die gleiche Art, zu gehen und Zigaretten zu rauchen, als hätten sie sich von klein auf gegenseitig beobachtet und ihre Gesten aufeinander abgestimmt. Nichts an ihnen war unbeholfen. Besonders Mrs. Booker bewegte sich auf eine zurückgenommene, katzenhafte Art, die gleichsam eine Aufforderung zum Hinsehen war. Sie verbarg ihre Augen hinter getönten Brillengläsern, weil es ihr vollkommener Körper war, den man bewundern sollte. Sie hätten Bruder und Schwester sein können. Mr. Booker erklärte meiner Mutter, sie hätten England verlassen, um das Abenteuer zu suchen.

»England ist am Ende«, sagte er.

»Da ordnen sie nur noch die Liegestühle um«, sagte sie.

Sie übertönten einander, als versuchten sie um die Wette einen guten Eindruck zu machen.

»Na«, sagte Lorraine, eine andere Freundin meiner Mutter, auf ihre unverblümte amerikanische Art, »wenn ihr auf Abenteuer aus seid, dann seid ihr hier am richtigen Ort.« Alle lachten, weil unser Nest so verschlafen war. Ein Friedhof mit Beleuchtung, nannte Lorraine es immer.

Danach saß ich nur noch da und sah sie beide an. Es war, als wäre die Sonne hinter den Wolken hervorgekommen und brächte alles zum Glänzen. Eine solche Ausstrahlung hatten sie. Jetzt, wo ich sie kannte, tat es mir um all die Zeit leid, die ich sie noch nicht gekannt hatte.

Und Mr. Booker beobachtete mich; selbst wenn er scheinbar Mrs. Booker oder irgendjemand anders im Zimmer ansah, beobachtete er mich, und sooft ich etwas sagte, wandte er den Blick in meine Richtung und tat ganz erstaunt, dass ich noch da war. Und bei jeder Gelegenheit nahm er meinen Namen in den Mund.

»Ja, Martha? Ich bin ganz Ohr, Martha. Du hast meine volle Aufmerksamkeit, Martha.«

»Wollen Sie mich hochnehmen?«, fragte ich.

»Wie könnte ich, Martha«, sagte er. »Wofür hältst du mich?«

Später fuhr ich mit ihnen zum Laden, Bier- und Zigaretten-Nachschub holen. Sie hatten einen goldenen Datsun, zweisitzig mit Lederausstattung und einer Bank unterhalb der Heckscheibe, auf der ich quer saß, die Beine ausgestreckt, und ihren Geruch einatmete. Ich erzählte ihnen von meinen Eltern.

»Sie haben sich getrennt«, sagte ich. »Dadurch habe ich einen Knacks fürs Leben. Zumindest ist das meine Entschuldigung.«

»Wofür?«, fragte Mrs. Booker.

»Keine Ahnung«, sagte ich. »Bis jetzt ist es noch nicht passiert.«

Das fanden sie lustig. Sie warfen einander einen Blick zu und lächelten, und Mr. Booker sagte, er sei schon sehr gespannt, was es sein würde.

»Ich auch«, sagte ich.

Beim Laden wartete ich mit Mrs. Booker im Wagen, während Mr. Booker hineinging, um das Bier zu kaufen. Ich sagte ihr, dass ihr Parfüm sehr gut roch. Sie langte in ihre Handtasche, holte ein winziges Fläschchen heraus und schraubte es auf. Dann griff sie nach hinten und drehte mein Handgelenk mit der Innenseite nach oben, um mir einen Spritzer von dem Parfüm aufzutupfen, und sofort duftete das ganze Auto. Eigentlich eine Kleinigkeit, aber damals erfüllte es mich mit einem seltsamen Hochgefühl, als hätte Mrs. Booker bereits Pläne mit mir, deren nähere Natur sie selbst noch nicht kannte – als wären wir drei irgendwie füreinander bestimmt.

»Es ist französisch«, sagte sie, eine Fingerspitze an ihrer vergoldeten Brille. Die Gläser bedeckten ihr halbes Gesicht und färbten sich im Sonnenschein dunkler, was ihr etwas von einer Blinden gab.

»Was auch sonst«, sagte ich.

Als Mr. Booker zurückkam, stellte er das Bier in den Kofferraum und warf die Zigaretten zum Fenster herein. Mrs. Booker zündete sofort zwei an und gab eine Mr. Booker, und ein Weilchen saßen sie nur da und sogen Schwaden von Rauch in sich hinein, um ihn dann in Spiralen und Kringeln aus ihren Mündern strömen zu lassen wie Haarlocken. Mr. Booker beobachtete mich im Rückspiegel, schweigend, aber mit einem wohlwollenden Lächeln. Ich konnte sein Alter und auch das von Mrs. Booker schwer schätzen. Sie sahen jung aus, aber durch ihre förmliche Kleidung – er in seinem weißen Leinenanzug, sie in Seidenstrümpfen trotz der Sommerhitze – schienen sie einer vergangenen Zeit anzugehören, und das ließ sie alt wirken, so wie Schwarz-Weiß-Filme alt wirken, selbst wenn sie es nicht sind.

Mr. Booker sagte, er wolle nicht direkt zur Party zurück, weil dies eine gute Gelegenheit sei, sich von mir ein bisschen durch die Stadt lotsen und die Sehenswürdigkeiten zeigen zu lassen.

»Das wird nicht lang dauern«, sagte ich.

»Darf ich die Damen zu einer kleinen Spritztour einladen«, sagte er mit Schauspielerstimme. Ich wiederholte den Satz exakt in seinem Tonfall, nicht um ihn nachzuäffen, sondern weil das Englische aus seinem Mund so schön exotisch klang.

»Wohin?«, fragte Mrs. Booker.

Er antwortete nicht. Er reichte mir seine Zigarette nach hinten. Ich zog einmal daran und gab sie zurück.

»Oje«, sagte ich. »Jetzt habe ich sie ganz voller Spucke gemacht.«

»Sprach die Schauspielerin zum Bischof«, sagte er.

Das verstand ich nicht, tat aber so, als ob.

»Nicht anzüglich werden«, warnte Mrs. Booker und wollte ihrem Mann einen Klaps aufs Bein geben. Da musste ich lachen, weil er ihren Arm abfing und ihn einen Moment in der Luft festhielt.

»Fass mich nicht an, Weib«, sagte er. »Du weißt nicht, wo ich mich rumgetrieben habe.«

Eine Stunde lang kurvten wir durch den Ort. Sie fuhren mit mir an der Universität vorbei, wo Mr. Booker Filmgeschichte unterrichtete, und an der Schule, in der Mrs. Booker Lehrerin für die zweite Klasse war. Sie zeigten mir, wo sie wohnten, im vierten Stock eines Gebäudes, das wie ein Parkhaus aussah.

»Château Booker«, sagten sie und übertönten sich dabei wieder gegenseitig.

Ich zeigte ihnen das Motel, in dem mein Vater wohnte.

»Aber er fühlt sich anscheinend ganz wohl da«, sagte ich. »Mit Häusern hatte er's noch nie. Deshalb sind wir auch so oft umgezogen.«

Ich zählte sämtliche Wohnorte auf, an die ich mich noch erinnerte.

»Was hat er gegen Häuser?«, fragte Mr. Booker.

»Fragen Sie mich nicht«, sagte ich und erzählte ihnen von dem zusammengerollten Bettzeug, das er immer im Kofferraum liegen hatte, um jederzeit losfahren und im Busch schlafen zu können, wenn ihm danach war.

Ich zeigte ihnen den Wagen meines Vaters, der an seinem üblichen Platz geparkt war, einen pflaumenblauen Jaguar. Er hatte ihn gebraucht gekauft, von dem Geld, das ihm meine Mutter gegeben hatte, wenn er ihr dafür versprach, sie nie wieder anzubetteln.

»Er gibt gern Gas«, sagte ich.

»Hört, hört«, sagte Mr. Booker. »Ein Hoch auf die freie Fahrt.«

Zurück zur Party fuhren wir durch die Kiefernpflanzungen, die bis an unseren Vorort heranreichten. In der Nachmittagshitze verströmten die Bäume einen wachsigen Geruch, als würden sie schmelzen. Als wir über die Hügelkuppe kamen, schimmerten die Häuser ringsum wie Spiegelungen in einer Scheibe. Ich wollte wissen, ob es das in England auch gab, und sie sagten, nein, schon weil es in England nie so heiß wurde, jedenfalls nicht, seit sie denken konnten.

»Irgendwann möchte ich auch mal nach England«, sagte ich.

»Wozu das denn?«, fragte Mr. Booker.

»Um nach meinen Wurzeln zu suchen«, sagte ich.

»Wie bitte?«, sagte er mit einem Blick zu mir nach hinten, um zu sehen, ob das mein Ernst war.

Es stimmte nicht. Ich hatte keinen speziellen Grund, außer dass ich Bilder von England im Fernsehen gesehen hatte. Ich wollte einfach nur weg hier, wohin, war egal.

»England oder Amerika«, sagte ich. »Mir ist beides recht. Oder Paris.«

»Du musst dich schon entscheiden«, sagte Mr. Booker.

Ich sagte, dass er mich nicht drängen dürfe, und er wartete erst einen Moment, bevor er im Rückspiegel zu mir hinsah.

»Nicht im Traum«, sagte er.

Sie blieben noch zwei Stunden auf der Party, trinkend und tanzend. Ich hatte noch nie jemanden so gut tanzen sehen wie Mrs. Booker. Das lag an ihren Ballettstunden früher, erklärte sie mir, sie sei schon mit vier ins Ballett geschickt worden. Und dann, als alle anderen Freunde meiner Mutter aufgebrochen waren, meinten sie, langsam würde es für sie auch Zeit. Meine Mutter dankte ihnen für den Besuch und sagte ihnen, wie schön sie es mit ihnen gefunden habe.

»Kommen Sie bald wieder«, sagte sie. »Wann immer Sie Lust haben.« Nachdem sie den ganzen heißen Nachmittag durch Sekt getrunken hatte, sah sie aus, als müsste sie schleunigst ins Bett. Sie hatte zum Tanzen die Schuhe ausgezogen, und ihre Haare waren aus dem Paisleytuch gerutscht, mit dem sie sie aus dem Gesicht hielt.

»Danke«, sagte Mr. Booker.

»Es war ein ganz wunderbarer Tag«, sagte Mrs. Booker.

»Wir haben vor, Ihre Tochter zu rauben«, sagte Mr. Booker. »Wenn Sie nichts einzuwenden haben.«

Meine Mutter lachte und legte mir den Arm um die Schultern, wie um mich zu beschützen, überlegte es sich dann aber anders und gab mich frei. Sofort beugte sich

Mr. Booker vor, um mich auf die Backe zu küssen. »Du bist gewarnt«, flüsterte er mir so laut ins Ohr, dass alle es hören konnten.

Und dann gingen wir vier Arm in Arm die Einfahrt entlang bis zu ihrem Auto. Meine Mutter und ich winkten ihnen nach, als sie auf die Straße hinausbogen und wegfuhren.

»Was für reizende Leute«, sagte meine Mutter, nachdem sie um die Kurve verschwunden waren. Sie war glücklich, dass ihre Party so gut gelaufen war und so viele gekommen waren. Aus ihrer Sicht konnte man gar nicht genug Freunde haben. Je mehr, desto besser, fand sie.

Wie schon gesagt, mein Vater hatte die Freunde meiner Mutter nie leiden können. Für ihn waren es alles Blender. Und die Frauen hätten meine Mutter gegen ihn aufgehetzt.

»Als ob da jemand nachhelfen müsste«, sagte meine Mutter.

Später sagte mir Mr. Booker, ich hätte mich durch den Hut verraten, den ich an diesem Tag getragen hatte. Ich sagte, der Hut sei der von meinem Vater, den er immer beim Rasenmähen aufgehabt hatte, noch so eine Aufgabe, die nach seinem Abgang an mir hängen geblieben war. Ich hätte ihn nur aufgesetzt, um meine Haare zu verdecken, weil sie so furchtbar lang und zottlig geworden waren. Er habe noch meinen grünen Rock vor Augen, sagte er, und das Jungshemd mit den Druckknöpfen und die roten Plastiksandalen an meinen Füßen.

»Du hast wie eine minderjährige Nutte ausgesehen«, behauptete Mr. Booker.

»Du bist der Charme in Person«, sagte ich und bog mich nach hinten, um ihm die Eier zu lecken, so wie er es mochte.

Wahllose Küsse

In diesem Sommer unternahm ich viel mit den Bookers, weil es sonst nichts zu tun gab und ich keine Lust mehr hatte, zu Alice zu gehen. Alice war meine Freundin aus der Schule. Sie wohnte im Haus gegenüber, und früher war ich ständig bei ihr gewesen, um von daheim wegzukommen.

Das war, solange mein Vater noch da war. Nach seinem Auszug sagten Alice' Eltern mir, ich würde Alice zu sehr mit Beschlag belegen. Ich merkte ihnen an, dass sie sich fragten, wie meine Mutter zurechtkommen wollte, jetzt wo sie keinen Mann mehr hatte. Als ich ihnen sagte, dass meine Mutter heilfroh sei, keinen Mann mehr zu haben, sahen sie mich merkwürdig an, als ob ich eine unpassende Bemerkung gemacht hätte. Ab da ging ich nicht mehr zu ihnen, und ein paar Monate später schickten sie Alice in ein Internat auf dem Land.

Als sie in den Sommerferien zurückkam, hatten wir uns nichts mehr zu sagen. Teils, weil Alice inzwischen mit dem Exfreund ihrer Schwester ging, der so viel kiffte, dass er bei allen nur The Space Captain hieß, teils auch, weil sie mich dafür bemitleidete, dass meine Eltern getrennt waren und ich keinen Freund hatte. Ich hätte ihr gern gesagt, dass ich auf ihr Mitleid verzichten konnte, aber Alice hatte eine gehässige Ader, und ich war nicht scharf darauf, sie hervorzukitzeln.

Die Bookers gaben sich nicht aus Mitleid mit mir ab. Sie sehnten sich selbst nach Abwechslung. Und alle ihre sonstigen Bekannten hatten Kinder. Vielleicht dachten sie anfangs, sie täten ein gutes Werk, aber dann wurde etwas anderes daraus. Was genau, kann ich nicht sagen, aber wir spürten es alle fast augenblicklich.

In der Regel rief Mrs. Booker meine Mutter an und fragte sie, ob sie mich zum Mittagessen entführen dürften, und das durften sie natürlich. Meine Mutter mochte die Bookers. Ihr gefielen ihre Umgangsformen. Sie kamen mich nie abholen, ohne dass Mr. Booker ihr Blumen oder Pralinen mitbrachte und ihr die Hand küsste.

»Die Bookers haben Stil«, sagte sie.

Die Bookers schauten hochzufrieden, als sie das hörten.

»Wir wuchern mit unserem Pfund, so gut wir können«, sagte Mr. Booker.

Das stimmte. Sie legten sich enorm ins Zeug. Sie zogen sich noch für einen Pub-Besuch schick an, wodurch selbst ein Mittagessen ein besonderer Anlass schien.

Manchmal war es das auch. Einmal hatten sie Hochzeitstag, ihren elften. Sie hatten sich im Zug kennengelernt, als sie beide in Manchester studierten.

»Das Erste, was mir an ihr aufgefallen ist, waren ihre Beine«, sagte Mr. Booker.

»Werd nicht frech!«, sagte Mrs. Booker.

Sie sei vor ihm in den Zug gestiegen, sagte er, in einem Rock, den sie bis unter die Achseln hochgezogen hatte, und so lange Beine wie bei ihr habe er noch bei keiner Frau gesehen. »Es war Wollust auf den ersten Blick.«

»Drei Monate später haben wir geheiratet«, ergänzte Mrs. Booker. »Auf dem Standesamt.«

»Völlig schwanzgesteuert«, sagte Mr. Booker.

Mrs. Booker schlug ihn auf den Arm und befahl ihm, nicht so unflätig daherzureden.

»Ich nenne das Kind nur beim Namen«, sagte er. Dann bestellte er beim Ober die dritte Flasche Wein.

Eine Weile schwiegen wir alle, dann erzählte mir Mrs. Booker, dass sie sich jetzt doch nach einem Haus zum Kaufen umsahen, weil sie einen Garten wollten und eine Katze. Warum sie eigentlich keine Kinder hätten, fragte ich sie. Sie machten bedrückte Gesichter.

»Die lassen auf sich warten, leider«, sagte Mrs. Booker.

»Bis dahin adoptieren wir einfach dich«, verkündete Mr. Booker.

Es war etwas Bedrohliches an der Art, wie er mich dabei ansah. Es lag so viel Gewaltsamkeit und Trauer in seinem Blick, als wollte er jeden Moment den Tisch hochheben und durchs Fenster schleudern. Aber er wandte sich nur ab und starrte hinaus auf den See. Das Restaurant lag im obersten Stock eines Hotels mit Aussicht auf das silbrige Wasser und die Berge dahinter. Wir saßen schon über zwei Stunden hier oben.

»Wann soll ich einziehen?«, fragte ich.

Mrs. Booker lächelte mich mit feuchten Augen an.

»Deine Mutter könnte doch gar nicht ohne dich sein«, sagte sie.

Das Gefühl hatte ich bei meiner Mutter auch. Sie war eine starke Frau, aber nicht so stark, dass sie es daheim ausgehalten hätte, wenn nicht wenigstens einer von uns bei ihr lebte, und da Eddie weg war, blieb nur ich.

»Sie betet dich an«, sagte Mrs. Booker. »Du bist ihr ganzer Stolz.«

»Ewig kann ich sowieso nicht zu Hause wohnen bleiben«, sagte ich.

An diesem Punkt drehte sich Mr. Booker zu mir um und sagte, er sei bereit, meine Mutter mitzuadoptieren, wenn das die Sache leichter mache. Dann könnten wir alle eine große, glückliche Familie sein.

Der Ober kam und fragte, ob wir noch einen Wunsch hätten, und die Bookers sagten Nein und baten um die Rechnung und entschuldigten sich, dass wir die Letzten im Lokal waren.

»Ich hab mich nicht mehr so amüsiert, seit meine Oma ihre Titten in der Mangel eingeklemmt hatte«, erklärte Mr. Booker dem Ober.

»Freut mich zu hören«, sagte der Ober nur trocken, da er ja sah, wie betrunken die Bookers waren.

Mrs. Booker war so betrunken, dass sie Mr. Booker bitten musste, sie heim ins Bett zu fahren.

»Nichts lieber als das, mein Herzblatt«, sagte er und stützte sie, als wir in den Lift stiegen. Dort standen sie aneinandergelehnt wie zwei Spielkarten, den ganzen Weg bis hinunter zum Parkdeck.

Ihre Wohnung bestand nur aus zwei schachtelartigen Schlafzimmern, die von einem Flur abgingen, und einem Wohnzimmer mit niedriger Decke. Die Möbel gehörten nicht ihnen, sagten sie, und die meisten Sachen, die sie aus England mitgebracht hätten, steckten noch in ihren Kisten.

Ich setzte mich an den Esstisch und wartete, während Mr. Booker Mrs. Booker ins Bett half. Sie entschuldigte sich in einer Tour bei ihm. Ich hörte es durch die angelehnte Schlafzimmertür.

»Es tut mir so leid, Liebling. Ich bin zu nichts nütze. Ich bin völlig unbrauchbar.«

»Ach was, Dummerchen«, sagte er. »Leg dich hin und schlaf.«

»Gib mir einen Gutenachtkuss.«

Ich hörte ihn die Vorhänge zuziehen, und dann drang einen Augenblick kein Laut mehr zu mir bis auf die Autos, die unten auf der Straße vorbeifuhren. Ich stellte mich auf den Balkon und sah ihnen zu. Als Mr. Booker zu mir herauskam, legte er mir den Arm um die Taille, womit ich nicht gerechnet hatte, und wir standen zusammen da und betrachteten die Aussicht. Viel war nicht zu sehen, nur die Straße und der Parkplatz gegenüber und hinter dem Parkplatz das Einkaufszentrum. Das hier war die Stadtmitte, aber genauso gut hätte es ein x-beliebiger Vorort sein können.

»Wenigstens haben Sie hier alles gleich vor der Tür«, sagte ich. »Nicht meilenweit weg wie bei uns draußen.«

Er wandte sich mir zu, und es war etwas Abwesendes in seinem Blick, als hätte er völlig den Faden verloren. Ich wusste, dass er mich küssen würde, weil sein Arm mich näher an ihn heranzog und er sich vorbeugte, sodass sein Mund dicht an meinem war.

»Darf ich?«, sagte er. »Das habe ich mir schon den ganzen Tag gewünscht.«

»Was?«, fragte ich. Ich wollte mich nicht dumm stellen, mir fiel bloß nichts anderes ein.

Es war nicht mein erster Kuss. Ich hatte schon zwei Jungen aus meiner Schule geküsst, David Simmons und Luc Carriere, einfach um herauszufinden, wie sich das anfühlte, aber ihre Küsse hatten nichts gemeinsam mit dem Kuss von Mr. Booker. Mr. Bookers Kuss konnte einem Angst machen. Es fühlte sich an, als versuchte er mich im Ganzen zu verschlingen. Als ich keine Luft mehr bekam, schob ich ihn weg.

»Meinen Sie, das ist eine gute Idee?«, fragte ich. Ich hatte richtig weiche Knie von dem Sauerstoffmangel.

»Hast du eine bessere?«, fragte er zurück.

Auf der Fahrt wieder zu mir nach Hause drehte er das Radio laut, und wir ließen Dionne Warwick zu den Fenstern herausdröhnen. Er sagte, Motown hätte er schon gekannt, als er noch so grün hinter den Ohren war wie ich jetzt.

Als wir vor unserem Haus anhielten, stellte er den Motor ab. Ich wartete, während er eine Zigarette anzündete, und nahm sie ihm dann aus der Hand, sodass er sich eine neue anzünden musste.

»Und was machen wir jetzt?«, fragte ich. Ich war das Rauchen nicht gewohnt. Weder dieses schlagartige Flauheitsgefühl unterm Brustbein noch die Art, wie mir davon die Hände zitterten.

»So tun, als wäre nichts gewesen«, sagte er. Er lächelte. Ich konnte ihm ansehen, dass er noch vom Mittagessen her betrunken war. Deshalb war er auch so übervorsichtig gefahren. Er musste bei allem, was er tat, überlegen. Selbst die brennende Zigarette musste er erst einmal betrachten und überlegen, wozu sie gut war. Dann fiel es ihm wieder ein, und er machte ein kleines Glucksgeräusch hinten in der Kehle.

»Meinst du, das schaffst du?«, fragte er.

»Ich kann's versuchen«, sagte ich.

»Braves Mädchen«, sagte er. »*Chapeau!*«

Ich lachte.

»Was ist so lustig?«

»Nichts«, sagte ich. »Ich bin eben leicht zum Lachen zu bringen.«

»Das ist nicht zu übersehen.« Und er nahm meine Hand und verschränkte seine Finger mit meinen. Dann sagte er, ich solle hineingehen, bevor er sich zu einer Dummheit hinreißen ließ. Aber ich mochte mich nicht wegrühren, weil er ja meine Hand hielt und keine Anstalten machte, sie freizugeben.

Also saß ich neben ihm im Auto, rauchte meine Zigarette und sagte ihm, dass er besser nicht rumlaufen und wahllos Küsse verteilen sollte, denn damit würde er sich nur Ärger einhandeln.

»Meinst du?«, sagte er.

»Auszuschließen ist es jedenfalls nicht«, sagte ich.

Und darauf sagte er, dann würde er sich zusammenreißen, denn das Letzte, was er wolle, sei Ärger.

Ich sah zu, wie er den letzten Schluck aus dem Flachmann nahm, ohne den er nie aus dem Haus ging. Er schüttelte ihn und stellte ihn auf den Kopf, um den Rand abzulecken. Dann zeigte er mir, wie man perfekte Rauchringe blies. Sie trieben an mir vorbei und zum Fenster hinaus, wo sie sich in dem leichten Wind wellten und davonschlängelten.

»Haben Sie noch mehr Tricks auf Lager?«, fragte ich.

»Die gehen auf keine Kuhhaut«, sagte er.

Und danach sagte er gar nichts mehr, während die Sonne immer tiefer sank und das Wageninnere mit rosa Licht flutete.

Zu behaupten, ich wusste, was ich da tat, wäre schwer übertrieben. Ich hatte keine Ahnung. Ich wusste nur, dass es Mr. Booker froh machte, dass ich bei ihm im Auto sitzen blieb, und mir schien auch, dass er mit jeder Minute, die verstrich, noch froher wurde, weil das bedeutete, dass ich keine Angst vor ihm hatte, keine Angst vor irgendetwas, das er mit mir anstellen würde.

»Und wie soll das jetzt gehen?«, fragte er schließlich, während er seine Zigarette ausdrückte und den Stummel aus dem Fenster warf.

Ich sagte, ich hätte nicht den blassesten Schimmer.

»Dann sind wir schon zu zweit«, sagte er.

Die Teezeremonie

Ermutigt hatte ihn dazu ganz bestimmt niemand, trotzdem lud sich mein Vater seit Neuestem wieder bei meiner Mutter ein. Er steckte ihr Briefchen in den Postkasten: Er wolle dieses oder jenes Werkzeug abholen oder ein Buch oder irgendein Möbelstück, das angeblich seines war, und meine Mutter solle ihn anrufen, um eine Zeit auszumachen.

»Er ist eben einsam«, sagte meine Mutter.

»Das ist sein Problem«, sagte ich. Ich hasste meinen Vater inzwischen. Ich hasste ihn dafür, wie er meine Mutter behandelte – als wäre sie ein bisschen dumm. Er unterstellte immer noch, dass es ihr mit der Trennung vielleicht nicht ernst war, und das, nachdem er so lange mit allen Mitteln auf seinen Rausschmiss hingearbeitet hatte. Nicht, dass sie viel Kampfgeist gezeigt hätte.

»Wenn er nur jemand anders finden würde«, seufzte sie.

»So blöd muss erst mal eine sein«, sagte ich.

Schließlich ließ sie ihn zum Nachmittagstee kommen. Es war ein Sonntag. Lorraine war auch da. Sie wohnte bei uns, während sie sich darüber klar zu werden versuchte, ob sie ihren Freund Geoff heiraten wollte oder nicht. Lorraine war Englischlehrerin. Fast alle Freundinnen meiner Mutter waren Lehrerinnen, nur waren die meisten jünger als meine Mutter, denn ihre älteren Kolleginnen hatten alle Ehemänner und Familien, und meine Mutter hatte nur mich. Lorraine war erst fünfundzwanzig.

»Tanzen dir die kleinen Scheißer nicht ziemlich auf der Nase rum?«, fragte mein Vater. Wir saßen zusammen auf der Terrasse, und meine Mutter schenkte Tee ein und reichte Milch und Zucker herum.

»Nein«, sagte Lorraine. »Warum sollten sie? Lyrik ist ihr Lieblingsfach.«

Als mein Vater die Ironie einmal kapiert hatte, lachte er, dass wir seine vielen schiefen Zähne bewundern konnten. Er sah nicht sonderlich gut aus seit seinem Auszug. Er hatte stark zugenommen und sich die Haare zu lang wachsen lassen, und seine Haut war käsig, weil er so selten an die Luft ging. Ich fragte mich, was er den ganzen Tag machte. Arbeit hatte er meines Wissens keine. Zuletzt hatte er sich als Immobilienmakler versucht, aber nicht sehr erfolgreich. Anderen etwas zu verkaufen interessiere ihn einfach nicht, sagte er. Schon gar nicht Immobilien. Er brüstete sich vor Lorraine damit, nie dem Spießertraum vom Eigenheim hinterhergehechelt zu haben.

»Uns in diese spezielle Sackgasse hineinzumanövrieren habe ich meiner lieben Frau überlassen«, sagte er.

Meine Mutter lächelte schicksalsergeben. Sie hörte sich das nicht zum ersten Mal an. Alles, was er sagte, hatte er schon x-mal zu ihr gesagt oder, wenn sie gerade nicht greifbar war, zu mir. Er belehrte sie gern über Dinge, von denen er glaubte, sie sei zu blind, um sie selbst zu sehen.

»Wir können nicht alle im Motel leben«, sagte ich.

Er ignorierte mich und nippte an seinem Tee. Dann wandte er sich wieder Lorraine zu.

»Wobei ich natürlich auch nie in den Genuss einer höheren Bildung gekommen bin. Dadurch hatte ich es ein klein wenig schwerer als andere, die berühmt-berüchtigte Karriereleiter zu erklimmen.«

Lorraine wusste nicht recht, was sie antworten sollte. Im Zweifel war ihr ohnehin nicht ganz klar, wovon mein Vater redete, nur, dass es weniger ihr galt als meiner Mutter, die sich so weit wie möglich aus dem Gespräch heraushielt. Genau dafür hatte sie Lorraine ja dazugebeten: als Ablenkung, als Puffer.

»Es ist nie zu spät«, sagte Lorraine.

»Wofür?«, fragte mein Vater.

»Um sich fortzubilden.« Lorraine versuchte ihren Ton optimistisch zu halten. »Meine Mutter macht jetzt eine Ausbildung zur Zahntechnikerin.«

»Zur Zahntechnikerin?«, wiederholte mein Vater. »Klingt wie Spannung pur.« Er feixte herausfordernd, weil Lorraine gut aussehend und Amerikanerin war, und das reichte ihm als Grund, sie schwach anzureden, so als stellte ihre ganze Nation einen Affront gegen ihn dar.

»Das habe ich ihr auch gesagt«, sagte Lorraine. »Aber aus irgendeinem Grund hat sie ihr Herz daran gehängt.«

»Vielleicht will sie einfach mal wieder die Zähne irgendwo reinschlagen«, sagte mein Vater und wartete auf unser Gelächter. Als es ausblieb, wandte er sich verdrießlich an meine Mutter und kündigte ihr an, dass er sich aus dem Zimmer, das früher sein Arbeitszimmer gewesen war und in dem jetzt Lorraine schlief, zwei Stühle wiederholen wolle.

»Ab und an erhalte ich nämlich Besuch in meinem bescheidenen Domizil«, sagte er, »und dann kann ich ihm keinen Platz anbieten.«

»Nimm mit, was immer du möchtest«, sagte meine Mutter.

Er wirkte enttäuscht, als hätte er auf Widerstand oder sogar einen Streit gehofft. Er hatte sich immer darüber beschwert, dass meine Mutter zu schnell nachgab. Sogar mir kam er von Zeit zu Zeit damit, wie sehr er es bedauere, keine Frau mit etwas mehr Rückgrat geheiratet zu haben, die ihm auch mal Kontra gab und ihm eine Dosis von seiner eigenen Medizin verabreichte. Dazu sagte ich jedes Mal nur, manche Menschen wollten eben einfach in Frieden leben.

»Und du bist dir sicher, dass du die Stühle entbehren kannst?«, fragte er sie jetzt.

»Bombensicher«, sagte sie. »Ich helf dir auch beim Einladen.«

Worauf er erklärte, dass er ohne Auto da sei und gehofft habe, jemand könne ihn heimbringen. Meine Mutter sah mich an.

»Da kannst du gleich üben«, sagte sie. Dass ich ohne Führerschein eigentlich gar nicht ans Steuer durfte, störte sie nicht übermäßig, denn wie sollte ich sonst Fahrpraxis bekommen? Trotzdem war es ein Indiz dafür, wie viel Kraft Victor sie kostete. Sie musste sich nichts Zusätzliches suchen, weswegen sie sich Sorgen machen konnte.

Mein Vater wusste nichts mit sich anzufangen ohne meine Mutter. Erst hatte sie sich gewundert, dass er nach der Trennung in einer Stadt blieb, in die er aus freien Stücken nie gezogen wäre. Es sei allein ihre Schuld, warf er ihr vor, weil sie ihn hierher geschleppt habe, als er keine Stelle gehabt hatte, sie dagegen schon. Mir sagte er, für meine Mutter mit ihrer engstirnigen Kleinstadtmentalität sei dies genau der richtige Ort, aber er fühle sich hier wie in einem Gefängnis.

»Dann geh doch«, sagte ich. »Niemand hält dich.«

Er könne nicht von hier weggehen, sagte er, denn erstens wisse er nicht, wohin, und zweitens hätten meine Mutter und er noch ein paar Rechnungen offen und er würde den Teufel tun und das Feld räumen, ohne diverse Dinge klargestellt zu haben.

Ich sagte ihm, dass das meiner Meinung nach reine Zeitverschwendung war. »Wenn ich deine Meinung hören möchte, frage ich dich danach«, gab er zurück.

»Jetzt hast du endlich deine Chance, warum gehst du dann nicht?«, fragte ich ihn. »Du findest es hier doch so grauenvoll. Das hast du uns doch Tag und Nacht erzählt.«

»Ich bin milder geworden«, sagte er.

Ich fuhr auf den Parkplatz hinter seinem Motel. Der Jaguar stand an seinem üblichen Platz. Er sagte, das Getriebe mache neuerdings Zicken und er habe kein Geld, um es richten zu lassen.

»Ich überlege, ob ich deine Mutter um ein Almosen bitte«, sagte er, »aber da werde ich mich ja vermutlich hinter deinem Bruder und dir anstellen müssen.«

Ich antwortete nichts. Ich parkte das Auto, stieg aus und half ihm, die Stühle in sein Zimmer im zweiten Stock zu tragen. Es lag am Ende eines langen, nach Schimmel stinkenden Flurs. Die Mehrzahl der Zimmer in dem Motel wurde von Leuten wie meinem Vater bewohnt, die monatlich Miete zahlten und so lange bleiben durften, wie sie wollten. Es erinnerte mich an das Hostel, in dem mein Bruder in seiner ersten Zeit in Sydney gewohnt hatte. Es hatte die gleichen dünnwandigen Türen und schmalen Räume, wobei das Zimmer meines Vaters ein Eckzimmer war und deshalb mehr kostete. Darauf war er stolz, weil es ihm Status verlieh.

Er schloss die Tür auf und hielt sie für mich offen, während ich die Stühle ins Zimmer bugsierte.

»Wo willst du sie hinhaben?«, fragte ich.

»Beim Fenster«, sagte er.

Er räumte einen Fleck am Boden frei, indem er die Post einer ganzen Woche mit dem Fuß wegstieß.

»Ich habe der Putzfrau verboten, meine Papiere anzurühren«, sagte er.

Ich schaute auf das ungemachte Bett und den Haufen Schmutzwäsche auf dem Boden hinter der Tür.

»Oder sonst irgendetwas«, sagte ich.

»Haha«, sagte mein Vater. »Sehr witzig.«

Ob ich noch ein bisschen bleiben könne, fragte er, er habe da nämlich etwas, das er mir zeigen wolle, aber ich sagte, nein, ausgeschlossen, ich hätte noch Sachen zu erledigen.

»Was zum Beispiel?«, fragte er.

Ich sagte, dass ich ein Vorstellungsgespräch im Kino hätte, für einen Job während der Weihnachtsferien.

»Leg ein gutes Wort für mich ein«, sagte er.

Ich war mir nicht sicher, ob er es als Witz meinte.

»Ich glaube nicht, dass sie Leute in deinem Alter nehmen«, sagte ich.

»Wie alt muss man denn sein?«

»Sechzehn«, sagte ich.

»Ich könnte mich ja rasieren«, sagte er.

Er begleitete mich zurück zum Parkplatz, und bevor ich ins Auto stieg, umarmte er mich und tätschelte mir den Rücken, als ob ich ein Kind wäre oder ein gutmütiger Hund. Er roch vertraut, nach Schweiß und seinen ungewaschenen Sachen.

»Bis denne, Antenne«, sagte er, worauf ich fast zu heulen anfing, weil er es so voller Erwartung sagte und noch stehen blieb und mir nachwinkte, als ich rückwärts aus der Parklücke stieß und davonfuhr.

Als ich meiner Mutter von dem Gespräch berichtete, lachte sie auf die Weise, auf die sie immer lachte, wenn wir von meinem Vater redeten, so als wäre Lachen etwas, das ihr wehtat.

»Er wird mich nicht aus seinen Fängen lassen«, sagte sie. »Bis ans Ende seiner Tage nicht. Er wird das zu seinem Lebensinhalt machen.«

»Und wenn einfach *wir* von hier wegziehen?«, fragte ich hoffnungsvoll.

»Er würde uns folgen«, sagte sie. »Egal wo wir hingehen.«

Sie wusste, wovon sie sprach. Sie hatte meinen Vater zu verlassen versucht, als Eddie und ich klein waren, aber er war uns nachgefahren und hatte sie bestürmt, es sich anders zu überlegen, und weil er sehr überzeugend sein konnte, wenn er wollte, war sie wieder zu ihm zurückgezogen. Das war mehr als einmal so gegangen. Es war etwas, worauf meine Mutter mit Scham zurückblickte, als wäre mein Vater eine Sucht, von der sie nicht loskam.

»Wenn ich an all die Jahre denke, die ich mit Unglücklichsein vergeudet habe«, sagte sie, »könnte ich auf der Stelle losweinen.«

»Du bist einfach zu nett«, sagte ich.

»Mit Nettigkeit hat das nichts zu tun«, sagte sie. »Ich bin eine Idiotin.«

Am häufigsten ging es bei seinem Lamentieren um Geld. Er konnte sich nicht damit abfinden, dass meine Mutter mehr hatte als er, weil ihre Eltern früh gestorben waren und ihr etwas vererbt hatten.

»Leute wie du«, hielt er ihr vor, »bekommen alles auf dem Silbertablett serviert, während unsereiner sich abrackern muss, um es im Leben zu etwas zu bringen.«

Zu mir sagte er, ich sei genau wie meine Mutter, verwöhnt, weichlich. Ich wüsste gar nicht, wie gut es mir gehe, sagte er.

»Ich bin mit fünfzehn von daheim weggegangen«, sagte er. »Von dem Tag an war ich vollständig auf mich gestellt.«

»Schön für dich«, sagte ich.

Ich war mir nie ganz sicher, ob er die Wahrheit sagte oder nicht, denn manchmal erzählte er andere Dinge über sich, die so klangen, als könnte er sich nicht genau erinnern, in welchem Alter er sein Elternhaus verlassen hatte oder wo er aufgewachsen und zur Schule gegangen war oder wann er mit der Fliegerei begonnen hatte. Es war, als änderte er die Geschichte immer wieder ab, je nachdem, wofür er sie gerade brauchte.

Ich sagte meiner Mutter, dass ich ihn für nicht ganz dicht hielt, und sie meinte, da hätte ich höchstwahrscheinlich recht. Ich sagte, es sei nicht nur, was er sagte, sondern auch, wie er es sagte, auf diese Art, bei der sich meine Mutter sofort geschlagen gab und nur noch das sagte, was er hören wollte. Es war gruselig mit anzusehen.

Aber auch mit ihrem Kleinbeigeben provozierte sie manchmal einen Wutausbruch. Wenn das passierte, lief ich aus dem Haus, weil ich sein Gebrüll nicht aushielt. Weit weg ging ich allerdings nie; ich wollte in der Nähe bleiben, falls er sie wieder schlug. Ohnehin hörte ich ihn auch von draußen, so wie vermutlich die halbe Nachbarschaft. Ich stellte mir vor, wie Alice in ihrem Zimmer auf der anderen Straßenseite zuhörte und sich beglückwünschte, weil ihr eigener Vater niemals so mit ihrer Mutter reden würde.

Mein Vater sagte meiner Mutter, dass sie sein Leben ruiniert habe. Dass er wünschte, er wäre ihr nie begegnet. Er sagte ihr, dass sie hässlich sei.

»Du bist eine von diesen Frauen, die mit einem Gesicht rumlaufen, als wäre das Leben ein einziges langes Martyrium.«

»Woran mag das nur liegen«, sagte meine Mutter.

Schließlich hatte sie ihm die Hälfte der Summe ausgezahlt, die das Haus in diesem Winter wert war, und ihn zum Gehen aufgefordert.

Er zog an dem Wochenende aus, an dem ich das letzte Mal mit Alice und ihrer Familie beim Skifahren war. Das war das Wochenende, an dem wir am Berg in einen

Schneesturm gerieten und ich es fast nicht bis zu unserem Quartier geschafft hätte, weil es dunkel war und ich nicht mehr konnte und mich nur noch in den Schnee legen wollte, anstatt mich in meinen eisverklumpten Stiefeln gegen den Wind vorwärtszukämpfen. Wenn nicht Alice' Vater mich den restlichen Weg bis zur Lodge huckepack genommen hätte, dann hätte ich mich am Straßenrand zusammengerollt und wäre erfroren.

Später erzählte meine Mutter mir, solche Angst wie an diesem Tag habe sie vor meinem Vater noch nie gehabt. Er hatte bis Sonntag gewartet, ehe er überhaupt mit dem Packen begann. Und dann hatte er gefragt, ob sie etwas dagegen hätte, wenn er noch ein paar Tage blieb.

»Ich habe ihm gesagt, dass er bis zum Abendessen weg zu sein hat.«

Darauf habe er sich ohne ein Wort umgedreht und das Zimmer verlassen, und da habe sie gewusst, dass es aus war.

»Es war das Seltsamste, was ich je getan habe«, sagte sie.

»Ihn heiraten war auch schon ziemlich merkwürdig«, sagte ich.

Das sollte sie zum Lachen bringen, aber ihre Augen füllten sich mit Tränen, und sie musste sie mit dem Ärmel abwischen.

Daran merkte ich, wie schwer es meiner Mutter fallen würde, sich gegen Victor zu behaupten, einfach weil sie solche Schuldgefühle ihm gegenüber hatte. Mir war das unbegreiflich. Sie wusste haargenau, dass er nur bekam, was er verdiente, aber gleichzeitig suchte sie nach Entschuldigungen dafür, dass er sie wie den letzten Dreck behandelte. So groß war seine Macht über sie: Er verdrehte ihre sämtlichen Maßstäbe, sodass ihr ganzes Denken einen Drall bekam.

Sie schob es auf ihre Schulzeit. »Uns wurde beigebracht, dass die Sanftmütigen das Erdreich besitzen werden«, sagte sie. »Aber niemand hat dazugesagt, wann.«

Ich arbeitete jeden Tag außer sonntags und montags im Kino, von vier Uhr nachmittags bis nach elf Uhr abends. Meine Mutter hatte ihre Zustimmung nur gegeben, weil Mr. Booker versprach, mich von der Arbeit abzuholen und nach Hause zu fahren, was natürlich völlig unnötig war, aber er bestand darauf, weil die Idee mit dem Job ja von ihm stammte.

»Ich verbürge mich für die Sicherheit Ihrer Tochter«, sagte er meiner Mutter. »Sie wird so sicher sein wie in Abrahams Schoß.«

Das Kino lag neben der Universität, nicht weit weg von der Wohnung der Bookers. Ich musste nicht viel tun. Ich verkaufte Eintrittskarten und Süßigkeiten, und in den Zeiten dazwischen sah ich mir die Filme an, fast alles Wiederholungen alter Klassiker. Manchmal kamen die Bookers nach einem Restaurantbesuch vorbei, um mir Hallo zu sagen, und warteten oben auf dem Balkon, wo immer noch Plätze frei waren. Dann saßen wir drei dort im Dunkeln, Mr. Booker in der Mitte, betrunken und herumkaspernd. Er hatte die Arme um uns beide gelegt und sperrte den Mund auf wie ein Clown auf dem Rummelplatz, damit wir ihn mit Popcorn fütterten.

Wenn Mrs. Booker zwischendrin zur Toilette ging, was sie jedes Mal tat, nahm Mr. Booker die Hand von meiner Schulter und legte sie mir auf den Schenkel. Von dort ließ er sie aufwärtswandern bis unter mein Hemd, während ich die Tür im Blick behielt, um ihn rechtzeitig warnen zu können. Es war ein gefährliches Spiel, aber genau deshalb bekam er nie genug davon. Vielleicht hoffte er, dass er erwischt würde und dass Mrs. Booker ihn irgendwie bestrafte, denn einmal nahm er seine Hand nicht weg, als ich es ihm sagte, sondern ließ sie die ganzen letzten zwanzig Minuten der *Reifeprüfung* hinten in meiner Bluse. Ich weiß nicht, ob Mrs. Booker es merkte oder nicht oder ob sie einfach so betrunken war, dass es ihr egal war.

Das war auch das erste Mal, dass ich mit zu den Bookers kam, um bei ihnen zu übernachten. Mr. Booker rief meine Mutter an und fragte sie um Erlaubnis. Er habe getrunken, sagte er, und sei nicht mehr fahrtauglich, und er schwor feierlich, mich pünktlich am nächsten Morgen daheim abzuliefern.

»Gott ist mein Zeuge«, sagte er und schlug ein Kreuz über seiner Hemdbrust. Dann gab er den Hörer an mich weiter.

»Geh wieder ins Bett, Mum«, sagte ich. »Alles in Ordnung.«

»Amüsier dich gut«, sagte sie. Sie klang sehr weit weg; es war, als übte sie schon für die Zeit, wenn ich von zu Hause auszog.

»Also bis morgen«, sagte ich ihr. »Nicht zu früh.«

Dann nahm Mrs. Booker das Telefon und schickte mit gespitzten Lippen Küsse durch die Leitung; sie sah wie ein Panda aus, so verschmiert war ihr Lidschatten.

Mr. Booker half ihr ins Bett, und dann kam er und machte mir das Wohnzimmersofa zurecht.

»Hoffentlich ist es nicht zu beulig«, sagte er.

Er legte *Sticky Fingers* von den Rolling Stones auf und versuchte mir Jive beizubringen, aber ich konnte es nicht so gut wie Mrs. Booker.

»Du bist ein Naturtalent«, behauptete er.

»Lügner«, sagte ich.

Vor dem Ins-Bett-Gehen kochte er uns in der engen Küche noch eine Kanne Tee, und wir saßen damit am

Esstisch im gelben Lichtkreis einer verbogenen Tischlampe, die zur Wohnung gehörte. Während wir unseren Tee tranken, erzählte er mir, dass sie ein Haus gekauft hatten, in einem neuen Vorort, dessen Namen er sich nicht merken konnte.

»Irgendwas mit A«, sagte er. »Anus? Arsch der Welt?«

»Wann ist der Umzug?«, fragte ich.

»In einem Monat«, sagte er.

»Habt ihr schon einen Namen für die Katze?«

»Mieze«, sagte er.

»Originell«, sagte ich.

»Finde ich auch«, sagte er.

Er trank einen Schluck Tee und starrte in seine Tasse, als stimmte etwas damit nicht.

»Tut mir leid«, sagte er. »Ich habe so was noch nie gemacht.«

»Ich auch nicht«, sagte ich, obwohl ich mir nicht ganz sicher war, wovon er sprach.

»Das will ich hoffen«, sagte er.

Und er schaute zu mir auf und lächelte, sein Blick glasig von dem vielen Whisky, den er getrunken hatte. Er sah aus, als würde er im Sitzen einschlafen.

»Zeit fürs Bett«, sagte ich.

»In der Tat«, sagte er.

Er deckte mich zu wie ein kleines Kind, und dann legte er sich neben mich auf die Decke, noch in seinen Kleidern, und so schliefen wir, bis er mich im Morgengrauen weckte, mir einen Kuss auf die Wange drückte und ins Schlafzimmer verschwand, um in der Früh neben Mrs. Booker aufwachen zu können.

Am Morgen tischten sie mir ein Riesenfrühstück auf, Rühreier mit Speck auf Toast und frisch gepressten Orangensaft. Sie hätten vor, Kleider kaufen zu gehen, sagten sie, und mich wollten sie mitnehmen, also rief ich meine Mutter an und sagte ihr, dass es später werden würde.

»Die Bookers sagen, ich brauche neue Kleider«, meldete ich. »Sie sagen, meine alten sind hässlich.«

»Wir haben nichts dergleichen gesagt«, riefen sie in den Hörer.

»Aber denken tun Sie's«, sagte ich.

Als Erstes schleppten sie mich zu dem Friseur, zu dem sie auch gingen. Dort befahlen sie einem Mädchen namens Tiffany, mir die Haare ringsherum auf die gleiche Länge zu schneiden und dazu einen geraden Pony, und dann überwachten sie die Ausführung.

»Sind das Ihre Eltern?«, fragte das Mädchen mich.

Ich drehte mich mit einem Lächeln zu den Bookers um und wartete, was sie antworten würden.

»Vormünder«, sagte Mrs. Booker.

»Nur Fürsorge und keinerlei Sorge«, ergänzte Mr. Booker.

»Ich habe sie vorher noch nie gesehen«, erklärte ich Tiffany, die mich einen Moment lang verwirrt im Spiegel anstarrte und dann grundlos errötete.

Edward, der Chef, kam zu uns, um zu schauen, ob die Bookers etwas brauchten, während sie warteten. Er war ein großer, massiger Mann, der seine Kleider sehr eng trug.

»Wen haben wir denn da?«, fragte er und sah mich an.

»Eine Neuerrungenschaft«, sagte Mr. Booker.

Edward zog die Brauen hoch.

»Hat sie einen Bruder?«, erkundigte er sich.

»Mund halten und Kaffee machen«, ordnete Mr. Booker an und scheuchte Edward mit einem Handwedeln weg, worauf dieser einen Schmollmund machte und in gespielter Entrüstung davonrauschte.

Er kam erst wieder, als das Mädchen mir bereits die Haare fönte, bis sie rundherum glatt anlagen wie bei dem

Topfschnitt, den meine Mutter mir mit zehn verpasst hatte. Der Luftstrom aus dem Fön blies mir heiß in den Nacken.

»Zufrieden?«, fragten die Bookers.

»Ich sehe wie Bambi aus«, sagte ich.

Also wurde das ab sofort ihr Spitzname für mich.

Den Rest des Tages sah ich ihnen dabei zu, wie sie in einem Geschäft nach dem anderen Kleider und Schuhe anprobierten, aber letztlich kauften sie nur mir etwas, eine schwarze Bluse und einen schwarzen Rock, weil sie um die Hälfte reduziert waren und weil ich, wie die Bookers sagten, jahrelang etwas davon haben würde. Ich beschloss, meine Jeans und das T-Shirt gar nicht erst wieder anzuziehen, und ließ sie mir von der Verkäuferin in eine Tüte packen.

»Schwarz steht dir«, sagte Mrs. Booker, während sie mich von Kopf bis Fuß musterte. »Es lässt dich blass und interessant aussehen.«

Ich knickste und bedankte mich und fragte, ob ich ihnen vielleicht einen Drink ausgeben dürfe, schließlich verdiente ich mittlerweile genug, um gelegentlich auch etwas zu bezahlen.

»Du kannst keine ausgehaltene Frau sein«, sagte Mr. Booker, »wenn du anfängst, uns Drinks zu spendieren.«

»Wer stellt diese Regeln auf?«, fragte ich.

»Ich«, erwiderte Mr. Booker grinsend, so rundweg zufrieden mit sich und der Harmonie, die zwischen uns allen herrschte, dass er um jede von uns einen Arm legte und uns so aus dem Einkaufszentrum und zurück zum Auto steuerte, wobei er Wildfremden launige Bemerkungen zurief.

»Guten Abend, die Herrschaften«, rief er. »Haben Sie je ein Paar prachtvollere Weibsbilder gesehen? Bin ich nicht der größte Glückspilz aller Zeiten?«

Es lief darauf hinaus, dass wir bis nach Einbruch der Dunkelheit in einer Bar saßen. Danach fuhren wir alle zu meiner Mutter, und sie machte uns Abendessen. Meine Mutter sagte, die Bookers seien ein schlechter Umgang für mich, weil sie mich ständig in Bars und Billardsalons mitnehmen würden, aber Mr. Booker erklärte ihr, das sei alles Teil meiner Erziehung und sie könne froh sein über mein Glück.

Nachdem sie ihrerseits ein paar Gläser getrunken hatte, ließ sie sich neben Mr. Booker fallen und legte ihm den Arm auf die Schulter. »Ist das nicht wunderbar, dass wir uns alle gefunden haben?«, sagte sie.

»Geld haben wir keins, aber umso mehr Spaß«, sagte Mr. Booker. Er griff nach der freien Hand meiner Mutter und zog sie an seinen Mund, während er gleichzeitig mich ansah. Mrs. Booker war schon ins Vorderzimmer verschwunden, wo das Klavier meiner Mutter stand; dort saß sie gern und spielte und sang vor sich hin. Wir hörten sie durch die offene Tür ein Diana-Ross-Lied singen. Mr. Booker bewegte schmachtend die Lippen dazu und pflasterte dann die Hand meiner Mutter mit Küssen, bis sie schrie vor Lachen.

Bambi fällt ins Kaninchenloch

Früher hatte meine Mutter nie so gelacht – so jugendlich und sorglos. Mein Vater hatte sie kaum je zum Lachen gebracht. Die meiste Zeit hatte er sich darüber beklagt, wie trübe sie aus der Wäsche schaute. Es würde sie nicht umbringen, zwischendurch mal zu lächeln, sagte er ihr, und wenn sie es dann versuchte, fragte er süffisant, ob das ihre Vorstellung von einem Lächeln sei.

Offenbar hatte mein Vater mich mit den Bookers gesehen, denn wenige Tage später steckte unter dem Fußabstreifer ein Brief von ihm. PRIVAT UND VERTRAULICH – EINWURF PER HAND, stand auf dem Umschlag und darunter der Name meiner Mutter: ZU HD. J.A. FISHER.

Sie ließ ihn sich von mir vorlesen, während sie die Garnelen für das Rezept pulte, das sie nach einem ihrer neuen Kochbücher kochte. Seit mein Vater weg war, hatte meine Mutter begonnen, alles an sich zu ändern, bis hin zu dem Essen, das sie aß. Es war, als hätte sie sich jahrelang nur verstellt, und nun wollte sie endlich entdecken, wer sie wirklich war.

Der Brief fing ganz freundlich an.

Liebe Jessica,
danke noch einmal für die Stühle. Sie verleihen mei-

ner schlichten Bleibe gleich einen viel wohnlicheren Anstrich, zumal Du ja mehr als klargemacht hast, dass Dich ihr Verlust in keiner Weise inkommodiert. Da ich derzeit keiner geregelten Erwerbstätigkeit nachgehe, konnte ich bequem bald in dem einen, bald in dem anderen sitzen, das Leben vor meinen Fenstern vorüberziehen lassen und darüber sinnieren, wie Du und ich je auf die Idee kommen konnten, wir könnten einander »glücklich« machen, sofern denn diesem Wort noch ein Rest Bedeutung innewohnt.

»Auf zur nächsten Runde«, sagte meine Mutter, während sie unter dem Küchenhahn einen Garnelendarm nach dem anderen auslöste.

»Willst du's denn überhaupt hören?«, fragte ich. Es war nicht der erste Brief, den mein Vater ihr schrieb, die Zettel im Briefkasten nicht mitgerechnet. Seit er gegangen war, kamen zwei bis drei pro Monat. Sie waren alle wie dieser, mehrere Seiten lang, die Blätter beidseitig beschrieben in seiner eckigen Handschrift, mit Randbemerkungen und durchgestrichenen Sätzen, wo immer ihm noch ein neuer Gedanke gekommen war. Dadurch wirkten sie wie hingeschludert, auch wenn all die gestelzten Wörter und Wendungen verrieten, dass er lange über ihnen gebrütet hatte. Es war, als schriebe er meiner Mutter einen Roman.

Es geht nicht um Schuldzuweisungen in dieser Sache. Nichts läge mir ferner. Ich möchte nur, dass Du verstehst, wie mangelhaft ich dafür gerüstet war, Deine Sehnsucht nach all dem Gepränge unserer mittelaustralischen Version des amerikanischen Albtraums zu befriedigen. Ich spreche, wie könnte es anders sein, von Haus, Auto, Garten, Hund sowie ein paar Nachkommen zum Zwecke der Selbstverewigung. Nicht nur habe ich diese Dinge für meine Person nie begehrt, ich war auch nicht bereit, mich unter ein Joch zu beugen, das mir verhasst war, nur um sie Dir zu beschaffen. Kein Wunder also, dass Du beschlossen hast, Deinen eigenen Lebensunterhalt zu verdienen. Ich will damit nicht sagen, dass es nicht Dein gutes Recht war, Dir auf diese Weise Deine wirtschaftliche Unabhängigkeit zu sichern. Keineswegs, und Hut ab, dass es Dir so gut gelungen ist. Was im nächsten Schritt geschah, weißt Du so gut wie ich. Ich war bedauerlicherweise außerstande, mit Dir mitzuhalten. Denn hätte ich meine Pilotenkarriere ernsthaft verfolgen wollen, hätte das den nächsten Umzug für uns bedeutet, und da Du bereits entschieden hattest, dass es keine Umzüge mehr geben dürfe, vorgeblich der Kinder wegen, hätte mich das vor die undankbare, wenn auch leider nur allzu vertraute Wahl zwischen meiner Familie und meinem Beruf gestellt. Verzeih mir, wenn ich hier alte Themen noch einmal aufrolle, aber nur so kann ich Dir meine gegenwärtige Lage begreiflich machen, die so aussieht, dass ich finanziell derart rasant an Boden verliere, dass ich mir die Konsequenzen gar nicht auszudenken wage.

»Er braucht Geld«, sagte ich und sah von der Seite hoch.

»Sag bloß«, sagte meine Mutter. Bisher war er meine Mutter noch in jedem Brief um Geld angegangen. Sie hatte zurückgeschrieben, dass sie keines habe. Sie wollte wissen, wie viel es diesmal war. Ich überflog die letzte Seite auf der Suche nach einem Betrag, als ich auf meinen Namen und den der Bookers stieß, in einem Absatz, den mein Vater eingekringelt und mit einem Sternchen und mehreren Ausrufezeichen versehen hatte.

Übrigens habe ich kürzlich Martha mit einem höchst dubios wirkenden Pärchen weit jenseits der dreißig durch die Straßen ziehen sehen. Sie sah aus wie eine Dirne mit ihrem Zuhälter.

Um noch einmal auf eingangs erwähntes Darlehen zurückzukommen (das in diesem Stadium wohlgemerkt nichts weiter als ein Vorschlag ist): Solltest Du eine notarielle Vereinbarung wünschen, wäre ich selbstredend bereit, mich an den dadurch anfallenden Kosten zu beteiligen. Die genaue Darlehenshöhe stelle ich Deinem Gutdünken anheim, aber eine Summe um die $ 25 000 würde mir sehr helfen, den sprichwörtlichen Wolf von der sprichwörtlichen Tür fernzuhalten.

Ich hörte auf zu lesen und sah meine Mutter an, die die Garnelen in der Pfanne umrührte. Wir schauten beide zu, wie sie sich krümmten und rosa färbten. »Wofür hält er mich?«, fragte sie. »Für die Bank von England?«

»Bring ihn um«, sagte ich. Das war ein Witz zwischen meiner Mutter und mir gewesen, bevor er ausgezogen war. Damit hatte ich sie immer zum Lachen bringen können, auch wenn es eigentlich keinen Grund dazu gab.

Sie schüttete Dosentomaten in die Pfanne und verquirlte den blutroten Saft mit dem Öl.

»Womit?«, fragte sie. Sie versuchte die Tränen zurückzuhalten oder zumindest so zu tun, als kämen sie nur von der Hitze, die aus der Pfanne aufstieg. Ich griff mir ein Küchenmesser und stach damit ein paarmal in die Luft, um zu schauen, ob ihr das ein Lächeln entlockte, und als es wirkte, legte ich das Messer wieder hin und faltete den Brief zusammen. Ich fragte meine Mutter, was damit passieren sollte, und sie bat mich, ihn zu den anderen auf ihren Schreibtisch zu legen.

»Ich finde, du solltest sie alle verbrennen«, sagte ich. Seine Äußerung über mich und die Bookers hatte mich getroffen. Bemerkungen dieser Art hatte er über die Freundinnen meiner Mutter auch ständig gemacht, aber es war das erste Mal, dass er so über mich sprach. Ich sagte zu meiner Mutter, sie solle ein Konterfei meines Vaters in unserem Vorgarten in Brand stecken und einen Kriegstanz um die Flammen aufführen.

»Eines Tages«, sagte sie.

Später, als wir beim Essen saßen, wollte sie von mir wissen, ob ich meinen Vater für normal hielt.

»In welcher Hinsicht?«, sagte ich.

»Ich frage mich, ob er überhaupt Frauen mag«, sagte sie, »oder ob wir für ihn unterm Strich einfach nur dreckige Huren sind. Hast du den Blick gesehen, mit dem er Lorraine anschaut?«

Dann erzählte sie mir die Geschichte, wie mein Vater auf der Hochzeitsreise vor lauter Wut ihr Brautkleid zerrissen und die Fetzen durch das Bullauge ihrer Kabine ins Meer geworfen hatte. Alles nur, weil er eine Grußkarte von einem Mann gefunden hatte, der ihm nicht genehm war, Ralph Wesker, ein Freund meiner Mutter aus der Zeit vor meinem Vater. Die Geschichte hatte sie mir schon einmal erzählt, aber das machte nichts. Es konnte nicht schaden, sie zweimal zu hören.

»Danach musste ich ihm versprechen, Ralph Wesker nie wieder zu erwähnen. Und ich habe brav gehorcht. Aber dann habe ich viele Jahre gedacht, ich hätte Ralph heiraten sollen und nicht deinen Vater.«

»Warum hast du's nicht?«, fragte ich.

»Weil er Jude war.«

Auch diese Geschichte kannte ich bereits: wie meine Großmutter meine Mutter beiseitegenommen und ihr jeden weiteren Kontakt zu Ralph Wesker verboten hatte.

»Was hatte sie gegen Juden?«, sagte ich.

»Weiß der Himmel«, sagte meine Mutter. »Sie hatte vor Ralph noch nie einen Juden gesehen.«

»Warum hast du ihr nicht einfach gesagt, dass das deine Sache ist und nicht ihre?«

»Das frage ich mich auch«, sagte meine Mutter. »Vielleicht ist ja sie schuld, dass ich so ein Duckmäuser geworden bin.«

Sie lächelte, als sie das sagte, und ich bekam eine Ahnung, wie schön meine Mutter gewesen sein musste, als sie vierundzwanzig und frisch mit meinem Vater verheiratet war. Ihr Gesicht war stark und zart zugleich. Sie sah aus wie eine Rassekatze mit meergrünen Augen.

»Hast du Victor geliebt, als ihr geheiratet habt?«, fragte ich sie.

»Das weiß ich nicht mehr.«

»Wie kann man so etwas vergessen?«

»Weil es ab einem gewissen Punkt keine Rolle mehr gespielt hat, ob ich ihn liebe oder nicht«, sagte sie. Und dann sagte sie, sie glaube, den Bookers gehe es auch so. Sie sagte, ihr Eindruck sei, dass sie nur noch den Schein wahrten, wie so viele Ehepaare das taten, besonders wenn keine Kinder da waren, die sie ablenken konnten.

»Aber wenn du zur Tür hereinkommst, dann geht ein Leuchten über sein Gesicht«, sagte sie.

»Ist mir nicht aufgefallen«, sagte ich.

Meine Mutter muss gewusst haben, dass das gelogen war, denn sie sah mich nur an und sagte, ich solle auf mich aufpassen. Keine Sorge, sagte ich, und dann überlegte ich, ob ich ihr erzählen sollte, dass Mr. Booker angerufen und gefragt hatte, ob ich mich mit ihm an der Uni zum Mittagessen treffen wollte, nur wir beide. Aber ich behielt es lieber für mich, um sie nicht zu beunruhigen.

Im Rückblick war es wahrscheinlich ein Fehler, es meiner Mutter zu verschweigen. Ich glaube, ich hätte einen guten Rat brauchen können. Wobei es nicht ihre Art war, Eddie oder mir Ratschläge zu erteilen. Sie sagte immer, sie tue sich schwer genug, ihr eigenes Leben in den Griff zu kriegen, was solle sie da anderen Leuten Vorschriften machen. Trotzdem hätte sie mir möglicherweise einiges an Unglück erspart, wenn sie das gesagt hätte, was gesagt gehörte: dass ein Mann wie Mr. Booker nicht das Richtige für ein Mädchen wie mich war und dass ich warten sollte, bis ich jemand Geeigneteren fand. Ob ich auf sie gehört hätte, ist die andere Frage, denn da war ich längst taub für jede Art von Vernunft.

Mr. Bookers enges Büro lag im zweiten Stock. Sein Name stand an der Tür, die schon offen war, als ich ankam. Ich wusste nichts über seine Arbeit, weil er nie von ihr sprach, außer um darüber zu stöhnen, wie sehr es ihn schlauchte, dieser ganzen Arschkriecherei zuzuschauen, die die Leute vollführten, um vorwärtszukommen.

»Ich brauche schon all meine Kraft, um an Ort und Stelle zu bleiben«, sagte er.

Ich klopfte und wartete, bis er »Ja?« rief, bevor ich über die Schwelle trat. Es machte mich nervös, ihn ohne Mrs. Booker zu sehen. Es bedeutete, dass sich etwas verschoben hatte. Man spürte es sofort. Ich wusste, dass Mr. Booker mich wieder küssen wollte und es nur deshalb nicht getan hatte, weil wir nie ohne Mrs. Booker waren. Ich hatte nichts dagegen. Ich wollte ihm sagen, dass ich mir schon so oft ausgemalt hatte, wie er mich beim nächsten Mal küssen würde, dass ich es fast nicht erwarten konnte, und auch all die anderen Dinge nicht, die er danach mit mir tun würde und von denen ich nur unklare Vorstellungen hatte.

»Grundgütiger«, sagte er, als ich zur Tür hereinkam. »Wenn das nicht Bambi ist.«

Er stand auf und kam um seinen Schreibtisch herum, und ich dachte, er würde mir die Hand geben, aber stattdessen legte er die Arme um mich und zog mich an sich, und so standen wir eine Weile und hielten uns, ohne zu sprechen. Er roch nach Aftershave und Seife, und ich hörte sein Blut neben meinem Ohr tosen wie die Brandung, die gegen den Strand anrollt.

Der Raum war kahl bis auf die Möbel und ein Regal, das die gesamte Rückwand einnahm und in dem einige wenige Bücher und Zeitschriften lagen. Auch auf dem Schreibtisch lag nichts außer einem Stoß Seminararbeiten, die er korrigieren musste, und einer alten gebundenen Ausgabe von *Alice im Wunderland* mit seinem Namen auf dem Deckblatt. Wir ließen einander los, und er setzte sich an seinen Tisch. Ich nahm das Buch in die Hand und sah mir die Bilder an.

»Unterrichten Sie das gerade?«, fragte ich.

»Das lese ich«, sagte er. »Für meine Nerven.«

Dann las er mir aus der Arbeit vor, die er korrigierte: »Ein Delikt, *der* in Hollywood-Filmen nur selten thematisiert wird, ist die *Negro*philie. Mit weichem ›g‹!«

Er sah von dem Blatt auf und hielt sich zwei Finger an die Schläfe wie einen Gewehrlauf, bevor er die Arbeit mit so viel Schwung auf den Tisch klatschte, dass sie vor mir auf dem Boden landete. Ich hob sie auf und gab sie ihm.

»Rette mich aus diesem Sumpf«, sagte er und sah mich mit seinen dunklen Augen an. Sein Blick war so stetig und ernst, dass ich ihm nicht standhalten konnte. Ich wandte mich ab und starrte aus dem Fenster, und mein Herz raste so, dass ich ganz benommen davon wurde.

»Der Sex erhebt sein hässliches Haupt«, sagte er.

Ich lachte nervös und drehte mich wieder zu ihm, aber sein Ausdruck hatte sich nicht verändert.

»Du denkst, ich mache Witze«, sagte er.

»Ich weiß nicht, was ich denke«, sagte ich.

Wir aßen nicht an der Uni zu Mittag. Er fuhr mit mir zu dem Haus, das sie gekauft hatten, und bog in die Einfahrt, damit ich einen besseren Blick hatte. Es war klein und weiß mit viel Glas und einem Garten voller Eukalyptusbäume.

»Sehr hübsch«, sagte ich. »Kriege ich mein eigenes Zimmer?«

»Ich denke doch, dass sich im Dienstbotentrakt ein Plätzchen finden dürfte«, sagte er.

»Und müsste ich dann auch richtig arbeiten?«, fragte ich.

»Leichte Verrichtungen«, sagte er. »Du kannst die Katze ausführen.«

Wir fuhren zu einem Einkaufszentrum ein Stück außerhalb, wo wir ein paar Essenssachen und eine Flasche Sekt kauften, und dann zu einem Motel, wo ich im Auto wartete, während Mr. Booker zur Anmeldung ging, um den Schlüssel zu holen.

Das Zimmer lag im Dunkeln, und Mr. Booker knipste als Erstes das Licht an. Er sah einen Augenblick umher, ohne etwas zu sagen, und ging dann ins Bad, um die Dusche zu inspizieren und sich das Gesicht zu waschen. Als er wieder herauskam, entschuldigte er sich dafür, dass es nicht das Ritz war, aber das sei diese Woche leider ausgebucht.

»Schon in Ordnung«, sagte ich. Ich stand neben dem Bett und wartete darauf, dass er mir sagte, wie es weiterging.

Er ließ mich zwei Gläser aus der Minibar holen, während er die Flasche öffnete. Meine Hände zitterten so, dass ich die Gläser nicht ruhig halten konnte, also nahm er sie mir ab, beide mit einer Hand, während er mit der anderen einschenkte. Dann stellte er alles hin und fasste nach meinem Arm. Er lächelte nervös dabei, und als ich ihn fragte, ob ich mich ausziehen solle, lachte er.

»Was immer dir gut und richtig scheint, meine Holde«, sagte er.

Und dann half er mir, meine Kleider auszuziehen, und danach zog er seinen Anzug aus und drückte mich rückwärts auf das rosa Bett, und da sagte ich ihm, dass ich es noch nie gemacht hatte, aber dass ich nicht wollte, dass er deshalb aufhörte.

»Keine Chance«, sagte er und nahm meine Brustwarze zwischen die Lippen.

»Dann ist das also kein Problem für Sie?«, sagte ich.

Er führte meine Hand nach unten und schloss sie um seine Erektion, die sehr hart war, aber gleichzeitig so weich anzufassen wie Wasser.

»Ich fürchte, nein«, sagte er.

Dann sagte er, jetzt könne es leider ein bisschen wehtun, aber er werde ganz behutsam sein, und das war er, darum tat es nicht weh.

Trotzdem kam ziemlich viel Blut, womit ich nicht gerechnet hatte, denn niemand hatte mir erklärt, wie Sex funktioniert. Meine Mutter hatte es einmal versucht, aber ich hatte ihr gesagt, ich wüsste schon alles aus dem Sexualkundeunterricht, was nicht stimmte, weil sich in dem Unterricht alles um Hygiene und Verhütung drehte, aber über Sex mit verheirateten Männern in Motelzimmern erfuhr man dabei nichts.

Nicht, dass es eine Rolle gespielt hätte, was ich wusste und was nicht, weil Mr. Booker mir zeigte, was ich zu tun hatte. Und ich lerne schnell. Zwischendurch fragte er mich immer wieder, ob sich das, was er machte, gut anfühlte. Die meiste Zeit nickte ich, ohne etwas zu sagen, weil ich nicht reden wollte. Ich wollte einfach nur Mr. Booker anschauen und die Lust sehen, die er empfand. Und selber genauso viel Lust empfinden wie er, deswegen war ich schließlich hier. Nicht etwa, weil ich Mr. Booker liebte. Denn das tat ich nicht, da noch nicht. Ich war hier, weil ich ihn auf eine Weise wollte, die ich selbst nicht verstand. Und ich wusste, dass er mich auf die gleiche Weise wollte, denn das hatte er von der ersten Sekunde an getan. Daraus hatte er zu keiner Zeit ein Hehl gemacht.

Sein Körper war so glatt und weiß wie ein Frauenkörper und schön auf eine Art, von der ich nicht glaube, dass Mrs. Booker sie wahrnahm. Seine Gliedmaßen waren lang und lose gefügt wie bei einem Läufer, aber weil er keinen Sport trieb, hatte er keine so straffen Muskeln mehr, wie er sie als jüngerer Mann gehabt haben musste. Gegen ihn wirkte mein Körper braun und jungenhaft dünn, mit schmalen Hüften, gerader Taille und fast keinem Busen. Er sagte, ich müsse mehr essen, und fütterte mich mit der Schokolade und den Erdbeeren, die wir auf dem Weg zum Motel gekauft hatten, und dann tranken wir den restlichen Sekt, und er fragte mich, ob ich noch einmal wollte.

Und beim zweiten Mal schrie ich auf, vor Lust und dem Schmerz, der damit vermischt war, und schließlich nur noch vor Lust.

Ab da gingen wir zwei-, dreimal die Woche ins Motel, sooft Mr. Booker sich von der Arbeit loseisen konnte. Ich sagte ihm das nicht, aber ich musste dabei jedes Mal an das Motelzimmer meines Vaters denken. Sooft wir unsere Kleider auszogen, war mir, als beobachtete mein Vater uns von seinem Stuhl am Fenster (denn da stand immer ein Stuhl), obwohl ich doch sah, dass dort niemand saß.

Und auch Mrs. Booker, so schien mir, beobachtete uns, den Kopf voller Mordgedanken. Deshalb schwang, wenn Mr. Booker mich auszog, immer auch ein Gefühl der Gefahr mit, das Bestandteil meiner Lust war und sie verstärkte, manchmal so sehr, dass ich bei seiner ersten Berührung schon hätte schreien mögen. Das war die Macht, die er über mich hatte, während umgekehrt meine Macht über ihn daher kam, dass ich wusste, wie einsam er war. Ich sah es an dem Blick, mit dem er mich ansah, wenn ich meinen Körper an seinen presste, so eng, dass keinerlei Abstand mehr zwischen uns blieb. Es schien, als könnte er sein Glück kaum fassen.

Dafür erzählte ich ihm, als er wieder einmal nackt bis auf seine Armbanduhr durchs Zimmer spazierte, dass mein Vater fand, er sehe wie ein Zuhälter aus.

Mr. Booker nahm die Sektflasche von der Kommode und trank erst mal einen Schluck, bevor er etwas erwiderte.

»Er ist einfach neidisch«, sagte er schließlich und trank noch einen Schluck, und dann wälzte er sich auf mich, sodass ich unter ihm gefangen war. Er legte seine Lippen auf meine und ließ warmen Sekt aus seinem in meinen Mund rinnen.

Ob es im Leben meines Vaters eine Frau gab, wollte er wissen, und ich sagte, solche Dinge schienen ihn nicht zu interessieren.

»Das täuscht«, sagte Mr. Booker. »Der Mann muss erst noch geboren werden, den das nicht interessiert. Was bietet das Leben denn sonst?«

Ich sagte ihm, dass ich wusste, was er meinte. Dass ich an nichts anderes mehr denken konnte als an ihn. Und das stimmte. Es war wie eine Krankheit, etwas in meinem Blut, das meinen ganzen Körper schlaff werden ließ, wenn ich nur daran dachte, was Mr. Booker vor einer

Stunde oder vor einem Tag mit mir gemacht hatte, wohin seine Finger gewandert waren oder seine Zunge oder Arthur – so nannte er seinen Penis. Darauf rollte er sich von mir herunter und sah mir zu, wie ich uns beiden eine Zigarette ansteckte.

»Manchmal denke ich, ich bin zwölftausend Meilen um die Welt gereist, nur um dich zu finden«, sagte er.

»Ist das ein Zitat aus einem Film?«, fragte ich.

»Wenn es keines ist, sollte es eins sein«, sagte er.

Und dann küsste er mich so, wie er mich beim ersten Mal geküsst hatte, bis ich kaum mehr Luft bekam, und als er mich losließ, hatte er Tränen in den Augen. Und da sagte ich ihm, dass ich mich in ihn verliebt hätte und nicht wüsste, was ich tun sollte, weil er schon mit Mrs. Booker verheiratet war und wir uns zu spät kennengelernt hatten.

»Ich wusste nicht, auf was ich mich da einlasse«, sagte ich.

»Wie solltest du auch«, sagte er. »Du bist zu jung.«

Ich zog lange an meiner Zigarette und blies den Rauch hoch zur himmelblauen Zimmerdecke.

»Und das ist meine Schuld, oder wie?«

»Fragte der Bischof die Schauspielerin«, sagte er.

Ich fragte ihn, was er an diesem Witz so toll fände, und er sagte, das sei eben britisch und die Subtilität sei an verpickelte minderjährige Kolonialpomeranzen wie mich offensichtlich verschwendet.

»Ich nehme das als Kompliment«, sagte ich.

So redete er meistens, ohne wirklich etwas zu sagen, als wäre alles ein Spiel, weil er es dazu erklärt hatte. Auf diese Weise musste er nicht von sich selbst sprechen. In all der Zeit, die ich ihn kannte, erfuhr ich fast nichts über ihn. Nur, dass er das einzige Kind eines Büroangestellten war und von seiner Mutter immer grässlich juckende

Pullover gestrickt bekommen hatte und dass seine Eltern schon über fünfzig waren, als sie ihr erstes Auto kauften. Auf dem einzigen Foto von ihm, das ich je zu Gesicht bekam, war er neun oder zehn und ging mit seiner Mutter irgendwo am Meer entlang, aber nicht an einem Meer, wie ich es aus unseren glutheißen Sommerferien kannte. Dieses Meer war ein kalter grauer Streifen hinter ihm. Er trug eine Wolljacke mit dazu passenden Shorts und auf dem Kopf eine Art Schulmütze. Es sah aus, als würde ein rauer Wind wehen, weil seine Mutter mit der einen Hand den Mantel über der Brust zusammenraffte und mit der anderen ihren Filzhut festhielt, damit er nicht weggeblasen wurde.

In Ilfracombe sei das gewesen, sagte er. Von Ilfracombe aus könne man bei klarem Wetter bis nach Wales hinüberschauen, erklärte er mir, und ich weiß noch, wie sehr mich diese Vorstellung verzauberte. Alles Fremdländische hörte sich für mich damals magisch an.

Seine ersten Filme hatte er mit seiner Mutter gesehen, die Kino über alles liebte. Im Kino konnte sie für ein paar Stunden vergessen, wer sie war, und was, wollte er von mir wissen, sollte daran verkehrt sein? Aber seinem Vater passte das nicht, denn nach der Auffassung seines Vaters durfte man nie vergessen, wer man war oder woher man kam. Das sah Mr. Booker anders. Mr. Booker fand, dass es für Menschen wie seine Mutter der einzige Lichtblick war.

»Sie war ein uneheliches Kind«, sagte er. »Sie hatte nie einen Vater. Sie dachte, er wäre tot, aber dann stand er plötzlich betrunken vor ihrem Haus und versuchte, die Tür einzutreten.«

Er wollte mehr über mich wissen, aber ich sagte ihm, dass es über mich nichts zu wissen gab, dass ich keine Geheimnisse besaß, dass ich im Grunde völlig oberflächlich war.

»Dummes Zeug«, sagte er. »Du bist ein ganzer Kontinent, der der Entdeckung harrt.« Er fuhr mit dem Finger meinen Rippenbogen entlang und über die Hüfte hinunter bis zu der kleinen kreisförmigen Narbe außen an meinem Oberschenkel.

»Wo hast du die her?«, fragte er.

Ich erinnerte mich nur noch vage, dass ich sie bekommen hatte, als ich auf dem Rad meines Bruders, das zu groß für mich war, Fahrrad fahren gelernt hatte. Genau wüsste ich es nicht mehr, sagte ich Mr. Booker. Aber ich wüsste auch kaum noch etwas über das Haus, in dem wir damals gewohnt hatten. Nur, dass es rosa war. Und dass es das Haus war, in dem mich meine Mutter mit den Fingern in meinem Höschen auf der Liege im Wintergarten erwischt hatte.

»Was hat das jetzt mit dem Radfahrunterricht zu tun?«, fragte er.

»Na ja«, sagte ich. »Ich musste auf der Stange sitzen, weil der Sattel zu hoch war.«

»Das ist ja ekelhaft«, sagte er.

»Exakt die Worte meiner Mutter«, sagte ich. »Sie hat mir eine runtergehauen und gesagt, so was darf ich nie, nie wieder tun. Und weil ich ein artiges Kind war, hab ich's auch nie mehr gemacht, außer wenn keiner es sehen konnte.«

Darauf nannte er mich verderbt, und ich fragte, was er dann sei.

»Eine Memme«, sagte er, und dann sagte er, es gebe Wörter, die exakt so klangen wie ihre Bedeutung, und *Memme* sei eines davon und *lüstern* ebenfalls und *Schleim* und *verschroben* und *Blähung*.

Er wollte mehr über meine Eltern wissen, darüber, wie sie sich kennengelernt hatten, und ich erzählte ihm, dass mein Vater meine Mutter zusammen mit ihrer Schwester

Frances an einem Freitagabend in einer Bar getroffen und ihnen beiden einen Drink ausgegeben hatte.

»Er hatte eine Pilotenuniform an«, sagte ich. »Und auf Männer in Uniform stand meine Mutter offenbar. Mein Vater hatte sich die Pilotenuniform von einem Freund geliehen, weil sein Anzug in der Reinigung war, aber das hat er meiner Mutter nicht gesagt. Er hat ihr erzählt, er würde für British Airways fliegen.«

»Schande über ihn«, sagte Mr. Booker und zwirbelte einen imaginären Schnurrbart.

»Sechs Wochen später waren sie verheiratet.«

Dann fragte er nach meiner Kindheit, und ich sagte, sie sei eine einzige lange Autofahrt gewesen.

»Mein Vater hat einen Job nach dem anderen hingeschmissen«, sagte ich. »Er konnte nie etwas finden, das ihm gepasst hat. Also sind wir andauernd umgezogen.« Die längste Zeit, die wir an ein und demselben Ort verbracht hatten, waren zwei Jahre, erzählte ich ihm, und das nur, weil meine Mutter ein Machtwort gesprochen und sich geweigert hatte, wegzuziehen, bis mein Bruder mit der Grundschule fertig war.

Er erkundigte sich nach meinem Bruder, und ich sagte, mein Bruder sei eifersüchtig auf mich, weil ich jünger war.

»Er denkt, ich hätte es leichter gehabt als er. Aber das stimmt nicht.«

»Sonst wärst du schließlich nicht so verkorkst«, sagte er.

»Eben«, sagte ich. »Welche Entschuldigung hast du?«

Er sagte, er habe keine, außer seinem Tendre für lose Frauenzimmer wie mich.

»Dann schiebst du es also auf mich«, sagte ich.

»Was sonst?«, sagte er.

Familienglück

Über Weihnachten besuchte uns Rowena. Sie war die Kusine meiner Mutter und nur zehn Jahre älter als ich, aber völlig anders als wir beide. Sie hatte immer gegens Heiraten gewettert, dagegen, sich an irgendeinen Kerl zu ketten, mit dem man sich früher oder später doch nur anödete. Aber dann hatte sie plötzlich beschlossen, dass sie ein Kind wollte, und zu diesem Zweck ihren schwulen Freund Holden geheiratet, unter der Bedingung, dass er sich nicht in die Erziehung einmischte. Meine Mutter fühlte sich verantwortlich für Rowena, denn Rowenas eigene Mutter war abgehauen, als Rowena fünfzehn war, also kam sie zu uns, sooft sie ein bisschen bemuttert werden wollte, was ziemlich häufig der Fall war. Mein Vater mochte sie auch, weil sie blond und hübsch war. Er habe eine Schwäche für hübsche blonde Mädchen, sagte er, selbst wenn sie, wie Rowena, dumm wie Suppe seien.

Ihren Mann kannte ich nur ganz flüchtig. Ich hatte ihn ein einziges Mal vor der Hochzeit getroffen. Er war aus Hongkong, ein großer, schlaksiger Typ mit Brille und dichtem Haar, das ihm ständig in die Augen fiel. Sein richtiger Name war chinesisch, aber auf Englisch nannte er sich Holden, nach dem ersten Auto, das er sich in Sydney gekauft hatte.

Rowena kam ohne ihn, nur mit dem Baby. Holden war

nicht mitgefahren, weil er Weihnachten heimlich mit seinem Freund auf Bali verbrachte.

»Seine Eltern denken, er feiert mit uns«, sagte Rowena. »Also drückt ihm die Daumen, dass er nicht plötzlich ertrinkt oder sein Motorrad schrottet.«

»Will er ihnen nicht irgendwann die Wahrheit sagen?«, fragte meine Mutter.

»Manche Dinge behält man besser für sich«, sagte Rowena. Mit der gleichen Begründung schenkte sie auch Victor keinen reinen Wein über Holden ein, denn Victor hatte rigorose Ansichten über Homosexuelle. Für ihn gehörten sie alle miteinander kastriert.

Das Baby hieß Amy. Sie war vier Monate alt und völlig zufrieden, wenn sie zwischen lauter Kissen sitzen und die Ärmchen durch die Luft schwenken konnte. Von Rowena hatte sie fast gar nichts, außer dem lockigen Haar und der Form ihres Mundes. Alles andere kam von Holden.

Ich erzählte Rowena nichts von den Bookers, weil ich nicht wusste, was sie dazu sagen würde. Sie hatte ihre wilden Zeiten gehabt, aber jetzt, wo sie älter war und Mutter, urteilte sie teilweise recht hart über andere Leute. Die meisten fand sie einfach verboten dumm, insbesondere die Chinesen.

»Bei Holden und seinen Freunden dreht sich alles nur ums Materielle«, erklärte sie mir.

Als sie wissen wollte, ob ich einen Freund hätte, sagte ich, ich würde mich für Mr. Wrong aufsparen.

»Krieg deine Kinder früh«, riet sie mir, »und dann lass dir die Eileiter abklemmen. So mache ich das.«

Wenn ich sie mit Amy beobachtete und sah, wie süß Amy sie angrinste, mit ihrem rosigen Zahnfleisch und den zwei einzelnen perlenartigen Zähnchen ganz vorn, dachte ich, dass sie vielleicht recht hatte. Ich musste an die Bookers denken, daran, wie schlimm es für Mrs. Booker sein musste, keine Kinder zu haben, und dass ich die Sache sicher nicht besser machte, indem ich jeden Mittwoch- und Freitagnachmittag mit Mr. Booker ins Bett ging, denn wenn Mrs. Booker das herausfand, dann würde sie sich gleich noch viel schlechter fühlen. Und er sich auch. Schon allein deshalb konnte ich weder Rowena noch sonst einem Menschen erzählen, dass Mr. Booker und ich ein Liebespaar waren, es musste ein Geheimnis zwischen uns beiden bleiben.

Es war nicht leicht. Es war ein Gefühl, als hätte ich beim Reden einen Kiesel im Mund.

Meine Mutter wollte wissen, was wir am Weihnachtstag machen wollten. Mein Bruder hatte angerufen, dass er nicht nach Hause kommen würde, weil es um diese Jahreszeit ein zu großer Aufwand sei, von Neuguinea heim- und wieder zurückzugelangen. Er würde versuchen, Mitte Februar ein paar Tage freizubekommen, sagte Eddie, aber versprechen könne er nichts.

»Er bestraft mich«, sagte meine Mutter. »Weil ich deinen Vater verlassen habe.«

»Wenn du das nicht gemacht hättest, wärst du jetzt tot«, sagte Rowena mit einem kehligen Lachen. Sie konnte meinen Vater genauso wenig leiden wie ich.

Niemand schlug vor, in die Kirche zu gehen, weil nur meine Mutter religiös erzogen worden war. Als wir zu groß für die Sonntagsschule geworden waren, hatte sie es aufgegeben, uns erzählen zu wollen, dass an den Geschichten irgendetwas dran war. Außerdem glaubte sie es mittlerweile selber nicht mehr. Aber ihr fehlte das Singen, deshalb legte sie an den Tagen vor Weihnachten Platten mit Kirchen- und Weihnachtsliedern auf, damit Amy zumindest den Klang im Ohr hätte.

Es lief darauf hinaus, dass meine Mutter mich bei den

Bookers anrufen ließ, um zu fragen, was sie an Weihnachten planten. Mrs. Booker sagte, sie würden mit Freuden zu uns kommen.

»Braucht ihr wen, der euch hilft, den Truthahn zu stopfen?«, rief Mr. Booker ins Telefon.

»Ich glaube, das schaffen wir ganz gut allein«, sagte ich.

Meine Mutter fragte auch meinen Vater, aber er sagte, er hätte schon etwas vor.

»Ich habe noch andere Freunde, stell dir vor«, sagte er. »Auch wenn du das vielleicht nur schwer glauben kannst.«

Eine Woche vor Weihnachten kam mein Vater vorbei, um Rowena zu sehen und das Baby anzuschauen. Er trug einen seiner uralten Safarianzüge mit breitem Revers und massenhaft aufgesetzten Taschen. Rowena saß auf ihrem Stuhl, und mein Vater setzte sich die Kleine aufs Knie und starrte sie an, während sie nach seinen glänzenden Knöpfen grapschte.

»Immerhin ist hier die Vaterschaft klar«, sagte er.

»Soll heißen?«, fragte Rowena.

»Sie sieht aus, als hätte Donald sie im Alleingang gemacht.«

»Er heißt Holden.«

»Seit wann ist Holden ein Name?«

»Fänger im Roggen«, sagte meine Mutter.

Sie gab jedem von uns einen Teller und stellte eine Platte mit Sandwichs vor meinen Vater auf den Couchtisch.

»Danke, Frau Lehrerin«, sagte mein Vater und reichte das Baby an sie weiter, weil ihm das Kind-Anschauen zu langweilig wurde und er seine Hände zum Essen brauchte. Er hatte Rowenas Mann nur einmal getroffen, noch vor der Hochzeit, und Rowena daraufhin brieflich mitgeteilt, wenn sie bei ihren Heiratsplänen bliebe, sei sie noch hirnloser, als er geglaubt habe, denn jeder Idiot könne sehen, worauf ihr orientalischer Don Juan aus sei. Rowena hatte mir den Brief zu lesen gegeben. Darin nannte er Holden einen abgefeimten Charmeur. *Der Kerl spechtet nur auf Dein Geld. Glaub mir. Es ist mir schleierhaft, wie Du auf so jemanden hereinfallen konntest, aber besonders helle warst Du ja nie.* Er kam nicht zur Hochzeit, weil er, wie er sagte, kein Verlangen danach hatte, zuzusehen, wie sich ein Mädchen mit Rowenas Anlagen an einen gemeinen Betrüger wegwarf. Ich sagte, meiner Meinung nach sei mein Vater bloß eifersüchtig, worauf Rowena mir erzählte, dass mein Vater sie einmal zu küssen versucht hatte. Das überraschte mich kein bisschen.

Mein Vater befingerte die Sandwichs, um zu sehen, womit sie belegt waren.

»Nicht, dass unser Chinaböller mit dem literarischen Bezug etwas anfangen könnte«, sagte er und nahm sich sämtliche Brote mit Schinken und Thunfisch. Er aß sie eins nach dem anderen, während Rowena die Kleine ins Bett brachte.

»Und wer sind diese Freunde von dir?«, erkundigte sich meine Mutter. Sie hatte ihnen beiden Wein eingegossen und betrachtete meinen Vater über den Rand ihres Glases hinweg.

»Ich hüte die Farm einer Bekannten von mir, während sie und ihr Mann mit den Kindern an der Küste sind. Sie fahren am zweiten Feiertag und haben mir netterweise vorgeschlagen, an Weihnachten zu ihnen zu kommen, falls ich keine anderweitigen Verpflichtungen habe, damit sie mich in alles einweisen können.«

»Eine Farm?«, sagte meine Mutter.

»Eine Hobby-Farm«, sagte mein Vater. »Sie halten Pferde und ein paar Esel, Enten, Gänse, zwei, drei Hunde ...«

»Da bin ich froh«, sagte meine Mutter. »Dich allein in diesem Motelzimmer zu wissen wäre mir gar nicht recht gewesen.«

»Spar dir dein Mitleid«, sagte mein Vater. »Ob du's glaubst oder nicht, ich fühle mich pudelwohl da. Ich hätte schon vor Jahren hier ausziehen sollen.«

Er hörte zu essen auf und wischte sich den Mund ab, dann hob er sein Glas in ihre Richtung. Wenn er in dieser aggressiven Stimmung war, glitzerten seine Augen wie Glasmurmeln.

»Ich habe einen Lauf«, sagte er.

»Freut mich zu hören«, sagte meine Mutter.

Und dann schnitt er das Thema Geld an, weil er nicht anders konnte.

»Ich hoffe ja bloß, du subventionierst nicht Rowena und dieses Schlitzauge, das sie geehelicht hat«, sagte er. »Wahrscheinlich kommt sie nur, um dir die nächste Finanzspritze abzuluchsen.«

Rowena hatte sich einmal Geld von meiner Mutter geliehen, um die Kaution für ihre Wohnung bezahlen zu können. Sie hatte den Betrag in voller Höhe zurückgezahlt, sobald sie dazu in der Lage war, aber auf solchen Dingen ritt mein Vater gern herum, weil ihm der Gedanke nicht passte, dass jemand anders als er vom Geld meiner Mutter profitierte.

»Da spricht der Richtige«, sagte ich.

Er funkelte mich einen Moment lang an und sagte dann, das sei eine Privatunterhaltung zwischen meiner Mutter und ihm, und ich solle mich gefälligst heraushalten. Dann wandte er sich wieder meiner Mutter zu.

»Also?«, sagte er.

»Ich wüsste echt zu gern, wo dieses ganze Geld herkommen soll, das ich deiner Meinung nach an meine Freunde verschleudere. Ich bin Lehrerin. Glaubst du, ich stelle mich jeden Montag im Geografiesaal vor meine Zehnte, weil es mir so unglaublichen Spaß macht?«

Mein Vater leerte sein Glas und schenkte sich nach.

»Auf meinen letzten Brief gedenkst du ja anscheinend auch nicht zu antworten«, sagte er.

»Ich würde schon antworten«, sagte meine Mutter, »wenn ich irgendeine Ahnung hätte, was.«

»Und nun zu dir«, sagte er und nahm mich aufs Korn. »Meine Spione berichten mir, dass du mit einem Mann durch die Gegend ziehst, der doppelt so alt ist wie du.«

»Deine *Spione?*« Ich versuchte gelassen zu klingen.

»Was habe ich für Hoffnungen in dich gesetzt«, sagte er. »Aber wie man sieht, bist du um keinen Deut besser als der Rest.«

»Ich weiß nicht, wovon du sprichst«, sagte ich. »Welcher Rest?«

»Spiel mir jetzt nicht die Naive«, sagte er.

Ich erwiderte nichts. Ich saß nur da und wünschte, meine Mutter würde sich endlich dazu durchringen, den Kontakt zu meinem Vater abzubrechen. Ich hätte ihr am liebsten gesagt, was für eine traurige Farce das war, ihr ständiges Hin-und-her-Lavieren zwischen dem Wunsch, Victor los zu sein, und dem Wunsch, ihn als Freund zu behalten. Letzteres war sowieso aussichtslos. Allein schon deshalb, weil meine Eltern, soweit ich das beurteilen konnte, noch nie Freunde gewesen waren.

Nachdem sie meinem Vater dabei zugesehen hatte, wie er noch das letzte Sandwich aufaß, tat sie so, als müsste sie einkaufen gehen, damit er endlich aufbrach.

»Kann ich dich irgendwohin mitnehmen?«, fragte sie.

»Nein, danke«, sagte er. »Ich habe die öffentlichen Verkehrsmittel für mich entdeckt. Tut einem ganz gut, ab und an mal auf Tuchfühlung mit dem gemeinen Volk zu gehen.«

Meine Mutter und ich brachten ihn zur Tür und sahen ihm nach, als er die Einfahrt entlangstapfte. Seine Kaki-Shorts, die Kniestrümpfe und der breitkrempige Hut gaben ihm etwas entfernt Militärisches.

»Fehlt nur noch der Schlagstock, um damit auf die Schwarzen einzuprügeln«, sagte meine Mutter.

Rowena kam aus dem Vorderzimmer und fragte, ob die Luft rein sei, und meine Mutter sagte, bevor sie sich hinsetze, um das Weihnachtsessen zu planen, brauche sie erst mal noch einen Drink.

Es sei heißes Wetter angekündigt, also seien vielleicht Salate und kaltes Fleisch am besten, meinte sie.

»Wie hast du es nur zwanzig Jahre mit diesem Mann ausgehalten?«, fragte Rowena, während meine Mutter in ihren Kochbüchern blätterte.

»Man gewöhnt sich an alles«, sagte meine Mutter.

Rowena versank in Schweigen. Ich weiß nicht, was sie dachte, aber als ich sie fragte, ob alles in Ordnung war, sagte sie nur, meine Mutter sei einfach schon immer viel zu schade für meinen Vater gewesen.

»Du solltest einen Mann haben, der dich nett und zuvorkommend behandelt«, sagte sie. »Victor ist eine Gefahr für die Gesellschaft.«

Als ich ihr von Victors Gewehr erzählte, wirkte sie ernstlich erschrocken.

»Es gibt Familien«, sagte ich, »da verkleidet sich der Vater an Weihnachten als Santa Claus und verteilt aus einem großen Sack Geschenke.« Wie bei Alice letztes Jahr, wo ihr Vater sein Weihnachtsmann-Kostüm den ganzen Vormittag anbehalten hatte, bis es so heiß wurde, dass er sich bis auf die Weihnachts-Boxershorts ausziehen musste. »Warum kann ich nicht so einen Vater haben?«, fragte ich.

»Reine Glückssache, fürchte ich«, sagte Rowena.

Rowena war zorniger als meine Mutter, und genau das gefiel mir an ihr. Sie hatte nicht dieses Unentschlossene, das meine Mutter hatte. Sie war zornig auf alle und alles. Ich konnte mich nicht erinnern, sie je anders erlebt zu haben. Sie war nie die nachsichtige Spielkameradin gewesen, die auf mich einging und geduldig wartete, bis bei mir der Groschen fiel. Dafür hatte sie es zu eilig, als wäre ihr irgendetwas auf den Fersen, schattenhafte Verfolger, deren Atem sie schon heiß im Nacken spürte. Es machte sie draufgängerisch, ständig riss sie von zu Hause aus, und wenn es nur zu irgendeinem Geheimplatz am Ende des Gartens war, wo niemand sie finden konnte. Schon bevor ihre Mutter durchgebrannt war, hatte mein Großonkel regelmäßig bei meiner Mutter angerufen, um zu fragen, ob Rowena vielleicht bei uns sei.

Durch Amy war sie ruhiger geworden, aber nur bedingt. Alles, was nicht Amy war, brachte sie auf, besonders hier, in dieser Stadt, in der sie, wie sie sagte, die grauenvollsten Jahre ihres Lebens verbracht hatte.

Wir machten mit Amy eine Spazierfahrt, vorbei an dem Internat, auf das ihr Vater sie für ein Jahr geschickt hatte, um sie von den verderblichen Einflüssen in Sydney wegzubringen. Erst war sie auf meine alte Schule gegangen, aber dort war sie nach zwei Monaten geflogen, weil sie sich den ganzen Leichtathletiktag über mit Stefano Musso im Laderaum seines Lieferwagens versteckt hatte.

»Ihn haben sie nicht rausgeschmissen«, sagte sie. »Verlogene Arschlöcher.«

An der neuen Schule hatte sie genauso wenig ins Raster gepasst.

»Sie haben mich zum Freak erklärt«, sagte sie, »also bin ich einer geworden, einfach, um es ihnen recht zu machen.«

Das sei schon immer ihr Problem gewesen, sagte sie: Egal was jemand über sie sagte, sie glaube es. Als ihr Vater sie als Hure und Schlampe beschimpfte, tat sie demnach ihr Bestes, um seinen Erwartungen gerecht zu werden, und kürzte den Rock ihrer Schuluniform so radikal, dass ihre Beine bis zum Poansatz zu sehen waren.

»Schuluniformen sind so hässlich«, sagte sie. »Was versuchen sie damit zu erreichen?«

Ihr Vater hatte gesagt, wer aufgetakelt wie eine Prostituierte zur Schule gehe, verdiene es nicht anders, als vergewaltigt zu werden. Also hatte sie ihn pervers genannt und von ihm eine geschmiert bekommen, dass ihre Lippe aufplatzte. Die Narbe auf ihrer Wange hatte sie auch ihrem Vater zu verdanken, behauptete sie, aber meine Mutter sagte, die käme von dem Autounfall damals, als sie mit Richard Everett ging – er hatte ein Stoppschild überfahren, und niemand im Auto war angeschnallt gewesen.

»Meinem Vater hat es nur leidgetan, dass ich nicht tot war«, sagte Rowena. »Zugegeben hat er's zwar nicht, aber gedacht hat er's.«

Ich sagte ihr, dass ich das nicht glaubte und dass ihr Vater im Krankenhaus geweint hatte, als er sie mit all ihren Verbänden daliegen sah. Das wusste ich noch, weil ich es vorher noch nie erlebt hatte, dass ein erwachsener Mann weinte.

Ich fragte sie, wie ihr das Leben in Sydney gefiele, und sie sagte, leicht sei es nicht, wegen der hohen Mieten und vielen Autos und weil ihre Stiefschwestern dort wohnten, die sie beide nicht ausstehen konnte.

»Wieso nicht?«, fragte ich, aber ich konnte es mir denken. Rowenas Vater hatte wieder geheiratet. Seine neue Frau betrieb eine Kette von Delikatess-Supermärkten und hatte ein großes Haus in Mosman, und bei jedem Besuch von uns schien sie nur darauf zu warten, dass wir etwas zerbrachen, sodass wir uns kaum zu rühren wagten. Außerdem redete sie ohne Punkt und Komma und fast ausschließlich über ihre beiden Kinder, bis es sogar meiner Mutter zu viel wurde.

»Sie sind so selbstverliebt«, sagte Rowena. »Ich glaube, sie haben noch nie auch nur eine Sekunde an sich gezweifelt. So was kotzt mich an. Sydney ist voll davon. Selbstherrlichkeit und Protzigkeit.«

»Immer noch besser als hier«, sagte ich.

Ab da hörte ich nicht mehr zu, weil ihre Stimme schrill wurde und ich Kopfweh davon bekam und weil wir am Supermarkt angekommen waren, wo wir noch ein paar Sachen fürs Weihnachtsessen besorgen mussten.

»Was sind das für Leute?«, fragte Rowena.

»Freunde von Mum«, sagte ich. »Du wirst sie mögen.«

»Wenn sie so sind wie ihre anderen Freunde, dann wahrscheinlich eher nicht«, sagte sie.

Ich fragte sie, wie sie das meinte, und sie sagte, die meisten Freunde meiner Mutter seien Versager, die sonst keiner haben wollte.

»Was macht diese grässliche Frau mit dem debilen Sohn?«

»Hilary?«

»Trinkt sie immer noch Wodka zum Frühstück?«

»Mum hat Mitleid mit ihr«, sagte ich.

»Genau das meine ich«, sagte Rowena.

»Überall ist es besser als hier«, sagte sie. »Du musst dringend hier raus. Wenn du bleibst, sitzt du am Schluss mit so einem Langweiler da, der Shane oder Wally heißt und sechs Kinder will und eine Klinkerfassade in einem Vorort. Und eines Tages wachst du auf und steckst den Kopf in den Ofen, weil das immer noch besser ist als das zigtausendste Gespräch über Football oder darüber, ob Wally junior nicht doch vom anderen Ufer ist, weil er so oft die Nase in einem Buch hat.«

Im Wald sind keine Räuber

Mr. und Mrs. Booker rückten eine Stunde früher an als geplant, mit einer Flasche Sekt und einem Korb voller Geschenke. Lorraine war schon weg, sie und Geoff fuhren über Weihnachten nach Sydney, darum waren nur ich, meine Mutter und Rowena da.

»Bei uns war es zu still«, sagte Mrs. Booker. »Also dachten wir, wir kommen schon mal rüber.«

Wir waren alle noch im Schlafanzug, aber wir machten den Sekt trotzdem auf und fingen an zu trinken, und dann sagte Mr. Booker, ich solle mich anziehen, damit er mit mir in die Kiefernpflanzung fahren könne, um einen Baum zu holen, denn wo sollten wir ohne Baum die Geschenke hinlegen?

»Du hast keine Axt«, sagte Mrs. Booker.

»Dummerchen«, sagte er. »Die Bäume verkaufen sie doch am Straßenrand.«

»Das war gestern«, sagte sie.

Mr. und Mrs. Booker starrten einander kummervoll an.

»Wir bleiben nicht lang«, sagte Mr. Booker dann.

»Wir brauchen Zigaretten«, sagte Mrs. Booker.

Ich sagte, ich würde an die Zigaretten denken, ob es noch etwas gab, das sie brauchte? Sie schüttelte den Kopf und sah mich an, während ich vom Sofa aufstand, wo ich neben Mr. Booker gesessen hatte, der meine Hand hielt.

»Ihre Kusine wird jeden Tag hübscher«, sagte Mrs. Booker zu Rowena, die mit der Kleinen auf dem Arm dastand und sie zum Lachen brachte, indem sie sie ein Stückchen fallen ließ und dann wieder auffing, ein Spiel, von dem Amy nie genug kriegen konnte.

Rowena streifte mich mit einem Blick, als ich hinausging, um mir etwas überzuziehen. »Die Haare sind gut«, sagte sie und klärte die Bookers darüber auf, dass ich nicht ihre Kusine war, aber dass diesen Fehler viele machten. »Mein Vater war ein Spätzünder«, sagte sie.

»Der Topfschnitt war unsere Idee«, sagte Mr. Booker.

Als ich ins Zimmer zurückkam, hielt Mrs. Booker Amy auf dem Schoß und betrachtete sie unverwandt, während Amy nach ihrer Kette patschte. Alle sahen eine Zeit lang stumm zu, und dann trat Mr. Booker zu mir und hob mich hoch.

»Wir zwei brennen durch«, sagte er. »Wir schicken euch eine Postkarte aus Rio.«

Dann tanzte er mit mir im Arm aus dem Haus und trug mich den ganzen Weg bis zum Auto.

Wir fuhren von hinten an die Kiefernplantage heran. Wir saßen im Auto und schauten auf die Schafpferche hinter der Hügelkuppe, wo die Besiedelung aufhörte. Es war glühend heiß, und die Luft stand fast, nur vereinzelt ließ ein Hauch das hohe Gras zittern. Auf einem Höhenrücken in der Entfernung war ein Feuer ausgebrochen und sandte eine graue Rauchsäule empor, die erst gerade aufstieg und dann waagrecht zur Seite bog, als wollte sie einem Hindernis ausweichen.

»Fröhliche Weihnachten«, sagte Mr. Booker.

»Dir auch«, sagte ich. »Wo ist mein Geschenk?«

Er streckte den Arm aus, zog mich an sich und küsste mich aufs Haar.

Wir stiegen aus und gingen ein Stück bergab, bis wir

zu einem Gatter mit einem Zauntritt kamen, hinter dem ein dunkler, von Kiefern gesäumter Waldweg begann. Mr. Booker kletterte über das Gatter und ich hinterher. Es war kühler im Schatten und der Boden weicher, denn die Nadeln bedeckten ihn in einer so dicken Schicht, dass sie einen richtigen Teppich bildeten.

»Wonach suchen wir?«, fragte ich.

»Nach einem Baum«, sagte Mr. Booker. »Halt nach einem Baum Ausschau.«

»Die sind alle zu groß«, sagte ich. Die Bäume umgaben uns in dichten Reihen, alle bestimmt zwanzig Meter hoch und so eng gepflanzt, dass man zwischen den Ästen keinen Himmel sah, wenn man hochblickte.

»Such nach einem kleinen«, sagte Mr. Booker.

Wir folgten dem Weg so lange, bis er abbrach und die Bäume einen Abhang hinunter in eine Schlucht marschierten.

»Du hast die Wahl, Bambi«, sagte Mr. Booker. »Jetzt heißt es entweder hineintauchen in die Wildnis oder mit leeren Händen heimkommen.«

»Sie werden sich fragen, was wir die ganze Zeit gemacht haben«, sagte ich.

»Das frage ich mich auch«, sagte er. Dann begann er in seinen italienischen Lederschuhen den Hang hinunterzurutschen, und wieder folgte ich ihm.

Unten angekommen, setzten wir uns auf einen umgestürzten Baumstamm und starrten in den Wald, der in alle Richtungen um uns ausfächerte wie ein Labyrinth.

»Findest du hier wieder raus?«, fragte ich. Es war so still unter den Bäumen, dass unsere Stimmen überlaut klangen, als würde ihr Schall zwischen den Ästen hin und her geworfen.

»Nein«, sagte er. »Ich dachte, du kennst den Weg.«

Er schlug vor, einfach die Nacht über hierzubleiben und

zu hoffen, dass uns morgen ein Suchtrupp fand, und ich sagte, dass ja niemand wissen würde, wo sie suchen sollten.

»Warum hast du auch keine Brotkrumen ausgestreut«, sagte er.

»Kriege jetzt schon wieder ich die Schuld?«, fragte ich. Anscheinend schloss er daraus, dass ich wütend war oder Angst hatte, denn er legte den Arm um mich und erzählte mir einen Witz.

»Was ist rund und höllisch gefährlich?«

»Verrat's mir.«

»Ein Teufelskreis«, sagte er.

Er zog seinen Flachmann heraus und trank, bevor er ihn an mich weitergab.

»Lange steh ich das nicht mehr durch«, sagte er.

Ich reichte ihm den Flachmann zurück und sah ihm zu, wie er den nächsten Schluck nahm.

»Was?«, fragte ich.

»Dieses Herumgeschleiche.«

Ich sagte nichts. Ich beobachtete die Ameisen, die aus einem Loch neben meinen Füßen heraus- und wieder hineinwuselten, als liefe ihnen die Zeit davon. Ich schob mit dem Fuß etwas Erde über die Öffnung, um zu sehen, ob sie das bremsen würde.

»Heißt das, du willst Schluss machen?«, fragte ich.

Er sah mich an und schüttelte den Kopf. Er könne jetzt nicht mehr Schluss machen, selbst wenn er es wollte, sagte er, aber er könne auch nicht anfangen, Mrs. Booker zu belügen, denn er habe sich geschworen, dass er so etwas nie tun würde.

»Weiß sie es?«, fragte ich.

»Nein«, sagte er.

Das nahm ich ihm keine Sekunde lang ab.

»Soll ich es ihr sagen?«, fragte ich. Ich meinte es als Scherz, aber er fand es nicht komisch.

»Klopf, klopf«, sagte ich.

»Wer da?«

»Hast du mich jetzt schon vergessen?«

Ich nahm seine Hand und zog sie unter meine Bluse, auf meine Brust.

»Du hast was Besseres verdient«, sagte er.

»Scheiß drauf«, sagte ich.

Er ermahnte mich, nicht vulgär zu werden, und drückte seinen Mund auf meinen, um mich zum Schweigen zu bringen.

Eine Stelle am Boden war nicht ganz so staubig wie der Rest. Mr. Booker zog seinen Anzug aus und hängte ihn über einen Ast, und ich faltete meine Kleider daneben. Dann legten wir uns auf die Kiefernnadeln und küssten uns weiter, und ich fing zu weinen an, nicht aus Traurigkeit, sondern weil ich wusste, wenn Mr. Booker beschloss, dass wir uns nicht mehr treffen durften, dann konnte ich ihn durch nichts daran hindern.

»Nicht weinen«, sagte er und leckte meine Tränen auf.

»Fick dich«, sagte ich.

Da packte er mich so grob, wie er es vorher noch nie getan hatte. Er drehte mich um und stieß von hinten in mich hinein und befahl mir, zu sagen, dass ich ihm gehörte und keinem sonst.

»Ich gehöre dir«, sagte ich.

»Sag's noch mal«, verlangte er. »Lauter!«

Ich sagte es noch einmal, so laut, dass das Echo zwischen den Bäumen hallte, und er sagte immer wieder meinen Namen.

»Martha«, sagte er. »Himmelherrgott, Martha.«

Dann drehte ich mich ihm zu, und er legte sich auf den Rücken. Ob vielleicht mal ich nach oben sollte, fragte ich, und er schloss die Augen.

»Ich werd verrückt«, murmelte er.

»So?«, fragte ich und setzte mich auf ihn. Er öffnete die Augen wieder und sah mich an, als wüsste er nicht mehr, wo er war. Ich hatte bei keinem Menschen je einen so verlorenen Blick gesehen.

Bis wir zum Haus zurückkamen, war fast eine Stunde vergangen. Wir schleiften einen Ast hinter uns her, den wir von einem umgestürzten Baum abgebrochen hatten, und ließen die Schuhe vor der Tür stehen, weil sie so staubig waren. Mrs. Booker spielte Klavier. Sie hob den Kopf und lächelte, sagte aber nichts. Mir war plötzlich, als wüsste sie haargenau, warum wir so spät kamen, denn sie stand auf und ging einfach an uns vorbei.

Erst an der Tür zum Esszimmer drehte sie sich um, aber sie sah nicht mich an, sondern nur Mr. Booker.

»Wir haben uns schon Sorgen gemacht.« Sie hielt ihr Glas in der Hand, und als sie sich an den Türrahmen lehnte, kippte es leicht, und Rotwein floss ihr übers Kleid. Sie starrte auf den Fleck hinunter und versuchte ihn wegzuwischen, aber das machte es nur schlimmer.

»Wir konnten vor lauter Bäumen den Wald nicht sehen«, sagte Mr. Booker.

»Ich will heim«, sagte sie.

»Nicht doch, Dummerchen«, sagte Mr. Booker. »Wir sind doch gerade erst gekommen.«

»Ich will heim nach England«, sagte sie. »Wo es kalt ist und Schnee liegt.« Damit sackte sie am Türrahmen herunter und landete auf dem Boden, und Mr. Booker musste sie hochziehen und in Lorraines Zimmer ins Bett legen, wo er eine halbe Stunde bei ihr sitzen blieb. Meine Mutter brachte ihm einen Drink, und als sie wieder herauskam, sagte sie, dass Mrs. Booker wirr vor sich hin redete.

»Ich glaube, sie hat das mit Amy nicht verkraftet«, sagte meine Mutter. »Sie redet nur von dem Baby.«

»Sie hat ein Alkoholproblem«, sagte Rowena.

»Das auch«, sagte meine Mutter.

Wir weckten Mrs. Booker nicht zum Essen. Wir saßen um den Esstisch, meine Mutter, ihre Kusine, Mr. Booker und ich, und öffneten unsere Knallbonbons, setzten unsere Papphütchen auf, aßen und tranken, während Amy auf dem Boden saß und mit ihren Geschenken herumfuhrwerkte.

Hin und wieder guckte sie zu uns hoch, lachte und schwenkte die Hände durch die Luft, dann winkten wir zurück, und obwohl nur wir fünf da waren, fühlte es sich an, als wären wir eine ganz normale Familie.

»Wie hat es die Mittelschicht doch gut«, sagte Mr. Booker, sein Sektglas erhoben.

»Was wohl die Armen heute so treiben«, fügte meine Mutter hinzu.

Für mich war das etwas völlig Neues, meine Mutter an Weihnachten so vergnügt zu erleben. Es war unser erstes Jahr ohne meinen Vater. All die Jahre davor hatte meine Mutter auf der Hut sein müssen, falls mein Vater plötzlich beschloss, querzuschießen. Er hasste Weihnachten. Er sah darin eine groß angelegte amerikanische Propaganda-Übung mit dem alleinigen Ziel, den Leuten noch mehr Geld für noch mehr überflüssigen Krempel aus der Tasche zu ziehen. Mit Geburtstagen war es das Gleiche und mit Mutter- und Vatertag auch.

»Ihr erliegt dem furchtbaren Trugschluss, selbstbestimmt zu handeln, während ihr in Wahrheit am Gängelband der Konzerne hängt, die über euch regieren«, sagte er zu uns.

Er machte nie Geschenke, weil das angeblich seine Möglichkeiten überstieg.

»Eurer Mutter dagegen kommt das Geld anscheinend zu den Ohren raus.«

Meine Mutter schenkte uns zu Weihnachten und zum Geburtstag Bücher und bei Bedarf auch Kleidungsstücke, aber selbst das fand mein Vater zu viel. Er behauptete, meine Mutter würde uns verwöhnen. Sie verwechsle materielle Besitztümer mit Liebe, sagte er.

An einem Weihnachten fragte ich ihn, was Liebe denn seiner Meinung nach sei, wenn man sie nicht manchmal zeigte, und er sagte, seine Liebe zu uns habe diese Art der Zurschaustellung nicht nötig.

»Woher wissen wir dann, dass sie existiert?«, fragte ich.

»Gar nicht«, sagte er. »Sie ist wie die Liebe Gottes.«

Ich fragte ihn, ob er an Gott glaube, und er sagte Nein, und als ich lachte, schickte er mich in mein Zimmer.

Unser schlimmstes Weihnachten war damals, als wir frisch aus Südaustralien in den Osten zurückgekehrt waren. Meine Mutter hatte für eine Woche ein Haus in der Nähe von Church Point gemietet, wo ihre Schwester mit unseren Vettern und Kusinen den Sommerurlaub verbrachte. Mein Vater hatte seinen Job als Sprühflugzeugpilot an den Nagel gehängt, und meine Mutter und er waren auf der Suche nach einem Geschäft, das sie zusammen betreiben konnten, damit wir nicht so viel auf Achse sein mussten. Sie fanden einen Souvenirladen, der zum Verkauf stand, und meine Mutter kaufte ihn von dem Geld, das mein Großvater ihr hinterlassen hatte. Die Idee war, dass meine Eltern ihn nach den Weihnachtsferien gemeinsam führen würden, nur eröffnete uns mein Vater an Heiligabend, dass er es sich anders überlegt hatte. Nichts und niemand, so verkündete er, werde aus ihm jemals einen Krämer machen. Wenn meine Mutter sich partout einem Leben permanenter Fronarbeit verschreiben wolle, nur zu, aber er habe andere Pläne.

»Was für Pläne?«, sagte meine Mutter. »Sag's mir!«

Es sei noch nichts spruchreif, sagte er, aber er habe die

Fühler ausgestreckt, Monty Braithwaite habe ein paar Eisen im Feuer und werde ihm innerhalb der nächsten vierzehn Tage ein Angebot machen.

Monty Braithwaite war der einzige Freund meines Vaters. Er war Pilot und Geschäftsmann, und mein Vater kannte ihn schon viele Jahre und weigerte sich, den Gerüchten zu glauben, denen zufolge er kriminell und ein Betrüger war.

»Monty hat viele Neider«, erklärte mein Vater uns. »Weil er über unabhängige Mittel verfügt.«

Mein Bruder wollte wissen, ob das hieß, dass Onkel Monty reich war.

»Seine Frau ist es«, sagte mein Vater. »Was beinahe so gut ist. Sie ist eine King«, sagte er. »Eine der rumaromareichen Kings von der Backmischung.«

Am nächsten Tag fuhren wir zu Tante Frances und Onkel Harvey zum Weihnachtsessen. Ihr Ferienhaus war größer als unseres und hatte einen Pool und Meerblick. Mein Vater sagte, ein Mittagessen bei meiner Tante und meinem Onkel sei das Letzte, worauf er Lust habe. Sie seien so selbstgefällig und pomadig, sagte er, und als er das Haus sah, meinte er, in so einem Kasten würde man eher einen Drogenbaron erwarten, der hier Geldwäsche betrieb.

»Aber Geschmack hatte deine Schwester ja noch nie«, rieb er meiner Mutter hin. »Sie verwechselt Kostspieligkeit mit Wert.«

»Hör auf«, sagte meine Mutter. »Wenn du stänkern willst, geh heim.«

»Dazu müsste ich erst mal ein Heim haben«, sagte mein Vater. Er hatte den ganzen Morgen darüber gemosert, dass meine Mutter Geld für ein Strandhaus zum Fenster hinauswarf, wo wir noch nicht einmal ein Haus zum Darin-Wohnen hatten.

Dann müsse er ihr eben beim Suchen helfen, hatte meine Mutter gesagt, denn normalerweise überließ er die Haussuche ihr, um dann hinterher das Ergebnis schlechtzumachen.

»Ich könnte auch in einem Wohnwagen wohnen«, sagte er. »Mir würde das vollkommen reichen.«

»Warum tust du's dann nicht?«, fragte sie.

Sie hielten das ganze Essen hindurch möglichst viel Abstand zueinander, meine Mutter am einen Ende des Tisches neben ihrer Schwester und mein Vater am anderen neben meinem Onkel Harvey.

»Und, was macht die Welt der Glühbirnenfassungen?«, fragte mein Vater meinen Onkel. »Erleuchte mich!«

Ich mochte Onkel Harvey. Er war fröhlich und poltrig, mit einem Gesicht wie ein Baby, das vor der Zeit ergraut ist. Wenn ich an ihm vorbeiging, kitzelte er mich und führte Zaubertricks mit einer Dollarmünze vor, die ich danach behalten durfte, und am Strand watete er mit mir in die Brandung und ließ mich an seiner Hand über die Wellen springen, was mein Vater strikt ablehnte, weil er nicht schwimmen konnte und die Sonne verabscheute.

»Manche von uns müssen für ihren Lebensunterhalt arbeiten«, sagte Harvey.

Das war der Punkt, an dem mein Vater beschloss, einen Streit vom Zaun zu brechen. Aber vorher zwinkerte er meiner Mutter zu. Sie mied seinen Blick und starrte stattdessen in ihr Glas.

»Verständlich, dass du das so siehst«, sagte mein Vater. »Aber fragst du dich nicht manchmal, wozu das alles gut sein soll?«

»Nein, wieso?«, sagte mein Onkel.

»Warum überrascht mich das jetzt nicht«, sagte mein Vater.

Mein Bruder auf der anderen Tischseite beobachtete

meinen Vater mit einem flehenden Ausdruck im Gesicht, weil er wusste, was jetzt kam, und sich auch so schon genug vor unseren Vettern und Kusinen genierte, die so überlegen taten mit ihren neuen Spielsachen und dem Pool und dem Haus mit dem Meerblick.

»Ich halte nicht viel von diesem ständigen Gerede darüber, warum manche Leute mehr besitzen als andere oder besser aussehen als andere oder es zu etwas bringen, während andere auf der Strecke bleiben«, sagte Onkel Harvey.

»Warum solltest du auch«, fragte mein Vater, »wo dir das System doch so perfekt in die Hände spielt?«

»Du scheinst zu denken, an meinem Wohlstand wäre etwas Unredliches«, sagte Onkel Harvey. Sein Mund lächelte noch, aber seine Augen nicht mehr.

»Keineswegs«, erwiderte mein Vater. »Meine Sorge ist nur, dass Menschen wie du gern glauben, ihr Erfolg im Leben würde sich Begabung und Fleiß verdanken.«

»Das glaube ich nicht«, sagte Onkel Harvey, »das weiß ich. Ich sehe es jeden Tag.«

»Und dir kommt nie der Gedanke, dass du lediglich ein Privileg ausnutzt, das du dir durch nichts verdient hast, und damit ein System aufrechterhältst, in dem unverdiente Privilegien sich auszahlen?«

»Als Kommunist kenne ich dich noch gar nicht, Victor«, sagte Onkel Harvey.

Mein Vater stieß ein Lachen aus, aber es war kein echtes Lachen, mehr ein Bellen. Er sah sich am Tisch um, offenbar in der Erwartung, alle anderen müssten es auch zum Lachen finden. Aber niemand lachte. Niemand außer meinem Vater und Onkel Harvey. Und Onkel Harvey lachte auf eine Art, die ihn zorniger aussehen ließ, als ich es je bei ihm erlebt hatte.

»Aber gottlob hat dich das nie davon abgehalten«, sagte

er zu meinem Vater, »mit leeren Händen zu uns zu kommen, unseren gesamten Alkohol zu trinken und unser ganzes Essen zu essen und es dir auch sonst auf unsere Kosten gut gehen zu lassen.«

Und dann sah Onkel Harvey meine Mutter an und sagte, nichts für ungut, aber gewisse Dinge müssten einmal gesagt werden, und sie stimmte ihm zu und sagte, sie könne sich nur entschuldigen und wir würden jetzt gehen, damit sie ihr Weihnachtsessen in Frieden beenden könnten.

Meine Tante sagte, es sei doch nicht nötig, dass wir gingen, aber mein Vater erklärte, das sei sehr wohl nötig, denn er sei schon von bedeutenderen und besseren Leuten als Harvey beleidigt worden.

»Was nur wieder zeigt«, setzte er hinzu, »dass einem im Leben nichts geschenkt wird, auch zum Fest der Liebe nicht.«

»Jetzt essen wir erst mal in Ruhe fertig«, sagte Tante Frances.

Mein Vater befahl uns allen, mit dem Essen aufzuhören und unser Besteck wegzulegen. Dann marschierte er uns voran aus dem Haus und zum Auto, und ganz hinten kam meine Mutter mit meiner Tante.

»Nehmt wenigstens ein bisschen Essen mit«, sagte Tante Frances.

»Lieber verhungere ich«, rief mein Vater, und dann stieg er ins Auto und schmiss die Tür zu.

Diese Geschichte erzählte meine Mutter jetzt Mr. Booker, und ich hängte noch die Geschichte von unserer Rückfahrt an, denn auf halber Strecke hatten mein Bruder und ich uns in die Haare bekommen, worauf mein Vater kurzerhand angehalten und uns an die Luft gesetzt hatte.

»Ich war acht«, sagte ich, »und Eddie war zehn. Wir haben drei Stunden gebraucht, um nach Hause zu laufen.

Ich hab mir in die Hosen geschissen. Sie mussten mich mit dem Schlauch abspritzen.«

»Wenigstens hat sie das unattraktiv für Kinderräuber gemacht«, sagte meine Mutter. »Er hatte den Autoschlüssel versteckt, sodass ich nicht zurückfahren und sie holen konnte.«

»Das denken Sie sich aus«, sagte Mr. Booker.

»Schön wär's«, sagte meine Mutter. Sie war im Lauf des Essens immer entspannter geworden, und jetzt hatte sie einfach nur gute Laune, weil Mr. Booker da war und sie in seiner Gesellschaft jedes Mal aufblühte, wie wir anderen auch.

»Es ist ein Wunder, dass wir nicht alle völlig meschugge sind«, sagte sie. Dann schielte sie und versuchte, sich mit dem Finger an die Nasenspitze zu tippen, verfehlte sie aber.

Mr. Booker lachte und drückte mir unterm Tisch das Knie, bevor er seine Hand weiter aufwärtsgleiten ließ, bis sie mein Höschen erreichte.

»Das denkst auch nur du!«, sagte ich.

Als Mrs. Booker aufwachte, ging sie geradewegs ins Vorderzimmer und fing an, Klavier zu spielen, und ich brachte ihr einen Drink und eine Zigarette und setzte mich zu ihr. Sie hatte eine dünne, belegte Stimme, aber sie sang gern, also saßen wir nebeneinander und sangen Lieder aus dem Weihnachtsliederbuch meiner Mutter, und als die anderen uns hörten, kamen sie alle herein, um zuzuhören, nur verschwand Mr. Booker nach »The First Noel«. Als ich ihn suchen ging, lag er draußen im Garten auf der Sonnenliege, die Augen geschlossen. Als ich näher kam, schlug er sie auf, starrte mich an und lächelte sein Echsenlächeln.

»Was ist so komisch?«, fragte ich.

»Ich pack das alles nicht mehr«, sagte er.

Er nahm meine Hand, küsste meine Finger und murmelte, wie wunderschön ich sei.

»Du kannst dich aber auch sehen lassen«, sagte ich und ließ den Blick über seinen lang ausgestreckten Körper wandern.

Und dann sagte er, wir sollten heiraten, und ich sagte, das sähe ich auch so.

»Wir sollten Kinder kriegen«, sagte ich. »Ein Mädchen für dich und einen Jungen für mich.«

Mr. Booker warf mit einem Auflachen den Kopf zurück und griff dann nach seinem Glas. Ich fragte ihn, wie alt er war, und er sagte, vierunddreißig.

»Du siehst jünger aus«, sagte ich.

»Nämlich wie alt?«

»Dreiunddreißig.«

Er grinste so breit, wie er es nur machte, wenn er betrunken war, als wollte er mir demonstrieren, wie schön gerade seine Zähne waren.

»Beschäftigt dich das?«, fragte er.

»Was?«, fragte ich.

»Dass ich so steinalt bin.«

»Ich tue die ganze Nacht kein Auge zu«, sagte ich.

»Ich glaube, deine Mutter weiß Bescheid«, sagte er.

»Das fürchte ich auch«, sagte ich. Dann beugte ich mich über ihn und küsste ihn auf die Wange. Er nahm mein Gesicht zwischen die Hände, sah mich bohrend an und fragte, ob mir klar sei, was ich da täte. Ich lachte und befahl ihm, mit dieser Fragerei aufzuhören, denn welchen Unterschied machte es schon, ob es mir klar war oder nicht.

»Du wirst noch mein Untergang sein«, sagte er mit beißendem Whisky-Atem.

»Daran hättest du denken sollen«, sagte ich, »bevor du mit mir in den Wald gefahren bist und mich von hinten genommen hast.«

Er kniff die Augen zusammen und fuhr sich mit der Zunge die Lippenränder entlang wie eine Katze, die sich Federn von den Schnurrhaaren schleckt.

»Hat dir das gefallen?«, fragte er.

»Sehr sogar«, sagte ich.

»Hättest du eventuell noch mal Lust dazu?«

Ich antwortete ihm nicht. Stattdessen nahm ich sein Ohrläppchen zwischen die Zähne und biss zu, bis er protestierte.

Selbstmord ist ungesund

Drei Tage nach Weihnachten gab sich mein Vater die Kugel. Zumindest erzählte er das allen. Gerettet worden, behauptete er, war er nur durch den Jack Russell, den er für seine Freunde hütete. Er hatte angeblich gar nicht gemerkt, dass das Vieh überhaupt da war. Es sei ihm den ganzen Weg vom Haus bis zur Talsperre gefolgt, ohne einen Mucks von sich zu geben.

»Ich hatte den Finger schon am Abzug«, sagte er, »da fängt die Töle plötzlich an zu kläffen. Hat mich fast zu Tode erschreckt.«

Es war keine geplante Aktion, meinte er zu mir. Aber nach den ersten paar Tagen allein in dem Farmhaus habe er schlicht Panik bekommen.

»Als würde man in der Früh aufwachen, und um einen herum wäre nichts als Schwärze.«

»Wie heißt der Hund?«, fragte ich. »Lucky?«

Mein Vater lächelte nicht. Die eine Seite seines Kopfes war dick verbunden, denn die Kugel hatte ihm die Haut aufgeschürft und den oberen Rand seines Ohrs abrasiert: ein Gefühl, so beschrieb er es, als hätte jemand seine Haare in Brand gesetzt.

»Scheißköter«, sagte er. »Dachte wahrscheinlich, er tut mir einen Gefallen.«

Ich wollte wissen, was er dann gemacht hatte, und er

sagte, er hätte die Knarre in den Stausee geworfen und einen Krankenwagen gerufen.

»Ich habe geblutet wie ein Schwein«, sagte er. »Ich wollte meinen Freunden nicht das Auto vollsauen.«

»Was hat der Arzt gesagt?«, fragte ich.

Er langte zu seinem Nachttisch hinüber und zog die Schublade auf, um mir den Beipackzettel seiner neuen Tabletten zu zeigen. Ich tat so, als würde ich ihn lesen, aber die Schrift war zu klein, und es waren fast alles Fremdwörter. Ich glaube, er wollte mich damit beeindrucken, wie ernst sein Problem war.

»Das chemische Gleichgewicht in meinem Kopf ist gestört«, sagte er.

»Da bin ich erleichtert«, sagte ich. »Ich dachte, du spinnst vielleicht.«

Sein Lächeln hatte Schlagseite, weil es ihm wehtat, seinen Gesichtsausdruck zu verändern. Er sagte, es würde voraussichtlich eine Weile dauern, bis er richtig eingestellt wäre, aber bis dahin sei es ihm ganz recht, das Bett zu hüten und sich von all den hübschen Schwestern umsorgen zu lassen.

Meine Mutter besuchte ihn auch und fand, dass er schon viel besser aussah. Sie hinterließ mehrere Nachrichten für Eddie, der aber nicht zurückrief, sodass sie es schließlich aufgab.

»Er hat jemanden kennengelernt«, berichtete sie. »Eine Mitpatientin.«

»Ach ja?«

»In den Dreißigern«, sagte meine Mutter. »Mit zwei Kindern, die jetzt bei Pflegeeltern sind.«

»Und was sieht sie in Victor?«, fragte ich.

»Ich glaube nicht, dass es diese Art von Beziehung ist«, sagte meine Mutter.

»Was für eine Art Beziehung ist es dann?«

»Sie schlucken die gleichen Medikamente«, sagte sie.

Und dann sagte sie, dass es ihr nicht das Geringste ausmachte, solange mein Vater nicht erwartete, dass sie ihn zurücknahm, denn das hätte sie viel zu oft getan, und es sei jedes Mal ein Fehler gewesen, und diesmal würde es auch nicht anders sein.

»Meiner Meinung nach wollte er sich sowieso nicht ernsthaft umbringen«, sagte sie.

Ich fragte meinen Vater, wie er das sah, und er sagte, meine Mutter habe vermutlich recht, und dann ließ er sich darüber aus, wie leid es ihm tue, dass er als Ehemann und Vater so versagt hatte, und wie schwer es für ihn gewesen sei, mit der Frau zu konkurrieren, zu der meine Mutter geworden war, nachdem sie wieder zu arbeiten angefangen hatte.

»Ich glaube nicht, dass sie es als Wettbewerb gesehen hat«, sagte ich.

»Angefühlt hat es sich so«, sagte er.

Andauernd fing er von meiner Mutter an, davon, wie sie ihm nie den Rücken freigehalten und alle seine Pläne für ein größeres, besseres Leben immer nur untergraben habe.

»Deine Mutter hat keinen Ehrgeiz«, sagte er.

Ich sagte ihm, dass ich das nicht hören wollte.

»Das denke ich mir«, sagte er. »Du wusstest schon immer, wie du dein Fähnlein hängen musst.«

Danach besuchte ich ihn nicht mehr, weil er mit den neuen Medikamenten nichts sagte, was er mit den alten nicht auch schon gesagt hatte, und weil ich seiner neuen Freundin nicht begegnen wollte.

»Sie heißt Aggie«, sagte er. »Wir sind am selben Tag eingeliefert worden. Sie hatte sich in der Badewanne die Pulsadern aufgeschnitten, aber ihre Tochter hat sie gerade noch rechtzeitig gefunden.«

»So ein Pech aber auch«, sagte ich.

Als ich Mr. Booker davon erzählte, lachte er.

»Er hat was?«

»Danebengeschossen.«

»Schwachsinn«, sagte er.

Ich sagte, dass ich es auch nicht so ganz glaubte. Wir saßen im Auto und fuhren vom Kino heim, nur Mr. Booker und ich. Mrs. Booker hatte ich seit Weihnachten nicht mehr gesehen, aber wir hatten telefoniert, und sie hatte völlig normal geklungen.

»Wie schafft sie das?«, fragte ich Mr. Booker.

»Sie blendet es aus«, sagte er. »Wie so vieles andere.«

Er hatte beschlossen, dass wir nicht mehr ins Motel gehen durften, weil seine Abwesenheiten in der Arbeit langsam auffielen und weil es im neuen Haus so viel auszupacken gab. Stattdessen fuhren wir jetzt einen Umweg über einen Aussichtspunkt, den sonst nur Touristen besuchten. Er lag auf der Kuppe eines Hügels mit Blick auf die Häuser, und zwischen den Felsen gab es Spalten, die tief genug waren, dass niemand uns sehen konnte. Mr. Booker hatte eine Picknickdecke und Bier dabei und sagte mir, noch während er mir beim Ausziehen half, dass wir nicht viel Zeit hätten, woran ich merkte, dass er wütend war, aber nicht auf mich.

Er kam sehr schnell und laut und entschuldigte sich dann.

»Wofür?«, fragte ich.

Er strich mir den Pony aus den Augen und wollte wissen, wie es sein konnte, dass ich meine Zeit mit ihm vertat.

»Stehen die Jungs denn nicht Schlange bei dir?«

»Als ich das letzte Mal geschaut habe, nein«, sagte ich.

Danach lagen wir auf den Felsen und rauchten, und ich fragte ihn, ob er beim Sex mit Mrs. Booker an mich dachte, und er blieb einen Moment lang vollkommen stumm, sodass ich es bereute, gefragt zu haben. Der Stein glühte noch nach von der Hitze des Tages, und wenn man Arme und Beine von sich streckte, war es, als läge man auf dem Rücken eines schlafenden Tiers. Er setzte sich auf und rauchte seine Zigarette zu Ende, dann schnippte er den Stummel in die Dunkelheit.

»Dich ficht das alles nicht an, oder?«, sagte er mit einem leisen Lachen.

»Klar tut es das«, sagte ich. »Ich zeig's bloß nicht.« Und dann setzte ich mich auch auf, und er legte mir den Arm um die Schulter, und eine Zeit lang saßen wir nur da und atmeten die Hitze ein. Die Luft schmeckte nach Staub und nach dürrem Gras, weil es so lange nicht mehr geregnet hatte, und über uns tanzten die Nachtfalter im Lichtkegel der Straßenlaterne.

Ich sagte, im Dunkeln sehe die Stadt eigentlich besser aus, voller Rätsel, und er sagte, er wisse nicht, was für Rätsel das sein sollten.

»Fehlt dir England nicht manchmal?«, fragte ich.

»Nie«, sagte er.

»Gar nichts daran?«

Er überlegte kurz und sagte dann, ein Pub gebe es, das ihm fehlte, *The Fox and Hounds.* Es lag gegenüber der Kirche auf dem Hauptplatz des Orts, in dem er geboren war, und der Wirt hieß Trevor Williams und stotterte, aber nicht, wenn er sang, also sang er alles: *Ein Glas feinstes Ale für den Herrn, und wonach täte es denn die junge Dame gelüsten, wenn die Frage nicht ungehörig ist?* Mr. Booker sagte, eines Tages würde er mich dorthin mitnehmen.

»Versprochen?«, sagte ich.

»Versprochen.«

Ich fragte ihn, ob er seine Familie vermisste.

»Keine Spur.«

»Überhaupt niemanden?«

»Meinen Hund Nelson«, sagte er. »Aber der ist tot.«

»Was war so besonders an Nelson?«

»Gar nichts«, sagte Mr. Booker. »Das mochte ich so an ihm. Er erwartete nichts von mir. Anders als meine Eltern, die dachten, mit einem Hochschulabschluss würde ich den Niederungen des Plebs entsteigen und die schwindelnden Höhen erklimmen, in die es mein Vetter Andrew geschafft hatte, mit seiner Stelle in der Bank und seinem Haus in Putney.«

Ob sich seine Eltern denn nicht freuten, einen Universitätsdozenten zum Sohn zu haben, fragte ich, und er lächelte.

»Nicht sonderlich«, sagte er. »Inzwischen wünschen sie, ich wäre daheimgeblieben und hätte von meinem Onkel Neville die Bäckerei übernommen, als er damals gefragt hat.«

»Ich könnte sie mit dir zusammen führen«, sagte ich. »Ich habe Erfahrung im Einzelhandel.«

Daraufhin sah er mich an und sagte, das sei die beste Idee, die ich den ganzen Tag gehabt hätte, was mir aus irgendeinem Grund das Gefühl gab, dass da sehr vieles war, was Mr. Booker mir nie erzählen würde und ich ihm umgekehrt auch nie, aber dass das nichts machte, weil sich nur durch das, was von jetzt an geschah, irgendetwas an der Situation zum Besseren wenden konnte.

»Du hast mir das Leben gerettet«, sagte er.

»Das sagst du wahrscheinlich zu allen Mädchen.«

»Das habe ich noch zu keinem Menschen gesagt.«

Er stemmte sich vom Boden hoch, und ich sah zu, wie er sich anzog.

»Was?«, sagte er.

»Ich fände es gut, wenn wir mal die ganze Nacht zusammenbleiben könnten«, sagte ich.

Dazu sagte Mr. Booker nichts, bis wir am Auto ankamen, wo er sich zu mir umdrehte und meinte, ich solle noch ein paar Wochen Geduld mit ihm haben, er sei dabei, einen Plan auszutüfteln.

»Gib mir Zeit, bis sich Mrs. Booker in dem neuen Haus eingelebt hat«, sagte er.

»Und dann was?«, fragte ich.

»Das sage ich dir, wenn ich es weiß«, sagte er.

»Das ist kein Plan«, sagte ich.

Er nahm meine Hand und küsste sie und sagte, dass er von früh bis spät über Mittel und Wege nachgrübele, uns von hier fortzubringen, und ich solle mir keine Sorgen machen, alles würde gut werden, und ich sagte, das glaubte ich auch, denn wenn ich das nicht glaubte, müsste ich mich demnächst zu meinem Vater in die Klinik legen und ein paar von seinen Pillen schlucken.

»Das ist nicht lustig«, sagte er.

»Sollte es auch nicht sein«, sagte ich.

Wir tranken noch ein bisschen Whisky aus seinem Flachmann, und dann fuhr er mich wieder in die Stadt hinunter. Den ganzen Weg bis zur Brücke hielt er meine Hand und ließ mich die Kupplung bedienen, und wir hörten Paul Simon, und ich sagte zu Mr. Booker, die Rätsel, die ich vorhin gemeint hätte, seien all die Dinge, die ohne besonderen Grund passierten, zum Beispiel, dass wir jetzt hier im Auto saßen, einfach so, und dieses Lied hörten, aber an so etwas erinnerte man sich dann eben nach zwanzig Jahren noch, denn der und der war man in diesem speziellen Moment nun einmal gewesen, und das und das hatte man getan und gedacht, und diese ganzen Zufallsmomente summierten sich im Lauf der Zeit zu einem Leben.

»Sehr richtig«, sagte er und bat mich, ihm eine Zigarette herauszuholen, denn er vergehe nach einer Fluppe. »Oder wie meine Großmutter zu sagen pflegte: ›Es ist genug, dass jeder Tag seine eigene Plage habe.‹«

Am nächsten Tag tauchte ohne jede Vorwarnung mein Bruder auf. Victor hatte sich nach fast einem Monat in der Psychiatrie widerwillig heimschicken lassen, und meine Mutter war zu dem Schluss gelangt, dass Eddie besser gar nichts von der Sache erfuhr, denn wirklich helfen konnte ja doch keiner. Ausgerechnet da schienen ihre Nachrichten Eddie endlich erreicht zu haben. Meine Mutter war nicht da, als er ankam. Sie chauffierte meinen Vater von der Klinik zu seinem Motel zurück, nachdem er sie angerufen und gesagt hatte, sein Bargeld reiche nicht für ein Taxi.

»Wie geht es ihm?«, fragte Eddie.

»Er kommt durch«, sagte ich. »Leider Gottes.«

Er sagte, so hätte ich nicht von meinem Vater zu reden.

»Ich rede, wie es mir passt.«

Darauf sagte er nichts. Ich stellte eine Tasse Tee vor ihn hin und fragte, wie lange er bleiben würde.

»Ich gehe nicht nach Neuguinea zurück«, sagte er.

»Wieso das?«

»Hat sich irgendwie totgelaufen«, sagte er.

Er hielt seine Tasse mit beiden Händen, als wäre ihm kalt. Eddie hatte seine Hände von meinem Vater, breit und mit kräftigen Fingern, und auch den femininen Mund meines Vaters hatte er. Mir fiel nichts ein, was ich noch zu ihm hätte sagen können, weil ich ihn über ein Jahr nicht gesehen hatte und er sowieso so wortkarg war. Er schien Reden für eine reine Energieverschwendung zu halten, auf die er lieber verzichtete, weil es ja doch zu nichts führte. Letztlich mochte ich es nicht besonders, wenn Eddie heimkam. Ich freute mich immer zu sehr auf ihn, und wenn es dann so weit war, war ich unausweichlich enttäuscht. Ich fragte ihn, ob er Hunger habe, und er sagte, er hätte schon im Flugzeug gegessen.

»Mum wird sich so freuen, dass du da bist«, sagte ich.

»Woher willst du das wissen?«, fragte er. »Vielleicht ja auch nicht.«

Er sagte es fast eine Spur hämisch, als wäre er auf Streit aus. Mit seinem kurz geschorenen Haar und der sonnenverbrannten Haut sah er gefährlicher aus, als ich ihn in Erinnerung hatte, und seine grünen Augen wirkten irgendwie schmaler als früher, vielleicht weil er so dünn geworden war, ein richtiger langer Lulatsch.

»Sie denkt, dass du sie bestrafen willst«, sagte ich.

»Warum sollte ich sie bestrafen wollen?«, fragte er.

»Sag du's mir«, sagte ich.

Als meine Mutter heimkam und Eddie vor ihr stand, brach sie in Tränen aus. Sie legte die Arme um ihn und drückte ihn und wollte wissen, warum er denn mit keinem Wort Bescheid gegeben hatte, sie wäre doch sonst zu Hause geblieben.

»War ziemlich spontan«, sagte er. »Ich wollte Dad sehen.«

»Dem geht's gut«, sagte meine Mutter. »Ich habe ihn gerade zurück ins Motel gebracht.«

Und dann drückte sie Eddie auf einen Stuhl, um ihn erst mal so richtig anzuschauen; dazu hätte sie so lange keine Gelegenheit mehr gehabt, sagte sie. Er saß ihr gegenüber und ließ sie schauen.

»Bleibst du jetzt hier?«, fragte sie.

»Eher nicht«, sagte er.

Ich fuhr ihn zu meinem Vater, weil er noch nie dort gewesen war und weil ich das Auto hinterher brauchte, um die Bookers in ihrem neuen Haus zu besuchen. Mrs. Booker hatte am Morgen angerufen, um zu sagen, dass ihre kleine Katze jetzt da war, und wenn ich Zeit hätte, sollte ich doch kommen und sie mir angucken, sie sei so niedlich.

»Ich hab sie Baby genannt«, sagte sie. »Weil sie das ja auch ist. Sie ist mein Ersatzkind.«

»Ich dachte, das wäre ich«, sagte ich.

»Baby und du. Doppelt gemoppelt hält besser«, sagte sie.

Dann nahm Mr. Booker ihr den Hörer weg und sagte, sonderlich helle könne die neue Katze nicht sein, sie höre nicht mal auf ihren Namen.

»Vielleicht ist sie taub«, sagte ich.

»Durchaus möglich«, sagte er. Er hatte getrunken, das merkte ich an seiner Stimme. »Wie bald kannst du hier sein?« Sein Ton klang regelrecht flehend.

»Ich komme, so schnell ich kann«, sagte ich.

Bei Eddie wusste man nie, was er dachte. Auf der Fahrt war er so still, dass man das Gefühl haben konnte, neben einem Toten zu sitzen, nur dass ein Toter nicht gezielt schweigt. Eddie schwieg ganz gezielt über die Trennung unserer Eltern. Vielleicht, weil er solche Probleme damit hatte. Ich stellte mir vor, dass sie ihm peinlich war und er sich deswegen schämte. Ich sprach ihn auf der Fahrt zu Victor ganz direkt darauf an, um irgendwie das lähmende Schweigen zu brechen. Meiner Meinung nach sei es auf lange Sicht das Beste für alle Beteiligten, sagte ich, weil sie einander so unglücklich gemacht hatten.

»Ich will nicht darüber reden«, war alles, was ich aus ihm herausbekam. Und dann saß er wieder da wie ein Toter, und ich fuhr den Rest der Strecke auf der Kriechspur, als ginge es zu einer Beerdigung.

Im Zimmer meines Vaters saßen Eddie und ich nebeneinander und schauten ihm zu, wie er an dem kleinen Spülbecken in der Ecke einen Kaffee kochte. Sein Ohr war nach wie vor verbunden, aber ansonsten sah er besser aus als seit Langem, weil er sich im Krankenhaus hatte waschen müssen und weil er das Haar kürzer trug.

»Auf Drängen meiner neuen Flamme«, sagte er.

»Du hast uns erschreckt«, sagte mein Bruder. Mein Vater hatte kaum einen Blick für ihn übrig gehabt, seit wir da waren. Es war, als würde er ihn nicht mehr kennen.

»Nicht halb so sehr, wie ich *mich* erschreckt habe«, sagte mein Vater.

Dann erzählte er mir noch mehr von Aggie, damit Eddie gleich wusste, was Sache war – wie sie sich kennengelernt hatten und dass er mittlerweile auch das Vergnügen gehabt hatte, ihre beiden Kinder kennenzulernen.

»Bethany und Blaine«, sagte er. »Zwei süße Fratzen.« Und jetzt sah er meinen Bruder an und grinste irgendwie schmierig. »Wenn sie nur ein bisschen älter wären, würde ich dich mit ihnen bekannt machen.«

Eddie tat so, als hätte er nichts gehört. Er starrte auf die Fotos, die mein Vater an der Wand hängen hatte. Keins davon zeigte uns oder meine Mutter. Es waren alles Schnappschüsse von meinem Vater, auf denen er vor den Flugzeugen stand, die er geflogen hatte, fesch anzusehen in seiner Pilotenuniform.

»Willst du sie heiraten?«, fragte ich.

»Gott bewahre«, sagte mein Vater. »In diese Falle tappe ich kein zweites Mal. Wofür hältst du mich?« Und er zwinkerte meinem Bruder zu, wieder mit diesem männerbündlerischen Grinsen. Mein Bruder sah ihn nur ausdruckslos an.

»Sie denkt wahrscheinlich, du bist ein toller Fang«, sagte ich.

»Zweifellos«, sagte mein Vater. »Ich werde ihr behutsam die Augen öffnen müssen.«

Danach reichte es mir. Ich sagte meinem Vater, dass ich noch Freunde besuchen wolle und dass ich froh sei, ihn wieder so gesund und munter zu wissen.

»Du und deine Mutter dachtet wohl schon, ihr wärt mich los«, sagte er.

»Beim nächsten Mal üb vorher zielen«, sagte ich.

Ich winkte Eddie zu und schloss die Tür hinter mir. Es war später Vormittag. Ich hörte meinen Vater lachen, als ich den miefigen Flur entlangging, hinter dessen Wänden Stimmen und Musikfetzen hervortönten und das Rauschen von Wasser aus den Duschen und Klos. Ich war heilfroh, aus dem Motel herauszukommen. Es fühlte sich an wie die Klinik, nur noch deprimierender, weil hier jeder in einem Zimmer für sich saß, wo niemand sich um ihn kümmerte.

Es geht nicht vor und nicht zurück

Die Katze war schwarz bis auf die Vorderpfoten, die weiß waren, und einen kleinen weißen Latz auf der Brust. Sie saß auf dem Boden, sehnig und grazil, und starrte mich aus ihren schönen Augen an, ihre Schwanzspitze erhoben und pendelnd wie der Kopf einer gereizten Schlange.

»Ich glaube, sie mag mich nicht«, sagte ich.

»Sie mag niemanden«, sagte Mr. Booker. Er gab mir ein Glas und goss Wein hinein, bevor er sich selbst nachschenkte.

»Noch ein Gläschen gefällig, Mr. Booker?«, murmelte er dabei. »Na, dann zier ich mich mal nicht.«

»Alles in Ordnung?«, sagte ich.

Er sah mich an, spitzte die Lippen und warf mir einen Kuss zu, und ich tat so, als würde ich ihn fangen und aufessen.

»Hungrig?«, sagte er.

»Ich dachte schon, du würdest nie fragen«, sagte ich.

Mrs. Booker war in der neuen Küche beim Essenkochen. Ich ging zu ihr und fragte, ob sie Hilfe brauche.

»Du kannst mir 'ne Kippe anzünden«, sagte sie und schob sich das Haar aus dem Gesicht.

Sie hatte ebenfalls getrunken. Das merkte ich an der Art, wie ihr Blick flackerte, als sie mich anlächelte. Ich nahm ihre Zigaretten von der Bank und zündete ihr eine an, und dann rührte ich für sie die Nudelsoße um, während sie neben mir lehnte und rauchte.

»Und ist das neue Haus so, wie Sie es sich vorgestellt haben?«, fragte ich.

»Es ist himmlisch«, sagte sie. »Genau das, was ich mir immer erträumt habe. Das erste Haus, das richtig uns gehört.«

»Richtig uns gehören wird es frühestens in fünfundzwanzig Jahren«, sagte Mr. Booker. Er stand in der Tür und beobachtete uns. »Bis dahin sind wir mit etwas Glück alle tot.«

»Alter Miesmacher«, sagte Mrs. Booker.

»Geburt und Paarung und Tod. Das ist alles, was besteht, wenn's ums Ganze geht«, sagte Mr. Booker mit seiner Deklamierstimme.

Mrs. Booker sagte ihm, wo sie das Besteck hingeräumt hatte, und bat ihn, den Tisch auf der Terrasse zu decken.

»Aye, aye«, schnarrte er, schlug die Hacken zusammen und salutierte. Aber dann blieb er stehen und sah auf die Katze hinab, die sich um seine Beine wand und sich dann in der Mitte der Küche auf die Seite legte, wo sie sich zu ihrer vollen Länge ausstreckte, als versuchte sie, eine gerade Linie auf den Fliesen zu bilden.

»Hallo, Baby«, sagte Mrs. Booker und kitzelte sie mit ihren lackierten Zehennägeln an den Rippen, was der Katze offenbar nicht gefiel, denn sie fuhr die Krallen aus und schlug nach Mrs. Bookers Fuß.

»Undankbares kleines Biest«, sagte Mr. Booker. »Beißt den Fuß, der dich füttert.«

Wir saßen auf der Holzterrasse hinterm Haus und aßen zu Mittag, und Mrs. Booker fragte mich, ob ich mich schon langsam auf die Schule freute.

»Ich versuche möglichst wenig daran zu denken«, sagte ich.

»Wie heißen deine Freundinnen?«, fragte sie.

»Ich habe keine«, sagte ich.

Das stimmte. Seit Alice im Internat war, hatte ich mich in der Schule mit niemand Neuem befreundet. Es gab Mädchen, neben denen ich im Unterricht saß und mit denen ich die Pause verbrachte, aber ich hätte keine gewusst, mit der ich mich gern weiter getroffen hätte, wenn wir mit der Schule fertig waren.

»Was ist dein Lieblingsfach?«, wollte Mrs. Booker wissen. Es klang, als würde sie einen Fragebogen abarbeiten, aber das kam nur daher, dass sie betrunken war und es zu überspielen versuchte. Mr. Booker betrachtete sie, dann lächelte er zu mir herüber, die Augen zusammengezwickt auf eine Art, die mich zum Lachen bringen sollte.

»Französisch«, sagte ich.

»Naturellement«, sagte Mr. Booker.

»Wieso Französisch?«, fragte Mrs. Booker, ohne ihn zu beachten.

»Pourquoi pas?«, sagte ich.

Mrs. Booker sagte, Mr. Booker und sie seien in ihren Flitterwochen eine Woche in Frankreich gewesen und mit Lebensmittelvergiftung zurückgekommen.

»Les moules«, sagte Mr. Booker, worüber wir aus irgendeinem Grund alle drei so fürchterlich lachen mussten, dass Mrs. Booker die Tränen kamen und ihr die Wimperntusche in kleinen Bächen die Wangen hinunterlief.

Mr. Booker ging nach drinnen, um ihr ein Glas Wasser zu holen, und ich folgte ihm, weil ich auf die Toilette musste. Ich fragte ihn, wo das Bad war. Er zeigte es mir, und dann kam er hinter mir her und sperrte die Tür ab. Er ließ sich dagegenfallen und zog mich an sich, so fest, dass ich mich nicht mehr rühren konnte.

»Verdammt«, sagte er. »Was für ein Spiel spielen wir hier?«

Ich wusste nicht, was ich darauf antworten sollte.

»Wir können nicht so weitermachen«, sagte er. »Das muss aufhören.«

»Du wiederholst dich«, sagte ich.

»Ich sage ihr alles«, versprach er. »Gib mir noch ein paar Wochen.«

Ich blieb den ganzen Nachmittag, und wir sahen auf dem neuen Fernseher der Bookers eine französische Verfilmung von *Warten auf Godot*.

»Pflichtprogramm«, sagte Mr. Booker. Ich saß auf dem Boden, an den Sessel gelehnt, auf dem er saß, während Mrs. Booker auf dem neuen Sofa schlief. Mr. Booker streichelte meinen Kopf und übersetzte mir, was die Schauspieler sagten, weil ihr Französisch zu schnell für mich war.

»›Was sollen wir jetzt machen?‹ ›Ich weiß nicht.‹ ›Komm, wir gehen.‹«

»Es klingt viel trauriger auf Französisch«, sagte ich.

»Alles klingt trauriger auf Französisch«, sagte Mr. Booker. »*Ma petite* Bambi.«

Er beugte sich herab und küsste mich aufs Haar, und in diesem Augenblick wurde Mrs. Booker wach und starrte uns an, sagte aber nichts. Dann setzte sie sich auf, lächelte mir zu und sagte, sie hätte geträumt, sie und Mr. Booker wären an einem Flughafen, um irgendwo hinzufliegen, und dann merkten sie plötzlich, dass sie die Katze im Taxi vergessen hatten. Nicht ihre Katze. Eine, die sie für jemand Fremden hüteten.

»Also konnten wir nicht fahren«, sagte sie. »Wir mussten umkehren und die Katze suchen. Ich wusste als Einziges, dass der Taxifahrer sie in einen schwarzen Koffer gepackt hatte. Und dann bin ich aufgewacht.«

Sie sah Mr. Booker an, mit einem Gesichtsausdruck, der so verwirrt und voller Unglück war, dass er aufstand und sich zu ihr setzte. Er legte die Arme um sie, und als sie zu wimmern anfing, tätschelte er ihr den Rücken und nannte sie Dummerchen.

»Es war nur ein Traum«, sagte er. »Was zum Henker gibt es da zu weinen?«

Später, als er Mrs. Booker ins Bett gebracht hatte, begleitete er mich zum Auto und sagte, es sei vielleicht besser, wenn ich die nächsten paar Tage nicht herkäme oder bei ihnen anriefe, weil er versuchen müsse, die Dinge nicht unnötig zu verkomplizieren.

»Was wirst du ihr sagen?«, fragte ich.

»Wenn ich das wüsste«, sagte er. »So etwas ist nicht gerade meine Stärke. Da fehlt's an der Übung.«

Und dann verstummte er und schüttelte nur noch den Kopf, also sagte ich ihm, was ich mir überlegt hatte, nämlich, dass ich nach dem nächsten Halbjahr erst einmal nicht an die Schule zurückkehren, sondern nach Sydney gehen und dort eine Zeit lang bei Rowena wohnen wollte, weil ich genug Geld gespart hatte, um mindestens drei oder vier Wochen durchzuhalten, wenn keine Miete dazukam.

»Dann könntest du nachkommen«, sagte ich. »Wenn du hier alles geklärt hast.«

Er hörte auf, den Kopf zu schütteln, und starrte auf seine nackten weißen Füße im Gras.

»Wir müssten nicht in Sydney bleiben«, sagte ich. »Wir könnten überallhin gehen.«

Er schaute mich an, grinste und tänzelte ein wenig auf den Zehen herum.

»Ich kann allem widerstehen, nur nicht der Versuchung«, sagte er.

»Ich will schon so lange hier raus«, sagte ich. »Seit Jahren schon eigentlich.«

Er hielt mir die Fahrertür auf, damit ich einsteigen

konnte, dann lehnte er sich gegen den Wagen und schaute zu mir herein.

»Was willst du jetzt von mir hören?«, sagte er.

Ich wusste keine Antwort. Ich sagte, es sei nur so eine Idee, aber ich hätte es satt, darauf zu warten, dass mein Leben anfing, und als ich ihn kennengelernt hätte, hätte ich das Gefühl gehabt, dass die ewige Warterei aufhörte und sich endlich einmal etwas tat.

»Ich fand irgendwie, das solltest du wissen«, sagte ich. »Einfach so. Falls du denkst, es wäre nur der Sex.«

»Gott behüte, dass es nur der Sex ist«, sagte er. Und dann lehnte er sich zum Fenster herein und küsste mich auf den Mund, und ich schmeckte den Wein auf seiner Zunge und roch seinen leicht animalischen Schweißgeruch, der für mich der beste Geruch auf der ganzen Welt war.

»Danke«, sagte er.

»Nichts zu danken«, sagte ich.

Aufbruchsträume

Ich meldete mich fast drei Wochen nicht bei den Bookers, und schließlich war es meine Mutter, die bei ihnen anrief, um zu fragen, ob alles in Ordnung sei.

»Mrs. Booker war anscheinend krank«, berichtete sie. »Nichts Lebensbedrohliches.«

Danach versuchte ich zweimal, Mr. Booker in seinem Büro abzupassen, weil ich Angst hatte, er könnte es sich anders überlegt haben und Mrs. Booker doch nichts von uns sagen. Beim ersten Mal war er nicht da, aber beim zweiten erwischte ich ihn gerade noch, ehe er aufbrach, um einen Vortrag im Kino zu halten.

»Immer herein, meine Süße«, sagte er, als er mich in der Tür sah.

Er mied meinen Blick und drehte sich hin und her, als ob er etwas verlegt hätte.

»Wie geht es dir?«, fragte ich.

»Ging schon mal besser«, sagte er, schaute dann zu mir her und klopfte sich auf die Taschen wie ein Mensch, der plötzlich gefunden hat, was er sucht.

»Ich bin gerade auf dem Sprung«, sagte er und lächelte mich an, so zaghaft, als hätten wir uns eben erst kennengelernt.

»Da bin ich froh«, sagte ich. »Ich hab mir schon Sorgen gemacht.«

»Aber doch nicht meinetwegen«, sagte er, jetzt mit einem Grinsen.

Er lud mich ein, mitzukommen und die Zuschauerzahlen aufzubessern, da eine Retrospektive britischer Experimentalfilme wohl schwerlich ein Publikumsmagnet sein würde. Er war nervös. Ich merkte es an der Art, wie er an seinen Kleidern herumzupfte. Bevor er den Raum verließ, nahm er eine Whiskyflasche aus seinem Aktenschrank und trank daraus.

»Was macht Mrs. Booker?«, fragte ich.

»Die ist munter wie ein Fisch im Wasser«, sagte er.

Er nahm noch einen Schluck aus der Flasche, dann stellte er sie in den Schrank zurück und führte mich aus dem Zimmer und den Flur entlang. Ich fragte ihn, ob er und Mrs. Booker am Wochenende zu Lorraines Verlobungsparty kommen würden, und er sagte, sie freuten sich schon darauf. Die Treppe hinunter und hinüber zum Kino gingen wir Hand in Hand, er lang ausschreitend, ich eilig trippelnd wie ein Kind, um das Tempo zu halten.

Wie betrunken er war, sah ich erst, als man ihn ans Rednerpult bat. Gleich beim Aufstehen ließ er sein Skript fallen, bückte sich umständlich danach, und als er sich wieder aufrichtete, schwankte er einen Moment. Er musste sich am Pult festhalten, um nicht umzukippen, während er seine Blätter in die richtige Reihenfolge brachte.

»›Die Zeit ist reif‹, das Walross sprach, ›von mancherlei zu reden‹«, sagte er dann.

Höfliches Gelächter, gefolgt von einer Stille, die sich zu lange hinzog, während alles darauf wartete, dass er zur Sache kam.

»Ich bekenne ganz offen«, fuhr er fort, »ich stehe heute als eine Art Scharlatan vor Ihnen.«

Niemand wusste so recht, ob er wieder lachen sollte

oder nicht, bis Mr. Booker erklärte, dass er kein Experte für Experimentalfilme sei und nur wenige Tage Vorlauf bekommen habe, um sich ein paar gelehrte Einführungsworte für die heutige Sitzung einfallen zu lassen, eine Aufgabe, der er sich mitten im Umzug zu unterziehen versucht habe, während er sich gleichzeitig mit einer Katze herumschlagen musste, die nicht stubenrein war, aber dafür taub.

»Zumindest halten wir sie für taub, weil sie noch kein Wort gesagt hat, seit wir sie letzten Dienstag vom Abdecker geholt haben.«

Und dann sagte er, dass der Experimentalfilm schwer zu definieren sei, denn in gewisser Hinsicht sei jeder Film ein Experiment, so wie auch jedes Leben ein Experiment sei, der Versuch, zu begründen, warum man sein Leben auf eine bestimmte Weise ausrichtete, wo es doch eine ganze Bandbreite möglicher Ausrichtungen gab. Insofern tue der Filmregisseur nichts anderes als jeder von uns in seinem eigenen Leben, nämlich eine Wahl nach der anderen zu treffen, und jede Wahl verringere die Anzahl an Optionen bei der nächsten Wahl, und immer so fort bis zum unvermeidlichen Endpunkt. Bei einem konventionellen Film, sagte er, habe man am Schluss das Gefühl, den Figuren habe kein anderer Weg offengestanden als der, den sie durch ihre Handlungen eingeschlagen hatten. Bei weniger konventionellen Filmen sei das Ende oft nicht ganz so zufriedenstellend. Dabei könnten surrealistische Tendenzen am Werk sein oder auch schlicht erzählerisches Unvermögen.

An diesem Punkt musste ich los, weil Eddie das Auto brauchte, und die ganze Fahrt nach Hause dachte ich über das nach, was Mr. Booker gesagt hatte. Eigentlich konnte es nicht auf mich gemünzt gewesen sein, da er ja nicht hatte ahnen können, dass ich bei seinem Vortrag dabei sein würde, aber irgendwie schien es mir doch an mich gerichtet, weil er beim Sprechen die ganze Zeit nur mich angeschaut hatte. Und was er mir zu verstehen geben wollte, war, dass er den Punkt erreicht hatte, an dem er eine Wahl treffen musste, was ihm nicht leichtfiel, weil all die Entscheidungen in der Vergangenheit die Zahl seiner Optionen immer weiter eingeschränkt und aus ihm den gemacht hatten, der er nun war.

Mir war nie der Gedanke gekommen, dass Mr. Booker und ich schlechte Menschen sein könnten. Ich wusste nur, dass wir irgendeine Grenze überschritten hatten und jetzt nicht mehr auf die andere Seite zurückgelangen konnten. Und dass es dazu gekommen war, hatte sehr viel mit den Mengen zu tun, die Mr. Booker trank, und mit den Gründen dafür. Wobei ich mir über diese Gründe bis heute nicht völlig klar bin. Genauso wenig wie über den Grund dafür, warum niemand, mich inbegriffen, ihn jemals davon abzuhalten versuchte.

Eddie wartete schon an der Haustür, als ich mit dem Wagen heimkam.

»Wo warst du so endlos, verdammt?«

Ich sagte, dass es mir leidtat; ich hätte vergessen, dass er das Auto brauchte.

»Ich hab dich heute früh extra erinnert«, sagte er. »Willst du unbedingt ohne Führerschein erwischt werden?«

»Noch hat mich keiner erwischt.«

»Du tust wohl bloß noch, was dir gerade passt«, sagte Eddie.

»Ich hab viel nachzuholen«, sagte ich.

Er hatte ein Mädchen bei sich, das ich noch von der Schule her kannte. Sie hieß Deirdre Toomey. Vor seiner Abreise nach Neuguinea hatte er allen verkündet, dass er Deirdre irgendwann heiraten würde, weil sie das schönste Mädchen sei, das er in seinem ganzen Leben gesehen habe. Ich hatte ihm damals schon gesagt, dass ich sie überschätzt fand. Das fand ich immer noch. Sie stand hinter meinem Bruder in der Tür, ihre manikürte Hand auf seiner Schulter, und lächelte mich gekünstelt an.

»Grüß dich, Martha«, sagte sie mit ihrer Zwitscherstimme. Ihr hübsches Gesicht war rund wie ein Teller und so seicht, dass außer dem Gedanken an ihr Aussehen nichts dahinter Platz haben konnte.

»Hallo, Deirdre«, sagte ich.

Ich gab Eddie den Autoschlüssel und ging nach drinnen. Mein Vater war da. Er wirkte höchst angeregt, wahrscheinlich wegen Deirdre. Er hatte Eddies Freundinnen immer gemocht, besonders die blonden, kichrigen. Wenn er noch mal von vorn anfangen dürfte, sagte er gern, dann würde er die Sache anders angehen, mehr ausprobieren, statt sich gleich zu binden, denn jeder wisse ja, dass der erste Hormonrausch schnell abflaute, und dann könne man schauen, wie man das Interesse am Laufen hielt, noch dazu jetzt, wo die Menschen so steinalt wurden.

»Jetzt hast du ganz knapp Deirdre Toomey verpasst«, begrüßte er mich. Ich setzte mich zu ihm an den Tisch und nahm mir ein Stück von dem Biskuitkuchen, den meine Mutter hingestellt hatte.

»Solange er sie nicht schwängert und dann eure Mutter wieder dafür bluten darf …«, schob er nach.

»Was macht dein Ohr?«, fragte ich. Er trug seinen Verband nicht mehr überm ganzen Ohr, sondern nur noch über der Wunde selbst.

»Ich sage jetzt allen, ich hätte es mir aus verschmähter Liebe abgeschnitten.«

»Und kauft dir das irgendwer ab?«

Er lächelte etwas verzerrt, als täte es ihm immer noch weh, das Gesicht zu bewegen. Dann fragte er, wo meine

Mutter sei, und ich sagte, dass sie mit Lorraine für die Party einkaufte.

»Welche Party?«, fragte mein Vater.

»Lorraines Verlobungsfeier«, sagte ich.

»Wer ist der Unglückliche?«, wollte er wissen.

»Niemand, den du kennst.«

Er nahm sich noch ein Stück Kuchen und bestellte sich dazu gleich noch einen Kaffee bei mir.

»Nicht zu viel Milch«, sagte er.

Ich ging in die Küche und brachte ihm eine Tasse Kaffee und die Milchtüte. Ich stellte beides vor ihn auf den Tisch und setzte mich wieder hin. Ich wusste nicht, warum er hier war und auf meine Mutter wartete. Bestimmt nicht, weil sie ihn eingeladen hatte.

»Wie geht's Aggie?«, fragte ich.

»Bestens«, sagte er. »Sie macht gute Fortschritte.«

»Bist du gekommen, um Mum das zu erzählen?«, fragte ich. »Das halte ich nämlich für keine so gute Idee. Ich finde, deine neue Freundin ist kein Thema, das du mit Mum besprechen solltest.«

»Ich kann mich nicht erinnern, dich um deine Meinung gebeten zu haben«, sagte mein Vater steif. »Und wenn wir schon dabei sind, mir scheint, du mischst dich etwas zu sehr in die Angelegenheiten deiner Mutter ein. Was ich mit ihr bespreche oder nicht bespreche, ist allein meine Entscheidung.«

»Ich sag's dir nur zu deinem eigenen Besten«, sagte ich. »Damit du nicht andauernd sinnlos durch die Gegend gondelst.«

Damit stand ich vom Tisch auf und wollte in mein Zimmer gehen, aber er rief mich zurück. Ich wusste, was jetzt kam. Ich wusste, dass ich nicht so mit ihm hätte reden dürfen und dass es jetzt Krach geben würde, denn nur darauf war mein Vater ja aus: so viel Krach zu schlagen, dass meiner Mutter keine andere Wahl blieb, als sich mit ihm zu befassen.

»Was?«, sagte ich.

Mein Vater befahl mir, mich zu setzen. Ich sagte, dass ich dazu keine Lust hätte und mir auch im Stehen anhören könnte, was er zu sagen hatte.

»Nur weil ich nicht mehr in diesem Haus lebe, kannst du mir noch lange nicht auf der Nase herumtanzen«, sagte er. »Ich bin dein Vater.«

»Gut, dass du mich daran erinnerst«, sagte ich.

»Was fällt dir ein!«, schrie er, knallrot im Gesicht wie immer, wenn er sich aufregte.

Ich lief den Flur entlang, und er sprang auf und rannte mir nach. Als ich meine Tür zuwerfen wollte, stellte er den Fuß in den Spalt, und ich musste lachen, weil das etwas war, was die Leute sonst nur in Filmen machten.

»Was fällt dir ein, mir einfach den Rücken zu kehren!«

Ich sagte, er solle den Fuß aus der Tür nehmen, damit ich sie zumachen konnte, weil ich keine Lust hätte, mich von ihm anbrüllen zu lassen. Im nächsten Moment hatte er mich schon bei den Haaren gepackt und zerrte mich tiefer ins Zimmer hinein, während er mit der freien Hand die Tür sperrangelweit aufstieß. Und dann ohrfeigte er mich, drei- oder viermal, während ich mich loszureißen versuchte.

»Warum kommst du ständig wieder hier an?«, fragte ich in so beherrschtem Ton wie nur möglich, obwohl mir der Kopf dröhnte. »Warum lässt du uns nicht einfach in Frieden?«

Das reizte ihn nur noch mehr, wie zu erwarten, aber ich sagte es trotzdem, weil es längst überfällig war – irgendwer musste es einmal aussprechen, fand ich, und so krank, dass er die Wahrheit nicht hören durfte, war er auch wieder nicht. Ich dachte sogar, es könnte ihm helfen.

Er trat mir in die Beine und sagte dämliche Schlampe zu mir, und dann ging er. Sehr weh hatte er mir nicht getan, weil er nicht seine volle Kraft gebraucht hatte, aber ich fühlte mich zittrig und flau und wollte nur, dass meine Mutter heimkam, damit ich ihr alles erzählen konnte.

Sie und Lorraine kamen erst nach einer Stunde. Bis dahin hatte ich Zeit gehabt, mir zu überlegen, was ich ihr sagen würde, nämlich, dass ich eine Zeit lang bei Rowena wohnen und in Sydney zur Schule gehen wollte, um nicht länger in derselben Stadt wie mein Vater leben zu müssen.

»Was ist passiert?«, fragte sie.

Ich berichtete ihr, dass Victor auf sie gewartet hatte, als ich heimkam, und ich ihm gesagt hatte, dass er nicht einfach nach Lust und Laune bei uns aufkreuzen konnte, wenn er nicht eingeladen war, und daraufhin hatte er mich geschlagen.

»Aber keine Sorge«, sagte ich, »so schlimm war es auch wieder nicht. Er ist ein Idiot. Er ist eben ausgetickt.«

Lorraine fand, wir sollten zur Polizei gehen und Anzeige erstatten.

»Das ist Körperverletzung«, sagte sie. »Der Mann ist gemeingefährlich.«

Meine Mutter vergrub das Gesicht in den Händen und seufzte.

»Es tut mir so leid«, sagte sie. »Ich war so dumm.«

Ich nahm sie in den Arm und sagte ihr, dass sie nichts dafür konnte. Lorraine schenkte uns allen einen Drink ein, und wir setzten uns draußen im Garten in den Schatten und sahen in den pink flammenden Sonnenuntergang.

»Ich könnte die Verlobung auch abblasen, und wir ziehen alle zu Rowena nach Sydney«, schlug Lorraine vor.

»Kriegst du jetzt kalte Füße?«, fragte meine Mutter.

»Schon möglich«, sagte Lorraine. »Entweder das, oder ich zerstöre mir hier gerade gründlich mein Leben.«

»Das Risiko musst du schon eingehen, wenn die Sache sich lohnen soll«, sagte meine Mutter.

Ich erzählte meiner Mutter nichts davon, dass Mr. Booker zu mir nach Sydney kommen wollte, denn bei aller Sympathie für ihn hätte sie das sicherlich grundfalsch gefunden. Lorraine sagte ich es auch nicht, weil ich nicht musste. Sie wusste Bescheid über Mr. Booker und mich, seit sie uns einmal auf dem Parkplatz vor dem Supermarkt in Mr. Bookers Auto gesehen hatte, deshalb fragte sie mich jetzt, sooft meine Mutter nicht da war, über meine große Romanze aus, und ich sagte ihr jedes Mal, dass sie an Halluzinationen litt.

»Ich hab es niemandem verraten«, sagte sie. »Soll ich ein Wörtchen mit deiner Mutter reden?«

»Wenn du's dir unbedingt mit mir verscherzen willst«, sagte ich.

Ich saß bei Lorraine im Zimmer, dem früheren Arbeitszimmer meines Vaters. Lorraine bügelte ihre Kleider für die Schule. Solche Unmengen an Kleidern, wie Lorraine sie besaß, hatte ich noch bei keinem Menschen gesehen. Das ganze Zimmer war vollgestopft damit, sie quollen aus Koffern und Kisten und aus dem Schrank hervor. Man konnte denken, sie hätte vor der Abreise aus Amerika noch schnell ihr Lieblingskaufhaus geplündert.

»Was ist mit Mrs. Booker?«

»Was soll mit ihr sein?«

»Wann sagt er es ihr?«

»Wann sagt er ihr was?«

Lorraine bedachte mich mit ihrem Alienblick, wie er bei Geoff hieß. Sie konnte ihr ganzes Gesicht schlaff werden lassen, die schwarzen Augen inbegriffen, und einen mit diesem leeren Starren fixieren, bis man die Temperatur förmlich absacken fühlte.

»Vielleicht kannst du das ja übernehmen«, sagte ich. »Ich bezahl's dir auch.«

Lorraine stieß ein kläffendes Lachen aus. Sie konnte Mrs. Booker nicht leiden. Sie nannte sie eine Nörgeltrulla und Schlimmeres. Sie sagte, sie frage sich, warum Mr. Booker sie nicht längst abserviert oder auf der langen Überfahrt von England über Bord gestoßen hatte.

»Sie sind geflogen«, sagte ich.

»Zu dumm«, sagte sie.

Ich fragte Lorraine, wie sie Mr. Booker fand, und sie meinte, sie wisse nicht genug über ihn, um sich ein Urteil anzumaßen.

»Die Engländer sind irgendwie schwer einzuschätzen«, sagte sie. »Über einen Amerikaner weißt du schon nach einer Stunde mehr, als du je wissen wolltest, aber diese Typen lassen dich ein Jahr zappeln, ehe sie auch nur ihre Postleitzahl rausrücken.«

Ich erkundigte mich, wie es an der Geoff-Front stand. Ich wusste, dass sie darüber stritten, wo sie nach der Hochzeit wohnen würden, weil Lorraine neulich, als ich von der Arbeit heimgekommen war, draußen im Auto gesessen hatte, alle Fenster hochgekurbelt, damit niemand sie schreien hörte. Das machte sie jedes Mal, wenn es zwischen ihr und Geoff gekracht hatte. Bei Lorraine und Geoff wusste man nie so genau, woran man war. An manchen Tagen turtelten sie herum und hielten Händchen, dann wieder herrschte Eiszeit zwischen ihnen. Das Problem war Sandra. Geoff war noch nie verheiratet gewesen, hatte aber lange mit einer Frau namens Sandra zusammengelebt. Sandra war vor einem knappen Jahr ausgezogen, aber ein paar von ihren Arbeitsunterlagen waren noch bei Geoff im Haus, deshalb hatte ihr Geoff einen Schlüssel überlassen, damit sie jederzeit an sie herankam, und er verstand nicht, was Lorraine daran störte.

»Es ist gruselig«, sagte sie. »Es ist ein Gefühl, als würde sie immer noch da wohnen.«

»Warum zieht er nicht einfach woandershin?«, fragte ich.

»Er mag keine Veränderungen«, sagte sie. »Außerdem kostet Umziehen Geld. Ich meine, ich wechsle den Kontinent, um mit diesem Kerl zusammen zu sein, und er kann nicht mal zwei Straßen weiter ziehen.«

»Dann heirate ihn halt nicht«, sagte ich.

Lorraine lachte wieder auf diese prustende Art, die sie manchmal hatte, indem sie mit dem Mund Luft schnappte und sie durch die Nase wieder ausschnaubte. Ihr Pferdelachen nannte es Geoff.

»Umziehen, oder ich schieße«, sagte sie und hielt sich das Bügeleisen vors Gesicht wie ein Brandeisen, als wollte sie sich dafür abstempeln, dass sie so eine dumme Kuh war. Lorraine hatte einen merkwürdigen Humor. Außer ihr kannte ich keine Frau, die ihre Schamlippen als ein Thema ansah, das man ganz offen mit irgendwelchen Bekannten besprach. Sie kämen ihr so riesig vor, sagte sie.

Ich hatte ihr angeboten, sie zu inspizieren, aber sie meinte, die Gefahr sei zu groß, dass ich mich bei dem Anblick totlachte.

Ach Gott, wie weh tut scheiden

Die Bookers kamen zu spät zur Verlobungsparty und blieben bis zwei Uhr früh. Da waren sie dann beide so betrunken, dass meine Mutter ihnen verbot, in diesem Zustand noch heimzufahren. Ich machte ihnen das Bett in dem hinteren Zimmer, in dem mein Vater in den letzten Monaten vor seinem Auszug geschlafen hatte. Sein Kleiderschrank stand noch darin und die Kommode, in der er seine Socken und Unterhosen aufbewahrt hatte. Es war meine Aufgabe gewesen, seine Wäsche zusammenzulegen und einzuräumen, deshalb wusste ich, wo was war.

Ich wartete, bis Mrs. Booker ins Bett ging, und fragte Mr. Booker dann, ob er noch ein bisschen weitertanzen wollte – meine Mutter und Lorraine hatten im Wintergarten die Teppiche zusammengerollt und so eine Tanzfläche geschaffen. Er legte die Billie-Holiday-Platte auf, die Lorraine den ganzen Abend gespielt hatte, und wir walzten im Zeitlupentempo, während meine Mutter um uns herum Ordnung machte. Ich sagte ihr, Mr. Booker und ich würden das Aufräumen übernehmen, also sagte sie Gute Nacht und ließ uns allein. Wir drehten die Musik leiser, sammelten die Teller und Gläser ein und trugen sie in die Küche. Beim Abspülen sagte ich Mr. Booker, dass ich nach Sydney gehen würde, sobald ich meine Sachen gepackt hätte, weil ich es keinen Tag länger hier aushielt.

»Was sagt deine Mutter dazu?«, fragte er.

»Die kann mich nicht davon abhalten«, sagte ich.

Ich schrieb ihm Rowenas Telefonnummer und Adresse auf, und er las sie mit einem verdutzten Ausdruck im Gesicht, als wäre es eine Sprache, die er nicht verstand, oder ein Ort, den er ohne Landkarte niemals würde finden können.

Er steckte den Zettel in seine Brieftasche und schenkte sich aus der Hausbar meiner Mutter noch ein Glas ein, bevor er auf die Terrasse hinausging und sich dort ins Dunkel setzte. Als der Abwasch erledigt war, folgte ich ihm. Geoffs Freund Michael hatte seine Trompete zur Party mitgebracht, aber gegen zehn zu spielen aufgehört, weil die Nachbarn angerufen und sich beschwert hatten. Sie lag noch auf der Sonnenliege, auf der Mr. Booker saß. Er hob sie auf, um mir Platz zu machen.

»Spiel mir was vor«, sagte ich.

»Was?«

»Einen Sombrerotanz.«

Ich nahm ihm die Zigarette aus der Hand, und er setzte die Trompete an die Lippen und blies, aber es kam kein Ton raus. Da legte er die Trompete weg, umfasste meinen Arm und sagte, wir sollten weglaufen, damit uns niemand mehr finden würde, und dann sagte er, er sei so hackedicht, dass er nicht mal mehr gehen könne.

»Ich auch«, sagte ich. »Alles dreht sich.«

Mr. Booker ließ sich hintenübersinken und schloss die Augen, und ich legte mich neben ihn auf die Sonnenliege, und so schliefen wir. Das war eines der beiden Male, die wir die ganze Nacht miteinander verbrachten.

Geoff und Lorraine nahmen mich nach Sydney mit, als sie fürs Wochenende zu Geoffs Eltern fuhren. Sie redeten nicht viel auf der Fahrt, sondern spielten die meiste Zeit

Miles Davis, weil Geoff auf alten Jazz stand, und rauchten Geoffs Zigaretten, die indonesisch waren und nach Nelken rochen. Meine Mutter hatte auch mitfahren wollen, aber ich sagte ihr, ich würde schon allein zurechtkommen.

Sie protestierte nicht. Leicht fiel ihr das sicher nicht, aber ich glaube, sie hatte Angst, wenn sie es mir schwermachte, von meinem Vater wegzukommen, würde ich ihr das bis an mein Lebensende verübeln. Meine Mutter hielt nichts von Konfrontation. Nicht aus Schwäche, sie sah nur nicht ein, wozu Konfrontation gut sein sollte. Wie sie mir immer sagte: Wir seien von allen Seiten Kräften ausgesetzt, die wir nicht einmal sehen konnten, und das Entscheidende sei weniger, diesen Kräften zu vertrauen, als zu begreifen, wie chancenlos wir gegen sie waren. Trotzdem muss es für sie hart gewesen sein, mich gehen zu lassen; sie dachte sicher, jetzt würde sie mich auf die gleiche Art verlieren wie zuvor Eddie.

»Was wird mit der Schule?«, fragte sie.

»Da kann mir Rowena helfen«, sagte ich. Rowena war Kunsterzieherin. Sie pausierte zwar, solange Amy noch so klein war, aber danach würde sie wieder an ihrer alten Schule arbeiten. Nicht, dass ich Hilfe von Rowena gewollt hätte. Ich wusste ja nicht einmal, ob ich in Sydney bleiben würde. Es hing alles davon ab, was Mr. Booker plante. Wenn er nach England zurückkehren wollte, dann würde ich mit ihm nach England gehen, aber damit brauchte ich meine Mutter nicht zu belasten, ehe es nicht tatsächlich so weit war; sie war schon traurig genug, dass ich nach Sydney zog.

»Ruf an, sobald ihr angekommen seid«, sagte sie mit tränennassem Gesicht.

»Nein, Mum«, sagte ich. »Ich verschwinde einfach, und du hörst nie wieder von mir.«

Das sollte sie zum Lächeln bringen, hatte aber den

gegenteiligen Effekt; sie brach in neuerliches Schluchzen aus, bis Lorraine ihr sagte, sie könne sich die Tränen sparen, weil ich spätestens in einer Woche feststellen würde, dass Sydney nicht Manhattan war.

»Sie kommt zurück«, sagte Lorraine. »Von wem soll sie sich sonst bekochen lassen?«

»Ich will nicht, dass du gehst«, sagte meine Mutter. »Ich will, dass du wartest, bis du die Schule geschafft hast, und dann gehen wir zusammen. Ich suche mir eine andere Stelle.«

»Ich kann nicht warten«, sagte ich. »Ich muss *jetzt* weg.«

Ich gab ihr noch einen Kuss, stieg ins Auto und winkte ihr und Eddie, als Geoff die Einfahrt entlangfuhr und auf die Straße bog. Fast hätte ich selber zu weinen begonnen, so traurig machte es mich, meine Mutter alleinzulassen, und an Eddie war sowieso alles zum Heulen. Er kam mir gar nicht mehr wie mein Bruder vor, eher wie ein Fremder, der zeitweise mit im Haus wohnte und dann wieder verschwand.

Von meinem Vater verabschiedete ich mich nicht. Wir fuhren an seinem Motel vorbei, aber ich wandte nicht einmal den Kopf danach. Geoff hatte Miles Davis so laut aufgedreht, dass das ganze Auto bebte, und ich konnte es nicht abwarten, den Stadtrand zu erreichen und hinaus aufs Land zu kommen, wo es freies Feld gab und Kühe und wo die Straße Meile um Meile durch Hügel und Täler führte wie ein Fluss, der sich seinen Weg ins Meer sucht.

»Noch kann ich wenden«, sagte Geoff.

»Fahr zu«, sagte ich, und dann lehnte ich mich zurück und schaute hinauf in den Himmel und dachte an die vielen Orte, die ich schon hinter mir gelassen hatte, ohne sie je zu vermissen. Von der Hälfte wusste ich nicht einmal mehr den Namen, bei anderen erinnerte ich mich nur an den Namen, aber an nichts sonst. Es waren die Fahrten selbst, an die ich dachte, dieser Transitzustand, wenn alles in mir für den Wandel bereit war, dafür, jemand Neues zu werden, ein Mädchen, das besser rechnen oder schneller laufen konnte oder sich mit der Rechtschreibung leichter tat. Ich war immer voller Hoffnung, wenn Eddie und ich mit unseren Eltern im Auto saßen, unterwegs zu einem neuen Ort. Das war das einzig Nützliche, was mein Vater mir je vermittelt hatte.

Wolkenbruch

Es war halb zwölf, als ich vor dem Five Ways Hotel aus dem 389er-Bus stieg, eine ganze Stunde vor der Zeit, zu der Mr. Booker ankommen sollte. Ich wollte ihn um keinen Preis verpassen, und außerdem saß ich tagsüber nicht so gern bei Rowena in der Wohnung, weil ihre Mitbewohnerin nachts arbeitete und tagsüber ihren Schlaf brauchte.

Rowena wohnte zur Miete im Souterrain eines Reihenhauses in Paddington, bei einer Frau, die sie am Strand kennengelernt hatte. Sie sagte, es sei nur für die Zeit, bis sie wieder arbeiten ging, dann würde sie sich etwas Eigenes suchen. Ihretwegen dürfte ich bleiben, solange ich wollte, weil ich ihr eine Hilfe bei der Kleinen war und die Mitbewohnerin sowieso nur zum Schlafen nach Hause kam, da hatte sie ganz gern jemanden um sich, mit dem sie reden und Dinge unternehmen konnte. Als ich ihr erzählte, wie Victor auf mich losgegangen war, schien sie nicht weiter überrascht.

»Er ist brutal«, sagte sie. »Er war schon immer brutal. Deine Mutter hätte ihn verlassen sollen, als sie noch jung war. Sie sollte einen Mann haben, der sich um sie kümmert.«

»Wie du«, sagte ich, und sie lachte und starrte dann hinaus auf das Rasenstück hinterm Haus, wo Amys Windeln in der Sonne trockneten.

»Ich komme prima zurecht«, sagte sie, aber ich wusste, dass das so nicht stimmte.

Es war ein heißer Tag, an dem ich zu meinem Treffen mit Mr. Booker fuhr. Kein Windhauch wehte von Rushcutters Bay den Hügel herauf. Selbst das blaue Wasser wirkte zähflüssig, ölig. Der Wetterbericht sagte Gewitter voraus, aber bis jetzt war davon nichts zu merken außer einer drückenden Stille in der Luft. Ich ging bis zur Ecke, wo eine schattige Bank stand, und hielt nach Taxis aus Richtung Oxford Street Ausschau, denn vom Flughafen konnte man eigentlich nur auf diesem Weg kommen. Ich setzte mich auf die Bank und las noch einmal Mr. Bookers Brief durch. Sein Flugzeug würde um zwölf Uhr landen, schrieb er.

Ich habe uns ein Zimmer im Travelodge ein Stück weiter bergab reserviert, das jedoch erst ab zwei Uhr verfügbar sein wird, sodass wir die Zeit bis dahin irgendwie überbrücken müssen. Das Five Ways, so wie ich es in Erinnerung habe, ist eine brauchbare Lokalität für ein Stelldichein, deshalb schlage ich vor, wir treffen uns dort und entscheiden alles Weitere spontan. Ich glaube, dies ist der Beginn einer wunderbaren Freundschaft. X

Als er um ein Uhr immer noch nicht da war, kaufte ich mir im Supermarkt eine Zeitung und Äpfel und etwas zu trinken. Ich nahm an, dass sein Flieger Verspätung hatte, mir blieb also nichts übrig, als weiterzuwarten.

Ich wartete bis zwei und rief dann auf Mr. Bookers Büronummer an, falls etwas schiefgegangen war, aber da war er nicht. Als Nächstes rief ich bei ihm zu Hause an, aber auch dort meldete sich niemand. Also ging ich in das Café neben dem Five Ways, trank einen Tee und las die Zeitung noch einmal eine Stunde von hinten bis vorn, und danach wusste ich, er würde nicht kommen.

Um drei Uhr zogen die Gewitterwolken auf und ließen es mit einem Schlag Nacht werden. Im strömenden Regen fuhr ich mit dem Bus zurück, und Rowena empfing mich mit der Nachricht, dass meine Mutter auf meinen Anruf wartete.

»Victor war deine Freunde besuchen, die Bookers«, sagte Rowena.

»Wozu das denn?«, fragte ich, obwohl ich es mir schon denken konnte.

»Der Mann gehört hinter Gitter«, war Rowenas einziger Kommentar.

Ich rief daheim an und erfuhr von meiner Mutter, dass mein Vater zum Haus der Bookers geradelt war, wo er an die Tür getrommelt und Mr. Booker zu sprechen verlangt hatte, und als Mr. Booker herauskam, hatte er gesagt, er hätte ihn mit mir in der Stadt herumkutschieren sehen und wüsste genau, was da lief, und wenn Mr. Booker sich je wieder unterstehen sollte, mich auch nur anzurühren, würde er ihn erschießen. Und dann hatte Mrs. Booker die Katze überfahren.

»Sie hat was?«

»Die Katze lag in der Einfahrt, da ist sie beim Zurücksetzen über sie drübergefahren«, sagte meine Mutter.

»Und wo sind sie jetzt?«, fragte ich.

»Beim Tierarzt«, sagte meine Mutter.

Sie habe Mr. Booker gesprochen, sagte sie, aber Mrs. Booker wolle mit niemandem reden.

»Was hat er gesagt?«, fragte ich.

»Wer?«, fragte meine Mutter.

»Mr. Booker.«

»Wann?«

»Als du mit ihm gesprochen hast.«

»Nicht viel«, sagte meine Mutter. »Nur, dass es ein Novum für ihn gewesen sei, als Wüstling tituliert zu werden.«

»Wo ist Victor?«, fragte ich.

»Klebt hoffentlich irgendwo an einem Baum«, sagte sie.

Darauf konnte ich nichts sagen, weil meine Mutter mir nicht die Chance dazu ließ. Sie sagte, dass ich heimkommen müsse, damit wir reden könnten. Sie habe mir einen Flug mit der Achtzehn-Uhr-dreißig-Maschine gebucht, sagte sie; wenn ich nicht in die Stoßzeit geraten wolle, sollte ich also besser gleich aufbrechen.

»Aber ich bin doch gerade erst angekommen«, sagte ich.

»Du bist sechzehn«, sagte sie. »Du hast dein ganzes Leben vor dir.« Ich hatte wenig Lust, so etwas zu hören. Es hatte keine Bedeutung außer der offensichtlichen.

Rowena bot mir an, mich zum Flugplatz zu bringen, aber ich sagte, ich hätte genug Geld für ein Taxi, sie solle meinetwegen nicht das Baby aufwecken. Wir warteten zusammen vor dem Haus, meine Taschen zu meinen Füßen. Ich war nicht einmal dazu gekommen, sie richtig auszupacken. Als das Taxi auf der dampfenden Straße heranfuhr, umarmte Rowena mich und sagte: »Nicht aufgeben.« Ich wusste nicht genau, wie sie es meinte, ob ich ganz allgemein nicht aufgeben sollte oder ob ich Mr. Booker nicht aufgeben sollte, wobei das letztlich auch keinen Unterschied machte. So oder so war es nett von ihr, es zu sagen, und Rowena sagte einem nicht oft Nettigkeiten, deshalb war ich dankbar.

»Werd ich nicht«, versprach ich, auch wenn mir ehrlich gesagt unklar war, worauf ich noch hoffen sollte, nachdem der große Plan, auf den ich alles gesetzt hatte, so kläglich gescheitert war.

Ich hätte nie zurückkommen dürfen, das wusste ich in dem Moment, in dem der Kapitän den Beginn des Landeanflugs durchsagte. Ich schaute aus dem Fenster und sah die ganze Stadt unter mir liegen, klein genug, dass man sie rundum in braune Felder und kahle Hügel auslaufen sah, und so zerfranst, dass sie gar keine richtige Form hatte, sondern nur eine Ansammlung von Straßen zu sein schien, mit Häusern bestückt wie mit lückenhaften Zähnen. Ich dachte an die vielen Male, die ich diese Straßen entlanggefahren war, und alle kamen mir gleich sinnlos vor, denn so war dieser Ort, so trist, dass man sich ins Auto setzte und losfuhr, um nach irgendwelcher Spannung zu suchen, wo todsicher keine zu finden sein würde, und dann krank vor Tristheit nach Hause kam.

Eddie holte mich ab. Er sprach den ganzen Weg über kein Wort mit mir. Schließlich sagte ich ihm, ich wisse ja nicht, was Victor über mich erzähle, aber falls ihn meine Sicht der Geschichte interessiere, könne er sie gern von mir hören.

»Behalt sie für dich«, sagte er.

Die Liebe wächst mit der Entfernung

Dann verschwand mein Vater, und niemand wusste, wohin. Außer Eddie vermisste ihn allerdings auch niemand.

»Hat er irgendwas gesagt?«, fragte Eddie meine Mutter.

»Nur, dass diese Stadt ihm zum Hals raushängt«, sagte sie. »Er hat alle seine Sachen bei seinen Freunden auf der Farm gelassen. Sie sind nicht weiter beunruhigt. Sie denken, er taucht schon wieder auf, wenn ihm danach ist.«

Also hoffentlich nie, sagte ich, und Eddie befahl mir, die Klappe zu halten.

Eine Woche später war auch Eddie weg, Deirdre hinterher, die nach Melbourne gezogen war, um bei ihrem richtigen Vater zu leben und Modedesign zu studieren.

Ich ging wieder brav zur Schule. Ich war zurückgegangen, weil meine Mutter mir das Versprechen abgeknöpft hatte, mein letztes Jahr nicht so an die Wand zu fahren wie Rowena ihres. Rowena hatte ihr Potenzial vergeudet, sagte sie, und sie glaube nicht, dass sie es ertragen würde, zuschauen zu müssen, wie ich es ihr nachmachte. Wir wussten beide, was das im Klartext hieß. Im Klartext hieß es, dass sie mich zwar nicht davon abhalten konnte, Dinge zu wollen, die nicht gut für mich waren, aber meine Bildung durfte ich deshalb noch lange nicht vernachlässigen. Für meine Mutter war Bildung das A und O. Sie sagte, nur über die Bildung eigne sich der Mensch die Fähigkeit zum kritischen Denken an, und darum dürfe man sie nicht wegwerfen wie eine alte Jacke, die man nicht mehr tragen mochte, oder ein Paar Schuhe, deren Farbe einem plötzlich nicht mehr gefiel.

»Botschaft angekommen, Mum.«

»Hoffentlich«, sagte sie. »Über kurz oder lang wirst du mir dankbar sein.«

»Du musst's ja wissen«, sagte ich.

Ab da war wieder alles wie gehabt, ich und meine Mutter allein in unserem Haus, und eigentlich hätte es sich genauso anfühlen müssen wie immer, aber das tat es nicht, weil alles sich verändert hatte und ich nicht mehr der Mensch von früher war. Zunächst einmal war ich halb irr vor Sorge. Dank Victor hatte ich Mr. Booker wahrscheinlich für immer verloren, und jetzt musste ich in derselben Stadt wie er sein und sterben vor Sehnsucht, weil ich ihn nie wieder treffen durfte.

Aber auch meine Mutter war anders. Sie grämte sich wegen Eddie und Deirdre; Deirdre tat ihm nicht gut, fand sie, aber wahrscheinlich würde er nie begreifen, warum. Und jetzt war mein Bruder in Melbourne, und es gab nichts, was sie tun konnte, um ihn zurückzuholen.

»Er hätte einen Vater gebraucht«, sagte sie. »Aber Victor war nie da.«

Und zusätzlich zu ihren Sorgen um Eddie und mich machte sie sich Gedanken darum, ob sie nicht mehr für meinen Vater hätte tun können, damals, als ihr das Ausmaß seiner Krankheit aufgegangen war.

»Ich hätte nicht versuchen dürfen, allein damit fertigzuwerden«, sagte sie. »Ich habe eine heile Welt vorgetäuscht, die es nicht gab.«

Das sagte sie mir nicht zum ersten Mal, aber ich hörte ihr zum ersten Mal richtig zu, weil ich das Gefühl hatte, dass sie mich vor etwas warnen wollte.

»Ich war so schwer von Begriff«, sagte sie und sah mich vielsagend an.

Ich wusste nicht, welche Reaktion sie von mir erwartete. Sie würde von mir nicht zu hören bekommen, dass ich schlagartig meinen Irrtum erkannt und mit dem Kapitel Mr. Booker abgeschlossen hatte, denn das wäre eine Lüge gewesen.

Ich sagte, meiner Meinung nach habe sie ihr Bestes getan, und sie seufzte und sagte, sie wünschte, das könnte sie auch so sehen, und dann sagte sie, vielleicht würde es meinem Vater ja helfen, eine Zeit lang zu Hause zu wohnen, wenn er von seinem Herumvagabundieren zurückkam, denn nachdem er schon einen Selbstmordversuch hinter sich hatte, würde er es höchstwahrscheinlich wieder probieren, und sie wolle nicht für seinen Tod verantwortlich sein.

»Wir sind die einzige Familie, die er hat«, sagte sie. »Wir dürfen ihn nicht einfach im Stich lassen.«

Ich sagte, dass mir keine Art einfiel, auf die man meinem Vater noch helfen konnte, da er sich ja selbst nicht für krank hielt.

»Nicht du spielst dir etwas vor«, sagte ich. »Er ist das.«

»Er meint es gut«, sagte meine Mutter. »Auf seine verdrehte Art.«

»Herrgott noch mal, Mum«, sagte ich. »Und wenn er Mr. Booker erschossen hätte, statt ihm nur damit zu drohen?«

»Er wollte dich eben beschützen«, sagte sie.

»Auf so einen Schutz kann ich verzichten«, sagte ich. »Wenn ich einen Beschützer will, schaffe ich mir einen Hund an.«

Ich ging in mein Zimmer und knallte die Tür zu, und dann lag ich eine halbe Stunde heulend auf meinem Bett und machte meiner Mutter nicht auf, sosehr sie auch klopfte und flehte.

»Geh weg«, sagte ich. »Ich will nicht mit dir reden.«

»Ich würde nie etwas tun, womit du nicht einverstanden bist«, sagte sie.

»Mach, was du willst«, rief ich. »Du hast genauso einen Hau wie er.«

Aber in Wahrheit weinte ich gar nicht deshalb. Ich weinte, weil ich mich so nach Mr. Booker sehnte, dass es mich ganz krank machte. Ich mochte schon nicht mehr in den Spiegel schauen, so elend und blass sah ich aus. Ich sah aus, als hätte ich Malaria oder irgendeine Blutkrankheit. Ich sah aus, als müsste ich dringend zum Arzt.

Beim Abendessen entschuldigte ich mich bei ihr, und sie sagte, Eddie habe angerufen, weil er meinen Vater aufgespürt hatte: Er war in Queensland und machte dort Urlaub, fuhr einfach von Ort zu Ort, wo immer es ihn hinverschlug.

»Ich denke, er hat kein Geld«, sagte ich.

»Ich hatte ihm ein bisschen gegeben«, sagte meine Mutter.

Das deprimierte mich noch mehr, nicht nur wegen meiner Mutter, die ihr Leben lang nicht von meinem Vater loskommen würde, sondern auch seinetwegen, weil er so einsam war.

Was sie über seine Familie gesagt hatte, stimmte. Die einzige Verwandte meines Vaters, die ich je kennengelernt hatte, war seine Mutter, und auch das erst, als sie schon so alt war, dass sie kaum noch jemanden erkannte. Wir waren zu ihr gefahren, nachdem ihr Mann gestorben war, um ihr entscheiden zu helfen, wie es jetzt weitergehen sollte. Sie lebte an der Küste südlich von Sydney, in einem Häuschen aus himmelblauem Faserzement gleich hinter der Uferstraße. Mein Vater hatte Angst, dass sie dort allein nicht zurechtkommen würde, also überredete er meine Mutter, sie mit zu uns zu nehmen. Nicht, dass sie dringend mitgewollt hätte. Es ließ sich schwer feststellen, was sie wollte, weil sie nicht sprach. Sie saß den ganzen Tag nur in einem Sessel im Wohnzimmer und sah aus dem Fenster, und wenn man sie etwas fragte, nickte sie oder schüttelte den Kopf.

Sie hatte keinerlei Ähnlichkeit mit meinem Vater. Er war groß und dunkel, sie winzig und hellhaarig, mit kleinen blauen, schleierigen Augen, die so trüb waren, dass sie nicht einmal fernsehen konnte.

»Ich habe so meine Vermutungen über die wahre Geschichte«, sagte mein Vater eines Abends, als meine Großmutter schon im Bett lag.

Ich wollte wissen, was er damit meinte, und er sagte mir, dass er nicht der leibliche Sohn seiner Mutter sei.

»Natürlich kann ich es nicht beweisen«, sagte er. »Es ist nur so ein Gefühl.«

»Wessen Sohn bist du dann?«, fragte ich.

Er erinnere sich an ein Ehepaar, sagte er, das jedes Jahr aus England gekommen war, um seine Eltern zu besuchen.

»Sie hatten Geld«, sagte er. »Und Lebensart. Und meine Eltern behandelten sie wie Hoheiten.«

»Dann bist du also in Wahrheit ein Prinz«, sagte ich.

»Man kann nie wissen«, sagte mein Vater.

Ich starrte ihn an und fragte mich, ob es stimmen konnte, dass er eine Art Wechselbalg war. Das hätte seine Seltsamkeit erklärt. Aber wenn es nicht stimmte, dann war es eigentlich noch seltsamer, denn das hieß, dass er sein Leben lang von einer Familie fantasiert hatte, der er sich näher fühlte als seinen wirklichen Eltern.

Und das war nicht die einzige Ungereimtheit in Bezug auf meinen Vater. Es gab noch eine Geschichte, die er allen auftischte, über eine Zeit, als er mit Monty Braithwaite zusammen Luftfracht in irgendein afrikanisches Kriegsgebiet transportiert hatte und ihr Flugzeug beschossen worden war, sodass sie sich nur mit knapper Not retten konnten. Bei ihm an der Wand hing ein Foto, auf dem die Crew in zwei Reihen vor dem Hangar posierte, und er zeigte gern auf einen Mann am Ende der hinteren Reihe, der angeblich er war, nur dass er völlig anders aussah. Zumindest wirkte er zwanzig Jahre älter, als mein Vater es damals gewesen sein musste. Er hatte Geheimratsecken und einen verkniffenen Blick, und um ihn herum war ein hellerer Rand, als wäre die Aufnahme zu einer anderen Zeit und an einem anderen Ort entstanden und mein Vater hätte sie vorsichtig ausgeschnitten und auf den Körper eines Fremden geklebt. Es war schwer vorstellbar, warum er sich diese Mühe gemacht haben sollte, aber ich vermutete, dass es mit seiner Beziehung zu Monty zusammenhing, dem er nie das Wasser hatte reichen können, der stets mutiger und reicher und verwegener gewesen war als mein Vater. Zumindest nahm mein Vater es so wahr, ob es nun stimmte oder nicht. Meine Mutter glaubte kein Wort davon. Was immer mein Vater über seinen Freund Monty Braithwaite erzählte, tat sie als Geflunker ab.

»Der Mann hat nie etwas anderes gemacht als Ärger, wenn du mich fragst«, sagte sie. »Ein reines Wunder, dass er nicht im Gefängnis sitzt.«

Ich wartete darauf, dass Mr. Booker mich anrief, aber das tat er nicht, also fuhr ich zu seinem Haus, um zu schauen, ob er daheim war. Es war nach zehn Uhr abends, und Mr. Booker saß bei offenen Fenstern und ausgeschaltetem Licht da und sah fern. Ich mochte nicht hineingehen, weil ich Angst hatte, Mrs. Booker unter die Augen zu treten, darum parkte ich das Auto meiner Mutter vor dem Nachbarhaus und schlich über das Gras näher, tief im Schatten für den Fall, dass sie ins Zimmer kam und mich sah. Und dann stand ich da und beobachtete Mr. Booker, der im bläulichen Flackern des Bildschirms eine Zigarette rauchte, und er sah so zufrieden aus, dass ich aus dem Beet neben der Vordertreppe einen Stein aufhob und ihn gegen das Glas der Haustür warf, so fest, dass es splitterte. Ich wartete seine Reaktion nicht ab. Ich rannte zum Auto zurück und fuhr davon, und mein Herz hämmerte bis zum Zerspringen.

Nach diesem Abend schrieb ich ihm, dass ich mit ihm reden müsse, weil es ja wohl nicht sein könne, dass er mich einfach ignorierte, als wäre nie etwas zwischen uns gewesen.

> Ich kann verstehen, wenn Du nach dieser Sache
> Deine Meinung geändert hast, aber heißt das, dass
> Du jetzt doch bei Mrs. Booker bleiben willst? Oder
> heißt es, dass Du sie erst irgendwann später verlässt?
> Ich muss endlich wissen, woran ich bin. Ich werde
> ab Samstag jeden Tag um halb vier im Kinocafé sein.
> Bitte komm! *À bientôt*, Bambi. XX

Ich adressierte den Brief an seine Uni-Anschrift, damit Mrs. Booker ihn nicht in die Finger bekam und las. Und dann beschloss ich, ihn selbst zu überbringen, zusammen mit einer Flasche Whisky, also nahm ich daheim eine ungeöffnete Flasche aus dem Schrank, packte sie ein und klebte den Brief mit Tesa daran fest. Ich fuhr mit dem Bus in die Stadt und ging das Stück bis zu Mr. Bookers Büro zu Fuß. Ich klopfte an, und als keine Antwort kam, schlüpfte ich hinein und stellte ihm den Whisky mitten auf seinen kahlen Schreibtisch, damit er ihn gleich sah, wenn er hereinkam.

Ich dachte, er müsste doch wenigstens anrufen und sich für das Geschenk bedanken, aber er rief nicht an. Dafür rief Mrs. Booker meine Mutter an, um zu fragen, ob sie auf einen Schwatz vorbeikommen dürfe, und meine Mutter sagte Ja.

Sie saßen den ganzen Nachmittag im Garten, während ich sie von meinem Zimmer aus beobachtete und dabei für Mr. Jolly einen französischen Text auswendig zu lernen versuchte, der mit dem Satz begann: *La lutte des sexes, dis-je, est le moteur de l'histoire.* Als meine Mutter mich darum bat, brachte ich ihnen eine Flasche Wein und zwei Gläser nach draußen und lief vor zum Laden, um Mrs. Booker, der die Zigaretten ausgegangen waren, eine neue Schachtel zu holen. Ich bekam nur halb mit, worüber sie sprachen, aber irgendwie ging es um Mrs. Bookers Fruchtbarkeitsprobleme und darum, dass Mr. Booker eigentlich dagegen war, noch mehr Untersuchungen vorzunehmen oder noch mehr Behandlungen auszuprobieren, weil es einen Punkt geben musste, an dem man es gut sein ließ und sich mit der Tatsache abfand, dass man im Leben nicht alles haben konnte.

»Er hat leicht reden«, sagte Mrs. Booker mit Tränen in den Augen. »Aber so bin ich nun mal nicht. Ich habe das Gefühl, wenn wir jetzt aufgeben, dann geben wir damit auch unsere Ehe auf. Und das kann ich nicht. Ich meine, ich könnte es, aber ich will nicht.«

Meine Mutter streifte mich mit einem Blick, während ich Mrs. Booker nachschenkte.

»Was denkst du, Bambi?«, wollte Mrs. Booker wissen. »Findest du das verrückt von mir?«

»Da bin ich die falsche Ansprechpartnerin«, sagte ich.

Mrs. Booker trank einen Schluck und lächelte mich an, und dann wandte sie sich zu meiner Mutter und sagte, ihr Traum sei es, eines Tages eine Tochter wie mich zu haben.

»Und Mr. Booker geht es genauso«, sagte sie. »Wir sprechen sehr oft davon, wie schön das wäre.«

Meine Mutter sah mich an und zog die Brauen hoch,

und mir wurde klar, dass Mrs. Booker offenbar kein Wort über Victors Besuch bei ihnen verloren hatte, kein Wort über das, was er von Mr. Booker und mir behauptete.

»Sie erleben sie nur von ihrer besten Seite«, sagte meine Mutter. »Sie benimmt sich nicht immer so vorbildlich.«

»Aber ihr zwei seid so gute Freundinnen«, sagte sie. »Das hätte ich auch so gern. Ich brauche jemanden, mit dem ich reden kann. Sicher, ich habe Mr. Booker, aber das ist nicht das Gleiche. So sehr viel haben wir sowieso nie geredet. Er hat mich nicht wegen meiner Konversationskünste geheiratet. Mit mir zu reden strengt ihn an, also lässt er es die meiste Zeit ganz bleiben.«

Sie führte meiner Mutter und mir vor, wie sie Mr. Booker beispielsweise fragte, ob er glaube, es sei die richtige Entscheidung gewesen, aus England wegzugehen, und von ihm nur einen leeren Blick und seine Standardantwort bekam: »*Seinerzeit schien es keine schlechte Idee.* Das antwortet er auf alles. Seinerzeit schien es keine schlechte Idee. Was soll das überhaupt heißen?«

»Vielleicht beschäftigt er sich einfach nicht gern mit der Vergangenheit«, sagte meine Mutter. »Das geht manchen Leuten so.«

»Neulich habe ich ihn gefragt, ob er mich überhat«, sagte sie. »Und er sagte, er hätte nur den Klang meiner Stimme über, und ich sollte einfach gelegentlich den Mund halten und meine Stimmbänder schonen.«

»Und was haben Sie gesagt?«, fragte meine Mutter.

»Ich habe ihm gesagt, wenn er je wieder in diesem Ton mit mir spricht, hat er mich zum letzten Mal gesehen.«

»Glauben Sie, das würden Sie durchziehen?«, fragte ich, und mein Herz machte einen Satz.

»Darüber nachgedacht habe ich«, sagte sie.

»Über etwas nachdenken und es wirklich tun sind zwei Paar Stiefel«, sagte ich.

Meine Mutter warf mir einen warnenden Blick zu und schickte mich ins Haus, einen Kaffee kochen, also ging ich hinein, und die ganze Zeit musste ich an das denken, was Mrs. Booker gesagt hatte, und überlegte, ob Mr. Booker es verdiente zu erfahren, wie nah seine Frau daran war, ihn zu verlassen. Vielleicht weiß er es ja nicht, dachte ich, und dann sollte ich es ihm unbedingt sagen, aber andererseits konnte ich nicht sicher sein, ob er mir glauben würde oder am Ende nur dachte, ich wollte ihn auf diese Weise unter Druck setzen, damit er endlich zu Potte kam und sie verließ, bevor sie ihn verlassen konnte.

Als der Kaffee fertig war, trug ich ihn hinaus und stellte ihn auf das Tischchen neben Mrs. Bookers Stuhl. Ich goss ihr eine Tasse ein und rührte Sahne und zwei Päckchen Zucker hinein, wie sie es mochte. Sie beobachtete jede meiner Bewegungen durch ihre eulenhaften Brillengläser, als hätte sie noch nie einen Menschen Kaffee einschenken sehen. Als ich gerade die Tasse meiner Mutter vollschenkte, klingelte drinnen das Telefon, und meine Mutter ging hinein, sodass ich mit Mrs. Booker allein blieb. Es war mir furchtbar unangenehm, mit ihr dazusitzen, weil ich nicht wusste, was ich zu ihr sagen sollte und warum sie nach Victors Auftritt neulich überhaupt noch mit mir sprach. Es hätte mich nicht überrascht, wenn sie gekommen wäre, um mir zu drohen, so wie mein Vater Mr. Booker gedroht hatte, aber sooft ich zu ihr hinsah, lächelte sie auf diese kleinmädchenhafte Art, die sie so oft hatte und die sie anscheinend für attraktiv hielt.

»Das mit Ihrer Katze tut mir sehr leid«, sagte ich. »Hoffentlich hat sie nicht leiden müssen.«

Das Lächeln verschwand; sie machte ein Gesicht, als würde sie gleich zu weinen anfangen, aber stattdessen zog sie an ihrer Zigarette.

»Ich habe mich noch gar nicht für den Whisky bedankt«, sagte sie, und mir wurde klar, dass Mr. Booker gelogen und ihr erzählt haben musste, der Whisky wäre für sie, ein Fläschchen, um damit ihren Kummer zu ertränken. »Das war sehr lieb von dir.«

»Kein Problem«, sagte ich.

»Es war nicht deine Schuld«, sagte sie.

Ich war mir nicht sicher, was sie meinte – ob sie mir damit sagen wollte, dass sie mir keine Schuld an dem gab, was zwischen Mr. Booker und mir passiert war, oder ob sie von der Sache mit Victor sprach oder von der Katze, deshalb erwiderte ich lieber nichts, sondern studierte nur angelegentlich die Wolken, die eilig über den Himmel jagten und den Wind fast ein bisschen kalt machten, wenn sie an der Sonne vorbeizogen.

»Was hat dein Vater zu dir gesagt?«, erkundigte Mrs. Booker sich schließlich.

»Wann?«, fragte ich. Ich sagte ihr, dass ich meinen Vater schon länger nicht mehr gesehen hätte, weil er verschwunden sei.

»Er hat dich geschlagen, sagt deine Mutter.«

»Ach, das«, sagte ich. »Nicht der Rede wert. Das war, weil ich unverschämt zu ihm war.«

Zur Antwort legte mir Mrs. Booker die Hand auf den Arm und tätschelte ihn mitfühlend, und einen Moment lang hätte ich fast laut gelacht, denn damit sagte sie mir ja praktisch, dass sie nicht vorhatte, Partei für meinen Vater zu ergreifen oder irgendetwas von dem zu glauben, was er ihr erzählt haben musste, darüber, was er gesehen hatte oder gesehen zu haben meinte.

»Du musst bald mal wieder zu uns kommen«, sagte sie. »Mr. Booker ist unausstehlich ohne dich.«

Ich wandte ihr den Kopf zu und sah ihr ins Gesicht, aber ich konnte unmöglich sagen, wie schlau oder wie dumm sie nun war, also gab ich das Mutmaßen auf. Ich beugte mich zu ihr herüber, legte die Arme um sie und drückte sie, weil ich an den kleinen, paddelnden Gesten, die sie mit ihren Händen machte, merkte, dass sie das gern wollte.

Mr. Booker sah ich erst am Montag der folgenden Woche wieder. Er wartete an einem Tisch an der Rückwand des Kinocafés, wo es dämmrig war. Als ich in meiner Schuluniform hereinkam, schaute er auf, lächelte und winkte mit der Hand, und der Rauch seiner Zigarette bildete einen kleinen Wirbel vor seinem Gesicht, sodass es wirkte, als würde er brennen. Als ich nahe genug war, konnte ich sehen, dass nichts sich geändert hatte und er mich immer noch genauso wollte wie früher, also beugte ich mich vor und küsste ihn auf die Wange.

»*Bonjour*«, sagte ich. »*Ça va?*«

»Ich darf mich nicht beschweren«, sagte er.

Er roch nach Rasierwasser und Bier, und sein Haar war kürzer geschnitten als vorher, was ihm etwas Rosiges, Glänzendes gab.

»Ich dachte schon, ich seh dich nie wieder«, sagte ich.

»Bei uns war es in letzter Zeit etwas hektisch«, sagte er.

Ich setzte mich ihm gegenüber und sah zu, wie er mir eine Zigarette an seiner anzündete. Meine Hand zitterte so sehr, als ich sie nahm, dass ich schon dachte, ich würde sie fallen lassen.

»Wie läuft's in der Schule?«, fragte er.

»Blendend«, sagte ich.

»Die beste Zeit deines Lebens«, sagte er. »Heißt es doch immer.«

»Alles erstunken und erlogen«, sagte ich.

Er sah mich an, und dann sagte er, das mit unserem geplatzten Stelldichein tue ihm leid.

»Mir auch«, sagte ich. »Ich hab den ganzen Tag auf dich gewartet.«

Er sagte, nach dem Gastspiel meines Vaters hätte er die Hosen einfach gestrichen voll gehabt.

»Sei froh, dass er nicht bewaffnet war«, sagte ich.

Mr. Booker lachte etwas gepresst.

»Meine teure Gattin dankt dir sehr für den Whisky«, sagte er.

»Der war nicht für sie«, sagte ich. »Der war für dich.«

Da langte er über den Tisch und nahm meine Hand. Ich hätte ihm gefehlt, sagte er, und ich sagte, er hätte mir auch gefehlt, und dann sagte ich, dass ich nur seinetwegen wieder zurückgekommen war, denn was sollte ich ohne ihn in Sydney.

»Ich habe eine Arbeit«, sagte er. »Das scheinst du zu vergessen.«

Daran war etwas Wahres. Ich wusste, dass das eine Sache war, die Mr. Booker Sorgen machte und mir nicht, weil ich noch nie mein eigenes Geld hatte verdienen müssen und gar nicht begriff, was das bedeutete. Trotzdem war auch etwas Defensives an der Art, wie Mr. Booker es jetzt vorbrachte, und ich dachte, vielleicht hatte er ja Angst vor mir, denn schließlich forderte ich von ihm, sein Leben komplett umzukrempeln, was von jedem viel verlangt gewesen wäre.

»Was machen wir also?«, fragte ich, aber nicht in einem Ton, dass er denken musste, ich setzte ihm die Pistole auf die Brust. Es war mehr eine allgemeine Frage, und ich kannte die Antwort, noch bevor er den Mund aufmachte.

Er ließ meine Hand los und trank erst einmal seinen Kaffee aus.

»Wenn wir vernünftig sind, ziehen wir einen Schlussstrich«, sagte er.

»Willst du das denn?«, fragte ich.

Er starrte trübsinnig in seine leere Tasse. Und dann sagte ich, ich wolle es nämlich nicht.

»Gut, damit wäre das entschieden«, sagte er.

»Was wäre entschieden?«

Ich wollte nicht bockig sein. Ich verstand bloß nicht, wieso Mr. Booker mich tagelang nicht anrief und sich dann mit mir traf, nur um mir zu sagen, wir dürften uns nicht mehr sehen, wo er doch wissen musste, dass das keine Option war. Wenn mir nicht nur zehn Minuten bis zu meiner Schicht geblieben wären, hätte ich ihm gesagt, wir sollten raus zu seinem Wagen gehen, damit ich dort Sachen mit ihm anstellen konnte, die ihm beweisen würden, *wie* ausgeschlossen es war.

»An welchem Tag passt es dir?«, fragte er.

Ich sagte, jeder Tag nach der Schule sei gleich gut, wenn er mich an der Bushaltestelle vor dem Verwaltungsgebäude abhole.

»Dann sagen wir doch Mittwoch«, sagte er.

Ich sagte, dass mir der Mittwoch sehr gut passe, und dann saßen wir eine Weile stumm da, weil wir beide wussten, wie armselig das alles war, diese heimlichen Pläne, die wir hier schmiedeten, statt in Sydney ein neues Leben zu beginnen, in einer Umgebung, wo niemand uns kannte und wir tun und lassen konnten, was wir wollten.

Schließlich fragte ich Mr. Booker, ob er und Mrs. Booker sich ein neues Haustier zulegen wollten.

»Sie will wieder eine Katze«, sagte er.

»Was für eine?«

»Eine lebendige.«

Ich lachte und wartete, was er als Nächstes sagen würde, aber er schien nicht zum Reden aufgelegt.

»Du hast alles abgestritten, vermute ich mal«, sagte ich.

Er antwortete nicht gleich. Stattdessen stand er auf und ging zur Theke, um sich noch einen Kaffee zu bestellen und mir auch einen, dann kam er zu seinem Stuhl zurück, schlug die langen Beine unterm Tisch übereinander und zündete sich die nächste Zigarette an.

»Allerdings«, sagte er. »Ich bin zu großer Form aufgelaufen.«

Ich wollte wissen, was Mrs. Booker gesagt hatte, und er sagte, sie hätte sehr wenig gesagt und hauptsächlich würdevoll geschwiegen.

»Ich sag's dir«, sagte er, »wenn dieses verdammte Katzenvieh nicht wäre, wäre alles nur halb so schlimm.«

Der Kellner kam mit unseren Kaffeetassen und stellte sie scheppernd vor uns auf den Tisch.

»Danke, guter Mann«, sagte Mr. Booker.

Der Kellner schlurfte ohne ein Wort davon.

»Habe ich etwas Falsches gesagt?«, fragte Mr. Booker.

»Er ist neu«, sagte ich.

Später setzte ich mich zu Mr. Booker in den Zuschauerraum, und wir sahen zusammen die zweite Hälfte von *Five Easy Pieces – Ein Mann sucht sich selbst*, ab der Stelle, wo Jack Nicholson im Diner ein Hühnchen-Sandwich will und die Kellnerin sagt, sie hätten nur welche mit Hühnchensalat, worauf Jack Nicholson ein Hühnchensalat-Sandwich ohne Salat bestellt. Wir saßen Arm in Arm bis zum letzten Bild, bei dem ein Laster von der Tankstelle wegfährt und auf den Highway in Richtung Kanada biegt und man darauf wartet, was als Nächstes kommt, aber es kommt nichts mehr, und da weiß man, dass Jack Nicholson abgehauen ist. Als der Nachspann anfing, lehnte sich Mr. Booker zu mir herüber und küsste mich rasch.

»Einmal auf der schiefen Bahn«, sagte er, »und schon geht es rasant bergab.«

»Ich weiß, was du meinst«, sagte ich.

»Ja, wahrscheinlich tust du das wirklich.« Er stand auf und strich mir über den Kopf. »Bis Mittwoch«, sagte er.

Stets sprießt die Hoffnung in des Menschen Brust

In der Zeit von Mittwoch zu Mittwoch saß ich im Unterricht und tat so, als würde ich aufpassen, dabei konnte ich an nichts anderes denken als an meine Nachmittage mit Mr. Booker. Er hatte ein neues Motel für uns aufgetan. Es lag nahe beim Flughafen, sodass wir im Bett die Flugzeuge starten und landen sahen. Wenn sie niedrig genug flogen, vibrierte das ganze Zimmer, was laut Mr. Booker der Grund war, weshalb niemand hier abstieg.

»Ich glaube, es liegt am Geruch«, sagte ich. Das Zimmer stank nach Raumspray. Man fragte sich, was für andere Gerüche die Betreiber damit zu kaschieren versuchten.

»Hunde«, sagte er. »Sie lassen Hunde in die Zimmer.«

»Wie?«, fragte ich. »Ist das hier ein Motel für Hunde?«

»Dummerchen«, sagte er. »Sie schlafen bei ihren Besitzern.«

»In den Betten?«

»Wenn ihnen danach ist«, sagte Mr. Booker.

Und dann startete das nächste Flugzeug, und das Zimmer fing zu dröhnen an, und Mr. Booker bewegte die Lippen, als wäre der Lärm so groß, dass ich ihn nicht mehr verstehen konnte.

»Was hast du gesagt?«, fragte ich, als das Flugzeug weit genug weg war.

»Wuff-wuff«, machte er.

Mr. Booker dachte sich lange Geschichten darüber aus, wo er überall mit mir hinfahren würde, wenn wir erst einmal miteinander durchgebrannt wären. Es war seine Art, den Zeitpunkt hinauszuschieben, an dem er sich anziehen und nach Hause zurückkehren musste.

»Italien«, sagte er. »Da würde es dir gefallen. Ich könnte an irgendeiner Popeluniversität mit sehr niedrigem Anspruch Englisch unterrichten, und du könntest Italienischstunden nehmen und lernen, wie man Ravioli füllt. Und im Sommer würden wir mit unseren Jachtbesitzer-Freunden die Adriaküste entlangsegeln.«

»Wie heißen die Freunde?«, fragte ich.

»Giovanni und Rita Mortadella.«

»Das ist eine Wurst«, sagte ich.

»Sie machen in Wurst«, sagte er. »Damit haben sie ihre Millionen verdient.«

»Können sie mit uns an den Wochenenden nach Frankreich rübersegeln, damit ich meinen *subjonctif* üben kann?«

»Wenn du sie nett darum bittest«, sagte Mr. Booker.

»Wann fahren wir?«, fragte ich.

»Erst musst du die Schule fertig machen.«

»Du klingst wie meine Mutter«, sagte ich.

Mr. Booker zündete zwei Zigaretten an und gab mir eine, und dann sah er mich einen Augenblick lang leicht benebelt an, während er einen tiefen Schluck aus seinem Glas nahm. Wir fuhren nie ohne irgendwelchen Alkohol ins Motel, in der Regel Sekt, aber an diesem Tag war es Rotwein, weil das Wetter kalt geworden war.

»Das ist mein Ernst«, sagte er. »Ich reise mit dir nirgends hin, ehe du nicht deinen Abschluss hast.«

»Das geht auch per Fernstudium«, sagte ich. »So macht man das, wenn man auf einer Jacht lebt. Und du wirst mein Tutor und liest mir im Bett Shakespeare vor.«

»Geh in ein Kloster«, sagte Mr. Booker und küsste mein Gesicht und mein Haar, bevor er mir die Zunge zwischen die Zähne schob. »Warum wolltest du Sünder zur Welt bringen?«

»Und wenn ich mich weigere?«, fragte ich.

»Dann beiße ich dich in den Hintern.« Er rutschte ein Stück nach unten, knabberte ganz zart an meiner Pobacke und stieß dazu kleine, sanfte Winsellaute aus.

An den Wochenenden sagte ich meiner Mutter, ich wolle in der Bibliothek lernen, damit sie mir das Auto lieh. Dann stellte ich das Radio laut und drehte riesige Schleifen, an der Bibliothek vorbei und hinaus zu den neuen Vororten, die sie immer weiter außerhalb bauten, wie Raumstationen. Ich blieb nach Möglichkeit bis zum Abend weg, denn zu Hause wartete ich den ganzen Tag nur darauf, dass die Bookers anriefen oder vorbeikamen. In letzter Zeit blieben sie am Wochenende meistens daheim und werkelten im Haus oder im Garten herum, sodass wir an manchen Wochenenden gar nichts von ihnen hörten.

Manchmal wurde meine Sehnsucht nach Mr. Booker so stark, dass ich zu der Straße hinter ihrem Grundstück fuhr. Dann hielt ich auf einer von Bäumen bewachsenen Hügelkuppe, von der aus ich in ihren Garten schauen konnte, ohne dass sie mich sahen, und wartete darauf, dass sie erschienen. Ich sah sie nie, nur einmal kamen sie im Regen vom Einkaufen zurück und luden in der Einfahrt ein paar Topfpflanzen aus ihrem Auto. Sie schleppten sie hinaus auf den Rasen und standen dort eine Zeit lang unter ihren Regenschirmen. Sie zeigten auf etwas und redeten, und ich konnte sie lachen hören. Es hätte mich nicht überraschen dürfen, aber es überraschte mich doch. In meiner Vorstellung waren Mr. und Mrs. Booker wie meine Eltern: so unglücklich miteinander, dass sie es, wenn sie allein waren, kaum fertigbrachten, einen zivilen Ton anzuschlagen. Aber als ich sie in ihrem Garten sah, verstand ich erst, auf wie vielerlei Weise sie den Eindruck erwecken konnten, zwischen ihnen sei alles in Ordnung. Und ich verstand auch, wie perfekt aufeinander eingespielt sie waren, weil sie es immerzu machten, mit einer solchen Natürlichkeit, dass sie selbst daran glaubten.

Und noch etwas kam mir, als ich hinterher heimfuhr, weinend, aus keinem konkreten Grund eigentlich, nur weil ich enttäuscht war. Das war die Idee, dass nur ich Mr. Booker retten konnte, wie er ja selbst schon gesagt hatte, nicht speziell vor Mrs. Booker, obwohl sie Teil des Problems war. Nein, mehr vor diesem ganzen Halbleben, das er führte, in dem nichts echt war, sondern alles nur eine gewaltige Kraftanstrengung, um Normalität vorzugaukeln.

Meine Mutter meinte, dass es die richtige Entscheidung gewesen sei, aus Sydney zurückzukommen.

»Nein, war es nicht«, sagte ich. »Ich hätte dortbleiben sollen.«

Ich fragte sie, ob sie nicht auch langsam ans Wegziehen dächte. Wozu sich an einen Ort klammern, den weder Eddie noch ich ausstehen konnten? Ich sagte ihr, an dem Tag, an dem ich meinen Schulabschluss hätte, würde ich mich absetzen wie Eddie, und zwar auf Nimmerwiedersehen.

»Ich kann nicht einfach alles hinschmeißen und wegziehen«, sagte sie. »Ich arbeite hier.«

Ich sagte, ich hätte schon gemerkt, dass das eine beliebte Ausflucht war, wenn Leute Angst hatten, sich zu verändern.

»Das hier ist eben ein Ort, an dem ein bisschen Kreativität gefragt ist«, sagte sie.

»Es ist ein Dreckskaff«, sagte ich, und meine Mutter

lächelte nur und strickte weiter. Sie und Lorraine waren in einen Strickclub eingetreten. Jeden ersten Freitag im Monat trafen sich alle und tauschten Muster aus. Lorraine wollte sich sogar ihr Hochzeitskleid selbst stricken, so sehr hatte das Strickfieber sie gepackt.

Mein Vater schickte meiner Mutter eine Postkarte aus Port Douglas, eng beschrieben mit seiner kleinen, krakeligen Schrift. Meine Mutter las sie mir vor, während wir beide am Briefkasten standen.

> Liebe J, ich komme immer mehr zu dem Schluss, dass unsere Beziehung ab dem Moment dem Untergang geweiht war, als die Kinder ins Spiel kamen. Von dem Tag an musste ich mit ihnen um Deine Zuneigung wetteifern. Es war ein ungleicher Kampf, und ich hatte nie eine echte Chance, weshalb ich nun den Zeitpunkt für gekommen halte, unsere Verbindung in aller Form aufzulösen und zu einer fairen und gerechten finanziellen Einigung zu gelangen, die uns beide in die Lage versetzt, in Würde unserer getrennten Wege zu gehen.
> Herzlich, Dein Victor

Sie gab die Karte an mich weiter, und ich drehte sie um und besah mir das Bild des Strandes auf der Vorderseite.

»Was macht er in Port Douglas?«, fragte ich.

»Eindeutig zu wenig«, sagte meine Mutter.

Ich fragte sie, was sie ihm antworten wollte, und sie sagte, zu antworten werde schwer sein, weil auf der Karte weder ein Absender stehe noch irgendein Hinweis darauf, wann oder ob er zurückzukommen plane.

Zwei Wochen später sahen wir ihn. Wir warteten an einer Ampel in der Nähe seines Motels, als er vor uns die

Straße überquerte. Meine Mutter bemerkte ihn als Erste und ließ die Stirn aufs Lenkrad sinken. Dann stieß sie einen lang gezogenen Wimmerlaut aus.

»Geht's dir nicht gut?«, fragte ich.

»Nein«, sagte sie. »Mir geht's nicht gut. Vor einer Minute ging's mir noch gut, aber jetzt nicht mehr.«

Ich sah meinem Vater nach, wie er mit langen Schritten den Gehweg entlang von uns wegging, die Hände tief in die Taschen gebohrt, seine Jacke um die Hüften gebunden. Er pfiff beim Gehen. Vermutlich glaubte er, dass ihn das sorglos und vergnügt erscheinen ließ, dabei ließ es ihn eher so wirken, als hätte er ein Messer in der Tasche, das er gegen den ersten Menschen ziehen würde, der ihn schräg ansah.

»Da wird einem doch warm ums Herz«, sagte ich.

»Scheiße«, sagte meine Mutter, die nie Kraftausdrücke verwendete.

Als ich ihn das nächste Mal sah, war er auf der Farm untergekommen, auf der er sich zu erschießen versucht hatte. Er hatte angerufen und mich gebeten, ihm ein Paar Reitstiefel zu bringen, die er bei seinem Auszug dagelassen hatte. Seine Freunde ließen ihn im Anbau ihrer Garage wohnen, in einem Zimmer mit Bett, Küchenzeile und einem Fenster, das auf die Viehkoppeln und den von Weidenbäumen gesäumten Fluss dahinter hinausging.

»So was nennt man auf die Füße fallen«, sagte ich.

»Ich gelte es in Dienstleistungen ab«, sagte er.

Er helfe seinen Freunden dabei, Reitstunden für behinderte Kinder zu geben, erklärte er mir, und erhalte dafür Kost und Logis. »Ich bin ein besserer Farmhelfer. Genau wie in meinen Anfängen.«

Die glücklichsten Tage seines Lebens, sagte er, habe er auf einer Schaffarm in Südaustralien verlebt, auf der er gleich nach Schulabgang gearbeitet hatte.

»Ich hätte da nie weggehen sollen. Ich hätte auf meinen Boss hören und bleiben und seine Tochter heiraten sollen.«

»Warum hast du's nicht?«, fragte ich. Die Geschichte hörte ich zum ersten Mal. Ich wusste nicht, ob ich sie glauben sollte oder nicht.

»Ich habe deine Mutter kennengelernt.« Er sagte es ohne jede Emotion, als spräche er von einem mathematischen Faktum, auf dem eine ganze Pyramide ebenso unabänderlicher wie betrüblicher Folgeereignisse aufbaute.

Seine Postkarte aus Port Douglas hatte er offenbar vergessen, zumindest erwähnte er sie nicht. Er sagte, es sei ein Fehler gewesen, nicht früher wieder nach Hause gekommen zu sein. Ursprünglich habe er vorgehabt, eine Weile im Norden zu bleiben, auf jeden Fall über den Winter, aber es sei keine gute Idee, zu lange an einem Ort zu sein, mit dem einen nichts verband.

»Ich dachte, das wäre gerade der Witz am Weglaufen«, sagte ich.

Er schien keine Ahnung zu haben, wovon ich sprach. Etwas an ihm war verändert. Ich hatte den Leuten schon immer erzählt, dass mein Vater verrückt sei, wenn auch ohne so recht zu wissen, was das hieß. Es war mehr als Erklärung gedacht, warum er so war, wie er war: eben noch ganz ruhig und dann plötzlich von solcher Wut erfüllt, dass man meinen konnte, eine völlig andere Person vor sich zu haben. Jetzt, wo ich mit ihm in seinem winzigen Zimmer saß, konnte ich die Veränderung in ihm spüren, diese Unwucht in seinem Kopf, dieses Kippen ins Haltlose. Es zeigte sich auch in seinem Blick. Er wirkte wie ein Mensch, der vor sich nichts als einen schwarzen Tunnel sieht.

»Ich wusste nicht mehr, wo ich bin«, sagte er. »Ein paar Tage lang hatte ich sage und schreibe keinen Schimmer. Eine Weile dachte ich, ich wäre wieder in der Klinik. Das

Personal in dem Hotel in Port Douglas war sehr nett. Sie haben nach dem Arzt geschickt.«

»Bist du jetzt wieder auf dem Damm?«, fragte ich.

»Ich war ja mein Lebtag auf die Güte Fremder angewiesen.« Und er lachte sein unechtes Lachen.

Er erwähnte auch die Bookers mit keiner Silbe, genauso wenig wie den Streit mit mir. Es war, als hätte er alles, woran er sich nicht erinnern mochte, einfach aus seinem Gedächtnis gelöscht und lebte jetzt wie ein Amnesiepatient nur noch von einem Moment zum anderen. Teilweise redete er mit mir, als wüsste ich nichts von ihm.

»Ich glaube, der Farmer befürchtet, ich könnte es auf seine Frau abgesehen haben. Dem muss ich noch verklickern, dass ich nicht interessiert bin. Nicht, dass sie nicht eine höchst attraktive Frau wäre, im Gegenteil.«

»Was ist mit Aggie?«, fragte ich.

Einen Augenblick schaute er ganz verwirrt, als hätte er den Namen noch nie gehört, dann bekam sein Gesicht einen verträumten Ausdruck.

»Ach, die arme Socke«, sagte er. »Schiffe, die sich bei Nacht begegnen.«

Er wollte mir die Pferde zeigen. Die meisten weideten unten beim Staudamm, aber zwei, drei bemerkten uns aus der Entfernung und kamen zum Zaun getrabt, um zu sehen, was mein Vater ihnen mitgebracht hatte. Er verfütterte ein paar Äpfel an sie und streichelte ihre Mäuler, wodurch er fast abnormal ruhig wurde.

»Pferde können Gedanken lesen«, sagte er. »Sie besitzen einen zusätzlichen Sinn dafür.«

Ich blickte in das samtige Auge das Pferdes, das mir am nächsten stand, ein dickbäuchiges Pony mit dampfigem, nach Spreu riechendem Atem, und dachte, dass wahrscheinlich das der Grund war, warum mir Pferde noch nie geheuer waren.

»Sie spüren es, wenn du Angst hast«, sagte mein Vater. Das hatte er mir auch früher schon gesagt, als ich sechs oder sieben war, und schon damals hätte ich es lieber nicht gewusst, weil das de facto ja hieß, dass ich so furchtlos auftreten konnte, wie ich wollte, dem Pferd würde ich damit nichts vormachen, denn es schaute mir direkt ins Hirn.

Einige Tage später kam ich von der Schule heim, und in der Einfahrt stand der Jaguar. Auf dem Fahrersitz saß mein Vater und wartete, dass jemand nach Hause kam, und auf der Rückbank stapelten sich in Koffer und Plastiktüten verpackt seine sämtlichen Habseligkeiten. Als ich ihn fragte, was er hier mache, sagte er, er habe sein Zimmer auf der Farm kurzfristig räumen müssen.

»Was hast du angestellt?«, fragte ich.

»Dazu möchte ich mich lieber nicht äußern«, sagte er,

Ich sagte, meine Mutter würde in frühestens einer Stunde zurückkommen, aber es spräche wahrscheinlich nichts dagegen, dass er im Haus wartete, falls er das wollte.

»Das ist sehr großherzig von dir«, sagte er.

Ich ließ ihn in der Küche sitzen und ging in mein Zimmer. Als meine Mutter heimkam, hörte ich sie eine Stunde oder länger reden, mit gesenkten Stimmen, als wäre ihre Unterhaltung eine Privatverschwörung, die mich nichts anging, aber zum Schluss riefen sie mich herein, und meine Mutter sagte, sie hätten mir etwas mitzuteilen.

»Was denn?«, sagte ich. Ich nahm an, dass sie der Scheidung zugestimmt haben musste, denn mein Vater sah auf eine schmierige Weise zufrieden mit sich aus.

»Ich ziehe wieder ein«, eröffnete er mir. »Vorübergehend.«

Meine Mutter erklärte, dass mein Vater nicht im Haus einziehen würde, sondern einen Wohnwagen mieten und ihn eine Weile bei uns im Garten abstellen wollte, um sich so Geld für Miete und Essen zu sparen.

»Er wird seinen Anteil an der Stromrechnung bezahlen«, sagte sie. »Und sobald es ihm möglich ist, wird er sich ein anderes Quartier suchen.«

Ich antwortete nichts. Anders als mein Vater war meine Mutter bleich vor Erschöpfung. Ich fixierte sie böse und wartete, was sie als Nächstes sagen würde, aber sie schwieg.

»Es wird fast so sein wie in alten Zeiten«, sagte mein Vater.

»Da sei Gott vor«, sagte ich.

Er parkte den Wohnwagen im Garten neben der Wäscheleine und betrat das Haus nur zum Duschen und um die Waschmaschine zu benutzen. Eine der Bedingungen meiner Mutter war gewesen, dass er sich nach einer Arbeit umsah, und schneller, als von irgendjemandem für möglich gehalten, fand er eine Vertretungsstelle als Paketausträger für einen Kurierdienst. Ich zeigte ihm, wie er seine Uniform bügeln musste, denn angeblich wollte er nicht länger von den Gefälligkeiten anderer abhängig sein. Diese Zeiten seien vorbei, verkündete er.

Rowena fand es das Traurigste, was sie jemals gehört hatte.

»Wie bei einem schlechten Theaterstück«, meinte sie. »Du denkst, es ist aus, und dann merkst du, dass es erst die Pause ist.«

Meine Mutter war da optimistischer.

»Es ist ja nicht für immer«, sagte sie.

»Fühlt sich bloß so an«, sagte ich.

Als ich es Mr. Booker erzählte, kicherte er.

»Das ist nicht lustig«, sagte ich.

Er schenkte mir ein Glas Wein ein. Wir saßen im Bett und sahen einem Flugzeug beim Start zu.

»Soll ich ihn für dich umbringen?«, fragte er.

»Ja bitte«, sagte ich.

Das Flugzeug hob ab und donnerte über das Haus hinweg, dass die Wände wackelten.

»Ist das dein Ernst?«, fragte er, als der Lärm abgeebbt war.

»Mein blutiger Ernst«, sagte ich und sah ihm starr in die Augen dabei.

Und einen Moment lang schien mir, dass er es tatsächlich in Betracht zog, denn er starrte zurück, ohne zu lachen, und in seinem Blick lag eine Art Komplizenschaft, als wüsste er haargenau, wie das war, jemandem den Tod zu wünschen, noch dazu jemand so Nahestehendem wie einem Vater oder einer Ehefrau.

Andere Umstände

Und dann passierte etwas, womit ich im Leben nicht gerechnet hätte. An einem kalten, nassen Tag Ende Juni rief Mrs. Booker meine Mutter an, um ihr zu erzählen, dass sie ein Kind erwartete, und meine Mutter erzählte es mir. Erst dachte ich, es sollte ein Witz sein, aber meine Mutter sagte, darüber würde Mrs. Booker niemals Witze machen, so lange und verzweifelt, wie sie sich nach einem Kind gesehnt hatte.

»Sie weiß es schon seit einer Weile«, sagte meine Mutter. »Sie hat nicht mal Mr. Booker etwas davon gesagt.«

»Und wieso nicht?«, fragte ich. Ich versuchte zu klingen, als würde ich mich freuen, was nicht der Fall war, weil ich keinerlei Begriff davon hatte, wie sich das anfühlen mochte, schwanger zu sein oder auf die Art mit einem Menschen verbunden zu sein, auf die Mrs. Booker mit Mr. Booker verbunden war, obwohl er doch mich liebte. Und jetzt musste er auch noch das Baby lieben, weil er so lange darauf gewartet hatte, ob nun freiwillig oder nicht.

»Sie wollte erst sichergehen, dass alles in Ordnung ist«, sagte meine Mutter.

»Und ist es das?«, fragte ich.

»So weit ja.«

Das Kind würde im Dezember zur Welt kommen, sagte sie, und ich nahm die Finger zu Hilfe und rechnete aus, dass es im April gezeugt worden war. Mrs. Booker wusste also seit Wochen Bescheid und hatte nur nichts gesagt. Das musste ein gutes Gefühl gewesen sein, denn große Geheimnisse waren schon per se etwas Befriedigendes, das wusste ich von mir selbst.

Meine Mutter sagte, die Bookers würden zu uns kommen, um mit uns zu feiern, und ich solle zu meinem Vater gehen und es ihm sagen.

Das war Teil ihrer Abmachung. Meine Mutter informierte meinen Vater vorab, wenn sie Besuch bekam, und in der Regel hielt er sich außer Sicht, auch wenn er sich manchmal, wenn sie mit ihren Gästen im Esszimmer oder auf der Veranda saß, einen kleinen Auftritt gönnte, indem er durch den Garten ging, um sein Auto auf die Straße hinauszufahren. Dann winkte meine Mutter ihm, und er winkte zurück, und wenn jemand nachfragte, erklärte sie, dass sie und mein Vater zwar nach wie vor getrennt seien, aber leider nicht mehr ganz so getrennt wie vorher, was ihr immer Lacher eintrug.

Als Mr. und Mrs. Booker eintrafen, beladen mit Sekt und Bier, saß mein Vater auf den Stufen des Wohnwagens und las die Zeitung. Anscheinend wollte er sie nicht nur sehen, sie sollten auch wissen, dass er sie sah, denn das war mit ein Grund, warum er zurückgekommen war: um ein Auge auf meine Mutter und mich zu haben. Nicht so sehr aus Beschützerdrang, mehr, damit wir wussten, dass er uns im Blick hatte, was letzten Endes viel unheimlicher war, als wenn er bei uns im Haus gewohnt hätte. Es fühlte sich an, als stünden meine Mutter und ich unter Hausarrest.

»Wie ich sehe, habt ihr euch einen Türsteher zugelegt«, sagte Mr. Booker.

»Ich und mein Schatten«, sagte meine Mutter.

Und sie erklärte den Bookers, dass mein Vater bei seiner Reitlehrerstelle rausgeflogen war, weil er die Frau des Farmers begrapscht hatte.

»Hüa, hüa!«, sagte Mr. Booker.

Mrs. Booker wieherte, warf das Haar zurück und stampfte mit ihren hohen Absätzen, als wäre sie ein ausgelassenes Pony, worauf Mr. Booker sie anstarrte, bis sie damit aufhörte.

»Wir müssen dir den Hafer rationieren«, sagte er.

»Zu spät«, sagte sie.

Ihre Verwandlung war frappierend. Sie hatte rosige Wangen und klare Augen, selbst ihre Stimme klang anders, viel tiefer und zugleich weicher als zuvor. Sie strahlte, als hätte sie gerade im Lotto gewonnen. Meine Mutter ging zu ihr und umarmte sie, und Mr. Booker stand daneben, sah zu und linste aus dem Augenwinkel zu mir herüber.

»Was für eine wunderbare Neuigkeit«, sagte meine Mutter. »Ich freu mich ja so für Sie.«

Mrs. Booker schloss auch mich in die Arme und drückte mich an ihren großen Busen, der praller denn je und mit französischem Parfüm getränkt war.

»Herzlichen Glückwunsch«, sagte ich und wiederholte, was meine Mutter schon gesagt hatte, dass ich mich so für sie freue und dass dies eine wunderbare Nachricht sei.

Mr. Booker war schon in die Küche gegangen, um den Sekt aufzumachen, deshalb sah er nicht, wie Mrs. Booker mich auf Armeslänge von sich weghielt und zwinkerte. Ich glaube nicht, dass sie irgendetwas damit sagen wollte, denn das hatte ich sie schon öfter tun sehen: Leuten zuzwinkern, um ihnen zu verstehen zu geben, dass sie wusste, was sie dachten, wobei Mrs. Booker in diesem Fall ganz bestimmt nicht wusste, was ich dachte, denn das wusste ich selber nicht.

Die größte Veränderung an Mrs. Booker war, dass sie

nicht mehr trank und nicht mehr rauchte, wobei ihr Letzteres, wie sie sagte, schwerer fiel, weil sie so jung angefangen hatte, und wenn man jung anfing, blieb man ein Leben lang mit der Nikotinsucht geschlagen.

»Wie wahr«, sagte Geoff, zündete sich eine seiner Nelkenzigaretten an und inhalierte lange und tief.

»Hörst du?«, sagte Lorraine, als ich mir meinerseits eine Zigarette ansteckte. »Du spielst mit dem Feuer!«

Sie und Geoff waren auch eingeladen, zusammen mit Hilary, der Schottin, die uns mit den Bookers bekannt gemacht hatte. Hilary war die älteste Freundin meiner Mutter, und obwohl sie uns all unseren Whisky wegtrank und ständig das Gleiche redete, musste meine Mutter an ihr festhalten, denn ihr Mann hatte sie wegen einer anderen Frau verlassen, und sie hatte ganz allein vier Kinder großgezogen, darunter Philip, der ein halber Autist war. Er war ebenfalls mitgekommen und schlich in meiner Nähe herum, weil seine Mutter behauptet hatte, ich könne ihm bei seiner Englisch-Hausarbeit über *Der große Gatsby* helfen.

»Meiner Meinung nach geht es darin um Sehnsucht«, sagte Philip so laut, dass alle sich umdrehten. »Und darum, dass man immer das will, was man nicht haben kann.«

Wir waren alle einigermaßen verblüfft, und noch mehr, als er aus dem Gedächtnis den Schlusssatz des Buches zitierte, der davon handelte, dass wir uns vorankämpfen wie Boote gegen den Strom, während es uns unablässig in die Vergangenheit zurücktreibt.

»Apropos«, sagte Geoff. »Ich habe auch eine Neuigkeit.«

Er lächelte Lorraine an und verkündete ihr, dass er endlich daran gedacht hatte, seinen Diaprojektor und die Diasammlung mitzubringen, wie er es ihr schon seit Wochen versprach. Und schon baute er den Apparat im Vorderzimmer auf und begann uns allen seine Lebensgeschichte in Bildern vorzuführen, von denen viele seine Ex-Freundin Sandra zeigten. Und die ganze Zeit spielte Mrs. Booker auf dem Klavier nostalgische Stücke aus dem Cole-Porter-Songbook, das sie im Klavierhocker entdeckt hatte.

Als der Wein ausging, fuhr ich mit Mr. Booker Nachschub besorgen. Es war das erste Mal, dass ich an diesem Tag mit ihm allein war, und ich konnte kaum sprechen, weil mein ganzes Blut in die verkehrte Richtung zu rauschen schien, sodass alle meine Gedanken kreuz und quer schwappten.

»Du bist sicher überglücklich«, sagte ich schließlich mit erstickter Stimme.

»Ich habe sie nicht angerührt«, sagte er und gluckste ein bisschen über seinen eigenen Scherz.

Statt am Ende unserer Straße links abzubiegen, fuhr er nach rechts, und ich fragte ihn, wo er hinwolle.

»Wirst du irgendwo erwartet?«, sagte er.

Ich schüttelte den Kopf.

Er fuhr mit mir zu ihrem Haus und parkte in der Einfahrt. Dann kam er um den Wagen herum, öffnete meine Tür, um mich aussteigen zu lassen, nahm mich bei der Hand und zog mich ein paar Schritte zurück Richtung Straße, wo er auf eine Stelle auf dem Asphalt zeigte.

»Was soll da sein?«, fragte ich.

»Da ist die Katze gestorben«, sagte er.

»Du bringst mich den ganzen Weg hierher, um mir das zu zeigen?«

Er hielt mich immer noch bei der Hand und ging mit mir zur Haustür, um dort so lange mit seinem Schlüsselbund herumzufummeln, bis ich ihn ihm abnahm und aufsperrte.

»Du bist betrunken«, sagte ich.

»Ich trinke jetzt für zwei«, sagte er, und er führte mich den Gang entlang ins Schlafzimmer, wo Mrs. Bookers Kleider über das ganze Bett verstreut lagen. Ich sah ihm zu, wie er sie einsammelte und auf den Sessel beim Fenster warf. Dann sagte er, ich solle schnell machen und mich ausziehen, bevor man uns vermisste, und als ich nackt war, legte er sich neben mich und befahl mir, ihn anzufassen, also zog ich ihm die Hose hinunter und nahm seinen Schwanz in die Hand, aber er wollte und wollte nicht steif werden. Als ich fragte, was los sei, starrte er zur Decke hinauf und sagte, er sei einfach nervös.

Das musste wohl stimmen, denn er zitterte richtig. Er stützte sich auf, holte seine Zigaretten aus der Jackentasche und zündete eine für uns beide an.

»Es tut mir leid«, sagte er.

»Das sollte es auch«, sagte ich.

Und dann lagen wir nur nebeneinander und rauchten, und Mr. Booker fing davon an, welch freudlose Angelegenheit es immer gewesen war, Mrs. Booker nach dem Diktat ihres Hormonspiegels begatten zu müssen. Der einzige Weg, überhaupt einen hochzukriegen, sei es gewesen, an mich zu denken.

»Was dir aber nicht gelingt, wenn ich nackt neben dir liege«, sagte ich.

»Ich stehe vor einem ebenso großen Rätsel wie du.« Er hielt mir die Zigarette an die Lippen, damit ich ziehen konnte. Dann reckte er den Hals hoch und starrte auf sein Glied hinab.

»Oi«, sagte er. Als sich nichts tat, versetzte er ihm einen kleinen Klaps, sodass es zur Seite rollte.

Dann legte er sich wieder hin und sagte, dass es sich auf uns gar nicht auswirken würde, dass Mrs. Booker schwanger war, solange nicht einer von uns ein Problem daraus machte. Aber daran hatte ich meine Zweifel, denn warum hätten wir dieses Gespräch sonst überhaupt führen müssen.

»Im Grunde ist es sogar besser so«, sagte er.

»Findest du?« Es klang offenbar ziemlich skeptisch.

»Jetzt hat sie von mir bekommen, was sie wollte, ich muss mich also nicht mehr so reinhängen.«

Er drehte sich zu mir um, seine Wange auf den Arm gebettet.

»Das hast du dir ja ganz schlau zurechtgelegt«, sagte ich.

»Dafür muss man nicht gerade Albert Einstein sein.« Er wirkte hochzufrieden mit sich. Er sah mich mit einem Lächeln an, das so erlöst und so dankbar war, dass ich lachen musste. Er schien regelrecht Angst davor gehabt zu haben, was ich sagen würde, als ob ich ihn ausschimpfen würde, weil er Mrs. Booker geschwängert hatte, was ich ja schlecht tun konnte, da sie nun mal seine Frau war.

Und um ihm zu zeigen, dass ich ihm kein bisschen böse war, zog ich ihm die Hose ganz herunter, nahm ihn in den Mund und blies ihm einen. Hinterher fragte ich ihn, ob er immer noch nervös sei. Er hielt die Hände hoch, um zu demonstrieren, wie ruhig sie waren.

»Wahrscheinlich lag's am Ehebett«, sagte er.

»Wundert mich nicht.« Ich klaubte meine Kleider zwischen den Haufen von Mrs. Bookers getragener Unterwäsche auf dem Sessel hervor und vergewisserte mich dann nochmals, dass ich nichts übersehen hatte.

»Tut mir leid«, sagte er.

»Hör auf, dich zu entschuldigen«, sagte ich.

Er nahm seinen klebrigen Penis in die Hand, schwenkte ihn in meine Richtung und sprach für ihn wie für eine Kasperpuppe.

»Merci beaucoup«, sagte er aus dem Mundwinkel.

»De rien«, sagte ich.

Er sah mir beim Anziehen zu und fragte dann, ob ich ihn nach wie vor heiraten wolle.

»Du kannst nicht auf zwei Hochzeiten tanzen«, sagte ich.

»Hast du eine Ahnung«, sagte er, warf sich auf mich und zog mich wieder aus, weshalb wir sehr spät auf die Party zurückkamen.

Als wir in die Einfahrt einbogen, stieg Victor gerade aus dem Auto, also mussten wir bremsen und ihn erst mal vorbeilassen. Ich wollte Mr. Booker davon abhalten, etwas zu ihm zu sagen, aber er achtete nicht auf mich und kurbelte sein Fenster herunter.

»Bitte um Landeerlaubnis, Sir«, sagte er und salutierte.

Victor würdigte ihn keines Blickes. Er marschierte geradewegs zu seinem Wohnwagen und kletterte hinein.

»Ich fürchte, er hat was gegen mich«, sagte Mr. Booker.

Lorraine und Geoff stritten im Vorderzimmer, als wir hereinkamen, und alle anderen waren ins Wohnzimmer umgezogen, wo meine Mutter den Kamin angezündet hatte. Mrs. Booker lag auf dem Sofa am Feuer, einen ruhevollen Ausdruck im Gesicht. Mr. Booker beugte sich über sie und küsste sie auf die Stirn, und sie überraschte ihn, indem sie ihn ums Kinn fasste und zu sich herunterzog, um seinen Kuss zu erwidern.

»Wo warst du?«, fragte sie und sah hoch in sein Gesicht. »Ich hab dich vermisst.«

Ich sagte, ich hätte Mr. Booker gebeten, den Umweg über die Buchhandlung zu nehmen, weil ich schauen wollte, ob sie etwas von F. Scott Fitzgerald dahatten. Mr. Booker schien schwer beeindruckt, wie gut ich lügen konnte. Ich war selber beeindruckt. Als Mrs. Booker noch getrunken hatte, war es nicht so nötig gewesen, aber nun, ohne den Alkohol, würden Mr. Booker und ich uns mehr einfallen lassen müssen.

»Und hatten sie was?«, fragte Mrs. Booker.

»Nein«, sagte ich.

Meine Mutter legte Frank Sinatras *Greatest Hits* auf, um Lorraines Stimme zu übertönen, die Geoff vorhielt, wie demütigend es für sie sei, vor den anderen als die Hexe hingestellt zu werden, die ihn aus den Armen seiner Geliebten gelockt hatte.

»Welche anderen denn?«, wollte Geoff wissen. »Schaut doch eh keiner hin.«

»Warum wird sie zur Hochzeit eingeladen?«

»Wird sie nicht«, sagte Geoff. »Die Hochzeit ist gestorben.«

Mehr hörten wir nicht, denn jetzt kam »I've Got You Under My Skin«, in solcher Lautstärke, dass mein Vater ans Fenster seines Wohnwagens trat und finster zu uns herüberstarrte. Er hasste Frank Sinatra. Meine Mutter sah ihn ebenfalls und drehte die Musik noch lauter. Mr. Booker und ich tanzten, und Mrs. Booker schaute uns zu. Ich glaube nicht, dass ich Mrs. Booker je so glücklich gesehen hatte, besonders als sie beschloss, das Lied mitzusingen. Sie setzte die Brille ab, schloss die Augen und hielt sich ein imaginäres Mikro vor den Mund, den Kopf zurückgeworfen, als stünde sie vor Zuhörern auf einer Bühne. Meine Mutter blickte zu mir hin, um zu sehen, ob ich es auch sah, und ich schüttelte den Kopf zum Zeichen, dass ich es genauso wenig verstand wie sie.

Später setzte ich mich zu Mrs. Booker aufs Sofa, während Mr. Booker meine Mutter herumschwenkte. Ich war da wohl schon ziemlich betrunken, denn ich lehnte mich an Mrs. Bookers Schulter und ruhte mich bei ihr aus, eingehüllt in ihre Wärme. Was sie wohl sagen würde, überlegte ich, wenn ich ihr erzählte, dass Mr. Booker und ich noch vor Kurzem in ihrem Ehebett Dinge getrieben hatten, die mich schon bei der bloßen Erinnerung zum Zittern brachten? Ich hätte den Blick auf ihrem Gesicht sehen wollen, wenn sie begriff, dass Mr. Booker sich durch das Baby kein bisschen gebessert hatte. Aber ich schwieg natürlich, denn wozu sollte ich ihr etwas auf die Nase binden, was sie doch längst wissen musste.

»Dein Haar gehört mal wieder geschnitten«, sagte sie und streichelte beim Reden meinen Kopf. »Ich sage Mr. Booker, er soll uns allen dreien einen Termin machen.«

»Das wäre schön«, sagte ich. »Wenn es Sie nicht zu sehr anstrengt.«

»Ich könnte Bäume ausreißen«, sagte sie. »Ich fühle mich so gut, dass es schon unheimlich ist.«

Sie schob meinen Kopf auf ihren Bauch hinunter und forderte mich auf, etwas zu sagen.

»Wozu?«, fragte ich.

»Weil es hören kann«, sagte Mrs. Booker.

Mr. Booker beobachtete uns. Er war selber betrunken, aber er bekam noch mit, was um ihn herum vorging. Er grinste mich erwartungsvoll an, als wäre das mein Stichwort, mich über diese Wendung der Dinge zu freuen, so wie er auch. Und plötzlich sah ich es ganz deutlich vor mir, das Booker-Baby, winzig klein noch, aber definitiv am Leben, wie es dort drin lag und seine kleinen Gliedmaßen ausprobierte und von Stunde zu Stunde immer realer wurde, immer weniger ein bloßer Wunschtraum.

»Hallo, Kind«, sagte ich. »Wie läuft's da drin?«

Es musste sehr laut geklungen haben, denn Mrs. Booker legte mir die Hand vor den Mund und ermahnte mich, leiser zu sprechen.

»Nur ruhige Töne«, sagte sie. »Du musst sanft mit ihm reden.«

Also flüsterte ich zum Dröhnen der Musik mit dem Baby und sagte ihm meinen Namen und noch ein paar andere Sachen über mich, und als ich endete, beugte sich Mrs. Booker vor und küsste mich auf den Scheitel.

»Ich merke schon, ihr zwei werdet richtig gute Freunde«, sagte sie.

Und schlagartig stand für mich fest, dass ich das Kind hasste, was nichts damit zu tun hatte, wer es war oder wer es sein würde, wenn es einmal geboren war. Es war ein Gefühl ohne klare Ursache. Ich hasste das Kind, weil es da war.

Dicke Freunde

Eine Zeit lang war wieder alles so wie am Anfang, als ich die Bookers kennengelernt hatte, nur besser. Jetzt waren Mr. und Mrs. Booker netter zueinander, und Mrs. Booker war nicht mehr traurig, und auch Mr. Booker nicht, jedenfalls nicht auf die gleiche Weise. Eine Last schien von ihm genommen. Er hatte sich selbst und allen anderen etwas bewiesen. Wahrscheinlich hatte es für ihn einen nagenden Zweifel an seiner Männlichkeit zum Schweigen gebracht, und das machte ihn stolz. Er trank nach wie vor zu viel, aber jetzt nicht mehr vor lauter Unglück, sondern weil er etwas zu feiern hatte.

Am liebsten hatte er es, wenn wir alle zusammen loszogen, ich und Mrs. Booker und er. Wir gingen gemeinsam Babykleider und Babymöbel kaufen, wobei wir es vermieden, mit Victor zusammenzutreffen, denn der fing schon wieder damit an, sich bei meiner Mutter über ihre Freunde zu beschweren, vor allem über die Bookers, die er als ein Paar dahergelaufener Möchtegerns bezeichnete. An den Wochenenden fuhren wir über Land und kehrten mittags irgendwo ein, und unter der Woche kamen Mr. und Mrs. Booker wieder zu mir ins Kino, und wir schauten zu dritt Filme wie zuvor. Das Kino zeigte in diesem Winter eine Reihe von Theaterverfilmungen, und so sahen wir *Wer hat Angst vor Virginia Woolf?* und *Endstation Sehnsucht* und

Romeo und Julia, und sooft Mrs. Booker zur Toilette ging, was sie als Schwangere noch öfter tat als vorher, schob mir Mr. Booker die Hand unters Hemd und ließ sie hintenherum wandern, bis sie auf meiner Brust zu liegen kam. Und wie zuvor schien es ihm herzlich egal, ob er erwischt wurde. Wir wurden nur dadurch gerettet, dass ich aufpasste wie ein Schießhund und mich jedes Mal gerade noch aus seinem Griff wand, bevor Mrs. Booker zurückkam.

»Willst du uns mit aller Gewalt reinreiten?«, fragte ich ihn.

»Kein Gedanke läge mir ferner«, sagte Mr. Booker.

Und das stimmte. Er verhielt sich, als könnte nichts und niemand uns etwas anhaben.

Aber übers Weglaufen sprachen wir nicht mehr; wir waren stillschweigend übereingekommen, dass es keinen Zweck hatte, über die Geburt das Babys hinauszudenken. Mit ihm würde sich alles ändern. Und in der Zwischenzeit war Mr. Booker offenbar völlig zufrieden damit, alles so weiterlaufen zu lassen wie bisher, da es ja niemandem Schaden zufügte.

»Das denkst auch nur du«, sagte ich. Er saugte an meiner Brustwarze, sodass sie steil in die Höhe stand und kleine, singende Pfeile in den Rest meines Körpers aussandte. Wir hatten Mrs. Booker zu Hause abgesetzt und waren weitergefahren zum See, wo man dicht am Ufer unter den Bäumen parken konnte. Mr. Bookers Kopf steckte unter meinem Pullover, und als er zum Luftholen auftauchte, stand ihm das Haar knisternd in alle Richtungen.

»Du siehst aus, als wärst du einem Gespenst begegnet«, sagte ich.

»Die waren zu zweit!«, japste er.

Wenn ich ihn fragte, wohin all dies seiner Meinung nach führen sollte, sah er mich an und grinste, als hätte ich einen Witz gemacht.

»Man wird doch noch ein bisschen Spaß haben dürfen«, sagte er.

»Schämst du dich gar nicht?«, sagte ich. »Ein verheirateter Mann, der demnächst Vater wird!«

»Unverzeihlich«, sagte er.

»Sollten wir nicht doch vielleicht Schluss machen?«, fragte ich.

»Sag du«, sagte er und verteilte kleine Küsse auf meinem Gesicht.

»Du!«, sagte ich.

Immer öfter tauchte er schon vor Mittwoch vor der Schule auf; er habe nicht bis Mittwoch warten können, sagte er. Es war, als wollte er mir möglichst viel Aufmerksamkeit schenken, solange es noch ging oder solange ich noch dafür zu haben war, denn unterschwellig spürte er wohl, dass ich den Gedanken an die Zukunft nicht so abschütteln konnte wie er. Wenn Montag war, fuhr er mit mir in sein Büro, wo er die Tür abschloss und mich auf seinen kahlen Schreibtisch hob, denn allein schon mich in meiner Woolworth-Unterhose dort sitzen zu sehen raube ihm alle Sinne, sagte er.

»Wirst du jetzt auch noch pervers?«, fragte ich.

»Pass auf, sonst versohl ich dir den Hintern.«

Und eines Tages vergaß er, die Tür abzusperren, und die Putzfrau, die April hieß, kam herein und sah Mr. Booker auf den Knien und mich vor ihm auf der Schreibtischkante, ganz ohne Unterhose jetzt, die Beine weit gespreizt.

»Scheiße«, sagte Mr. Booker, als er sich umdrehte und April mit ihrem Staubsauger sah.

April sagte gar nichts. Sie machte nur auf dem Absatz kehrt und marschierte wieder hinaus.

Danach fuhr Mr. Booker mich heim und blieb mit mir vor unserem Haus im Auto sitzen. Er wollte wissen, ob mein Vater gern in seinem Wohnwagen wohnte.

»Er sagt, es ist genau das Richtige für ihn. Er sagt, es beruhigt ihn, zu wissen, dass er den Wohnwagen nur an sein Auto anhängen muss, und schon ist er weg.«

Mr. Booker lachte.

»Das Gefühl kenne ich.«

Ich sagte ihm, wie furchtbar ich es fände, zuschauen zu müssen, wie mein Vater meine Mutter quälte.

»Er kann nicht dagegen an«, sagte ich. »Es ist wie eine Sucht.«

Meine Mutter habe es aufgegeben, sich zu wehren, sagte ich, weil er so gnadenlos sei und sie so zermürbt.

»Glaubst du, wenn wir heiraten würden, wäre es bei uns anders?«, fragte ich ihn.

Mr. Booker zog seinen Flachmann aus der Jacke und trank einen großen Schluck Whisky, dann hielt er die Flasche mir hin, und ich trank auch. Als ich zu ihm hinsah, starrte er mit trostlosem Blick aus dem Fenster, als hätte er etwas verloren und zermarterte sich das Hirn, wo er danach suchen sollte.

»Feuern sie dich jetzt?«, fragte ich.

Er sagte, ich solle nicht solchen Unsinn reden. Dann stieg er aus, um meine Tür zu öffnen, und wir standen einen Augenblick auf dem Rasen und hielten uns umfasst, und ich versprach ihm, auf ihn zu warten, solange es auch dauerte, wenn er das von mir wollte.

»Kitsch, lass nach«, sagte ich dann.

Er küsste mich, während hinter den Häusern die Sonne unterging und die Luft kalt wurde.

»Ich kann dich nicht heiraten«, sagte er.

»Erzähl mir was, was ich nicht schon weiß.«

Ich wartete nur darauf, dass Mr. Booker mir sagen würde, wir dürften uns nicht mehr treffen. Ich versuchte jede Sekunde darauf gefasst zu sein, weil ich wusste, Mr. Booker war nicht stark, und nun, wo die Putzfrau uns gesehen hatte, konnte er eigentlich nur zu dem Schluss kommen, dass er kein weiteres Risiko eingehen durfte. Es war zu gefährlich, und er hatte jetzt mehr zu verlieren.

»Glaubst du, sie wird es melden?«, fragte ich ihn, als ich das nächste Mal allein mit ihm war.

»Unwahrscheinlich«, sagte er.

»Und wenn sie's doch tut?«, sagte ich. »Was kann dir als Schlimmstes passieren?«

»Ich verliere meine Stelle, Mrs. Booker verlässt mich, und du und ich fliehen miteinander nach Acapulco, wo ich auf den Strich gehe, um genügend Tortillas ranzuschaffen.«

»Und was mache ich?«

»Du bist eine Zeit lang glücklich, dann fängst du an, dich zu langweilen, und lässt mich schließlich wegen eines Jüngeren sitzen.«

»So was würde ich nie tun.«

»Das sagst du jetzt«, sagte er.

Er und ich lagen nebeneinander auf einer Picknickdecke. Mr. Booker war mit Lorraine, Mrs. Booker und mir zu einem Pferderennen ein Stück stadtauswärts gefahren, und Mrs. Booker und Lorraine standen an der Rennbahn am Fuß des Abhangs, um die Pferde von Nahem zu sehen. Es war ein strahlend kalter Tag, und die Luft war so dünn, dass man meilenweit in die Ferne schauen konnte, wo sich die Berge und Täler nackt und bleich ausspreizten wie eine riesige Knochenhand.

»Großes Indianerehrenwort«, sagte ich.

Darauf beugte sich Mr. Booker zu mir herüber, nahm mein Gesicht in beide Hände und küsste mich lange und heftig auf den Mund. Das hätte er nicht tun sollen, denn exakt in diesem Moment kamen Mrs. Booker und Lorraine den grasigen Hang herauf, und alle beide sahen sie ihn, und als Nächstes sahen sie, wie ich Mr. Bookers Kuss erwiderte, was noch viel schlimmer war.

Ein Schweigen trat ein, wie ich noch nie eines erlebt hatte. Es kam hauptsächlich von Mr. Booker. Als er den Blick hob und seine Frau so dicht vor sich sah, verfiel er in eine Starre wie ein Hund, der sich totstellt, zu entsetzt, um noch einen Muskel zu bewegen oder auch nur zu atmen.

These foolish things

Die Heimfahrt über sagte keiner ein Wort, nicht einmal Lorraine. Alles wurde für später aufgespart. Da war ich natürlich nicht mehr dabei. Ich legte mir meine eigene Version der Szene zurecht, die sich bei den Bookers abgespielt haben musste, und ließ sie in meinem Innern laufen wie einen Film, zur Ablenkung während der langen, düsteren Tage, die folgten.

In meiner Fantasie war es nur Mrs. Booker, die sprach, während Mr. Booker tief in seinem Sessel saß, an seinem bodenlosen Drink nippte und absolut gar nichts zu seiner Verteidigung vorbrachte. Was hätte er auch sagen sollen? Was gab es Mrs. Bookers wildem Ausbruch hinzuzufügen, diesem Produkt von Wochen, Monaten, Jahren der Verzweiflung? *Du bist nicht mehr der Mann, den ich geheiratet habe. Du widerst mich an. Was du brauchst, ist ein Psychiater. Jetzt sag gefälligst etwas! Oh nein, du doch nicht! Du denkst, wenn du ganz stillhältst, zieht der Sturm schon vorüber. Was bist du nur für ein Mensch?*

Hm, gute Frage, muss Mr. Booker bei sich gedacht haben. Und nach einer Weile fiel ihm offenbar auch eine Antwort ein, weshalb er mich anrief und mich bat, am nächsten Abend nach der Arbeit auf ihn zu warten, weil er mir etwas Wichtiges mitzuteilen habe.

Ich war gewappnet, aber viel nützte es nicht.

»Wie lange ist eine Zeit lang?«, fragte ich. Er brachte mich in seinem Auto nach Hause, nachdem wir zusammen die letzten zehn Minuten der *Reise nach Tokyo* angeschaut hatten.

»Bis ich mir etwas überlegt habe«, sagte er.

Er fuhr mit mir auf den Hügel hinter unserem Haus, wo es einen Kiosk gab, und wir tranken einen Kaffee in dem überheizten Innenraum mit Blick auf die Stadt. Ich dachte daran, Mr. Booker das Versprechen abzunehmen, dass er Mrs. Booker verlassen haben würde, bis ich mit meinen Prüfungen fertig war, oder wenigstens, bevor das Baby kam, damit es ein festes Datum gab, auf das wir beide uns einstellen konnten. Aber dann sagte ich lieber doch nichts, weil es vielleicht auf längere Zeit das letzte Mal war, dass ich Mr. Booker sah, und das wollte ich uns nicht verderben.

»Kann ich dich anrufen?«, fragte ich.

»Nein«, sagte er.

»Rufst du mich an?«

Mr. Booker antwortete nicht. Er starrte nur durchs Fenster hinaus auf die Lichter der Stadt, die in der Kälte stärker funkelten als gewöhnlich. Es sah aus, als wäre ein Spiegel in tausend Splitter zersprungen.

»Das Leben ist eine Enttäuschung«, sagte ich. Das war ein Zitat aus *Die Reise nach Tokyo*, und es brachte Mr. Booker zum Lächeln.

»Oh, Kind, wenn du wüsstest«, sagte er.

Am Wochenende darauf erschien unangemeldet Monty Braithwaite bei uns, der auf dem Weg war, seine Frau von ihrem Landsitz abzuholen. Es war Sonntagmittag. Meine Mutter bat ihn herein und lud ihn zu der Lauchsuppe ein, die sie am Morgen gekocht hatte. Es war eisig kalt geworden, und meine Mutter hatte Feuerholz bestellt und meinem Vater aufgetragen, es hinter der Waschküche aufzustapeln.

»Ich sage nur kurz Victor Bescheid«, sagte sie mit einem Blick zu mir, als würde sie womöglich nicht wieder zurückkommen.

Mit seinem grau melierten Schnurrbart und den struppigen Augenbrauen sah Monty aus wie ein Wolfshund. Als er seine Pfeife herausholte und mich anblaffte, ich solle ihm einen Aschenbecher bringen, sprang ich sofort.

»Wie heißt du noch mal?«, fragte er, als ich den Aschenbecher vor ihn hinstellte. Für uns Kinder hatte er sich nie interessiert. Er hatte meinen Vater über zwanzig Jahre hinweg immer wieder besucht und sich nie unsere Namen gemerkt, aber jetzt, wo ich groß war, taxierte er mich wie ein Stück Vieh bei einer Auktion.

»Martha«, sagte ich.

»Du bist erwachsen geworden«, sagte er.

Beim Mittagessen fragte er meinen Vater über seine Pläne aus, während meine Mutter die Suppe mit Brot aus dem Ofen servierte.

»Ich mache keine Pläne«, sagte mein Vater. »Wie du ja weißt. Ich segle, wohin der Wind mich trägt.«

»Na, hier in diesem Kaff verschwendest du jedenfalls deine Zeit«, sagte Monty.

»Wo meinst du denn, dass er hingehen sollte?«, fragte meine Mutter.

»Irgendwohin, wo er seine Talente einsetzen kann«, sagte Monty.

Mein Vater lächelte und löffelte sich Suppe in den Mund. Deshalb mochte er Monty – weil er immer so sprach, als würde mein Vater über verborgenes Potenzial verfügen, das außer ihm keiner sehen konnte.

»Asien«, sagte Monty. »Da liegt die Zukunft. Ich habe da bei ein paar Sachen die Hand im Spiel.«

In Victors Augen trat ein Funkeln. Er warf meiner Mutter einen selbstzufriedenen Blick zu, als hätte er von Anfang an gewusst, dass früher oder später Monty als sein Retter nahen würde.

Meine Mutter reichte Monty die Salatschüssel und erkundigte sich nach seiner Frau.

»Die hat sich jetzt auf die Kunst verlegt«, sagte Monty.

»Welche Art von Kunst macht sie denn?«

Monty erklärte meiner Mutter, dass seine Frau Kunstwerke kaufe, nicht selbst welche schaffe.

»Da hat sie 'nen Riecher«, sagte er.

Dann wandte er sich an mich und wollte wissen, was ich mit meinem Leben anzufangen gedächte.

»Keine Ahnung«, sagte ich.

»Schon irgendwelche Verehrer?« Unter dem Schatten der Augenbrauen hervor fixierte er mich mit seinen Wolfshundaugen.

»Dutzende«, sagte ich.

Und dann schützte ich die Hausaufgaben vor, die ich noch zu machen hätte, und kam erst wieder aus meinem Zimmer, als meine Mutter mich rief, damit ich Monty Auf Wiedersehen sagte, und meine Eltern und ich standen in der Einfahrt und winkten dem Heck von Montys Oldtimer-Land-Rover mit Kennzeichen 4 ME nach.

»Der Mann lügt, wenn er bloß den Mund aufmacht«, sagte meine Mutter.

»Du tust ihm unrecht«, sagte mein Vater. »Er will nur das Beste.«

Womöglich sprach er auch von sich selbst.

Auf dem Weg ins Haus zurück legte er meiner Mutter den Arm um die Taille und versuchte sie zu kitzeln. Sie ließ es sich gefallen, ja sie kicherte sogar und klang dabei viel jünger, als sie war. Ich konnte gar nicht hinsehen. Am liebsten hätte ich ihm eine reingehauen.

Nach Montys Besuch wurde mein Vater umtriebig. Ständig kam er ins Haus, um zu schauen, ob da jemand war, mit dem er reden konnte.

»Wo ist deine Mutter?«, fragte er mich.

»Weg«, sagte ich.

»Was machst du gerade?«, fragte er.

Ich fragte zurück, wozu er das wissen müsse, und er sagte, es gebe da etwas, das er besprechen wolle.

»Tu dir keinen Zwang an«, sagte ich.

Monty habe ihm ein paar Kontakte nach Hongkong vermittelt, sagte er, im Speditionswesen. Kleine Fluglinien, von denen kein Mensch je gehört hatte, die Frachten transportierten. Wenn er seine Karten richtig ausspielte, könne das eine echte Chance für ihn sein, beruflich wieder auf die Beine zu kommen.

»Worauf wartest du noch«, sagte ich.

»Ich will nicht allein gehen«, sagte er. »Ich will meine Familie bei mir haben. Das war für mich immer das Wichtigste.«

Ich sagte ihm, dass ich da keine großen Chancen sah, und er wollte wissen, wieso.

»Wir sind schon seit Jahren keine Familie mehr«, sagte ich. »Falls dir das bisher entgangen ist.«

»Es ist nie zu spät, das Versäumte nachzuholen«, sagte er.

Als ich meiner Mutter davon berichtete, wollte sie von mir wissen, was sie jetzt tun sollte.

»Wie?«, fragte ich.

»Ich bin so oder so die Böse«, sagte sie. »Entweder ich sage Ja, dann bin ich schuld, wenn es nichts wird, weil ich ihn dazu ermutigt habe. Oder ich sage Nein, und dann bin ich schuld, wenn es nichts wird, weil ich ihm nicht den Rücken gestärkt habe.«

Ich sagte ihr, die Frage sei nicht, wie sie es meinem

Vater recht machen konnte, sondern worauf *sie* Lust hatte.

»Welch klaren Blick du hast.« Sie war schon beim Gin. Sie trank zum Kochen immer einen Gin oder zwei, manchmal auch mehr. Sie sagte, das brauche sie, um locker zu werden.

»Hongkong könnte ganz spannend sein«, meinte sie.

»Schenk dir noch mal nach, Mum«, sagte ich.

Und dann sagte ich ihr, sie solle den Backofen ausstellen, weil das Hühnchen schon brenzlig roch.

Sie gingen natürlich nirgends hin. Meine Mutter konnte nicht weg, weil sie arbeiten musste, und mein Vater hatte nicht das Geld, nach Hongkong zu fliegen, wenn dort kein sicherer Job auf ihn wartete, also behielt er den Wohnwagen noch einen Monat und gab ihn dann an den Verleih zurück. Danach zog er in ein anderes, billigeres Motel, diesmal im Norden der Stadt. Es sei ihm zu kalt im Wohnwagen geworden, behauptete er, aber der wahre Grund war, dass meine Mutter ihm gesagt hatte, er könne nicht für alle Zeiten bei uns im Garten stehen.

»Sie schämt sich für mich«, sagte er. »Sie denkt, durch mich wird der Wohnwert der ganzen Straße gemindert.«

»Wird er ja auch«, sagte ich. »Sie hat völlig recht.«

Und dann sagte ich ihm, dass sein Problem meiner Meinung nach die Unterforderung sei und dass er versuchen müsse, sich wieder richtige Ziele zu setzen.

»Du sagst das, als wäre es das Leichteste von der Welt«, beklagte er sich.

»Andere schaffen es ja auch«, sagte ich.

»Weißt du«, sagte er, »manchmal denke ich, ich habe den Beruf verfehlt. Ich hätte Schauspieler werden sollen.«

Das hörte ich von ihm nicht zum ersten Mal. Er hatte schon öfter davon gesprochen, dass seine wahre Berufung die Schauspielerei war. Meine Mutter bestärkte ihn darin. Er habe die Art von Persönlichkeit, meinte sie, mit der es ihm leichter falle, jemand anders zu verkörpern, als einfach er selbst zu sein. Er besitze eine beachtliche Einbildungskraft, nur habe er sie bisher noch nicht in die richtigen Bahnen gelenkt.

»Warum nimmst du nicht Unterricht?«, schlug ich vor.

»Du wirst lachen«, sagte er, »genau das ist mein Plan.«

Aber es blieb leeres Gerede. Stattdessen schrieb er sich, als die Uni den Einstieg zum Halbjahr anbot, für Jura ein und ließ gleich das erste Seminar ausfallen.

Ich vermisste Mr. Booker noch stärker, als ich je für möglich gehalten hatte. Die ganze Stadt fühlte sich leer an ohne ihn. Es war sowieso eine Geisterstadt, gerade im Winter, wo die Straßen wie ausgestorben wirkten, weil niemand zu Fuß irgendwo hinging. Aber jetzt war der Eindruck so desolat, als hätte eine Seuche die halbe Bevölkerung dahingerafft.

Tagelang litt ich vor mich hin, während ich mich daran zu gewöhnen versuchte, die Bookers nicht mehr zu sehen. Meine Mutter hatte von Lorraine alles über den Kuss bei der Rennbahn berichtet bekommen, aber sie rührte nicht an das Thema, bis ich sie irgendwann meinerseits fragte, was sie über mich und Mr. Booker dachte. Sie habe eine Meinung dazu, sagte sie, aber die werde sie für sich behalten. Meine Mutter war nicht böse auf mich. Ich glaube, sie sah einfach keinen Sinn in irgendwelchen Schuldzuweisungen und hielt es nun, wo es zum Eklat gekommen war, für das Klügste, einen Schlussstrich zu ziehen und sich wesentlicheren Dingen zuzuwenden, der Schule zum Beispiel.

Ich konnte ihr nicht sagen, wie wenig mich die Schule interessierte – wie schwer es mir fiel, im Unterricht aufzupassen, während in meinem Kopf alles durcheinanderging, oder wie heillos mich dieses ganze Trara um die Abschlussprüfungen anödete.

»Die sind doch so was von unwichtig«, sagte ich. »Alle machen so eine Riesennummer daraus, aber das sind sie nicht. Wen juckt es schon, wenn ich durchfalle.«

»Mich würde es jucken«, sagte sie.

»Dann lerne ich also deinetwegen?«

»Das habe ich nicht gesagt.«

Aber so gemeint hatte sie es. Sie flehte mich förmlich an, ihr diesen einen Gefallen zu tun, damit sie sich nicht vorwerfen musste, mein Leben ruiniert zu haben, indem sie es zugelassen hatte, dass Victor erst zurückkam und dann wieder ging. Und sie gab mir damit zu verstehen, dass alles zwischen mir und Mr. Booker Vorgefallene meine Privatangelegenheit war, solange es mir nicht meine Zukunft verbaute.

Ich sagte ihr, sie müsse sich nicht sorgen, weil ich nicht vorhätte durchzufallen.

»Tu einfach dein Bestes«, sagte sie.

»Wird gemacht.«

Lorraine hatte auch Geoff von Mr. Booker und mir erzählt. Das wusste ich, weil irgendwann eine Party bei Geoff stattfand, bei der ich mit ihm und seinem Mitbewohner Damon in der Küche landete. Damon war ein Dichter. Sein neuestes Projekt sei ein Sexroman in Versen, sagte er.

»Da kannst du dir vielleicht ein paar Tipps holen«, sagte Geoff und puffte mich in die Rippen, »die du bei deinem Freund Mr. Booker anwenden kannst.«

Ich wurde rot und sagte, er dürfe nicht alles glauben, was von mir behauptet wurde.

»Ist er denn gut im Bett?«, fragte Geoff.

»Gut genug«, sagte ich mit brennenden Wangen.

Worauf Geoff mich anlächelte und den Arm um mich legte.

»Weil *ich* nämlich immer zu hören kriege, dass ich mäßig bis durchschnittlich bin.«

»Vielleicht solltet dann lieber du und Mr. Booker Tipps austauschen«, sagte ich.

»Oder du gibst mir Nachhilfe«, sagte er.

Ich lachte und stibitzte einen Schluck Wein aus seinem Glas, und dann ging ich nach nebenan und suchte mir einen Platz zum Sitzen, weil der Alkohol in meinem Kopf wummerte und mir kotzübel war.

Schließlich rief ich Mr. Booker in seinem Büro an, um zu fragen, ob wir uns vielleicht treffen wollten, einfach auf einen Kaffee. Ich versuchte beiläufig zu klingen, aber sobald ich seine Stimme am anderen Ende der Leitung hörte, schnürte sich mir die Kehle zu, und ich bekam keine Luft mehr.

»Alles in Ordnung mit dir?«, fragte er.

»Nein«, sagte ich. »Ich gehe hier die Wände hoch.«

Er sagte, wenn ich wolle, könnten wir uns vor dem Unterricht an der Uni treffen, aber nicht bei ihm im Büro. Er schlug das Café am Rand des Unigeländes vor, wo er morgens seinen Kaffee trank und rauchte.

»Danke«, sagte ich.

»Ich habe zu danken, Teuerste«, näselte er.

Und dort fand ich ihn dann am nächsten Morgen mit seiner Zeitung, in dem weißen Anzug, den er bei unserer ersten Begegnung getragen hatte. Mein Kaninchen-Anzug, sagte er dazu, und ab und an zog er eine nicht existente Uhr aus der Westentasche und murmelte: »Jemine, ich komme bestimmt zu spät.« Ich sah ihn durchs Fenster und bereute sofort bitter, dass ich in meiner kackbraunen Sportuniform gekommen war. Er hob den Blick, ohne mich zu bemerken, und einen Moment lang blieb ich wie erstarrt stehen, weil ich dachte, er hätte mich vergessen, aber dann entdeckte er mich und sah mich an, und ich wusste, dass ich mich umsonst gesorgt hatte.

Er fragte, ob ich gefrühstückt hätte, und ich sagte, dazu hätte die Zeit nicht gereicht, also holte er mir einen Rosinentoast und eine heiße Schokolade.

»Nie ohne Frühstück aus dem Haus gehen«, sagte er, als er mit dem Tablett an den Tisch zurückkam. Ich sah ihm zu, wie er sich einen Schuss Whisky in den Kaffee goss und den Flachmann dann wieder in der Brusttasche verstaute.

»Wie geht's bei dir?«, fragte ich.

»Na ja«, sagte er, »wie bei dem sprichwörtlichen Nuttenschlüpfer. Immer schön auf und ab. Und selbst?«

»Alles gut.«

»Schicke Mütze«, sagte er.

Ich ließ die Sportkappe augenblicklich verschwinden. Ich erklärte ihm, dass bei Sportereignissen Kappenpflicht bestand, und heute sei ein Sportereignis, der Übungstag für die Leichtathletikspiele.

»Ich trete im Weitsprung an«, sagte ich.

Das interessierte Mr. Booker offenbar nicht sonderlich, denn er sah mich zwar an, während ich sprach, aber er hörte nicht zu.

»Hast du heute Mittag Zeit?«, fragte er.

»Ich könnte es einrichten.«

»Magst du mit mir Mittag essen?«

»Ja«, sagte ich.

»Gut«, sagte er.

Dann sagte er, er habe jetzt gleich eine Ausschusssitzung zu einem Plagiatsfall, die garantiert hochgradig originell würde, aber wenn wir uns nachher sehen könnten, würde das seine Überlebenschancen deutlich erhöhen.

Und so kam es, dass ich mich wieder mit Mr. Booker zu treffen begann, was rückblickend natürlich ein Fehler war, aber damals schien es der einzige Weg, denn er gehörte zu mir und ich zu ihm.

»Das hier, zwischen uns«, sagte Mr. Booker, »das ist eine Naturgewalt.«

Er lehnte an der Wand unseres Flughafen-Motelzimmers, die Hand um seinen Schwanz gelegt, die Hose an den Knöcheln. Ich trug meine Sportuniform ohne die Shorts.

»Gib nicht so an«, sagte ich, und dann küsste ich ihn, und er glitt in mich hinein, und ich fing zu weinen an, weil es so lange her war und ich ganz vergessen hatte, wie gut es sich anfühlte.

Sur la plage

Der Urlaub war die Idee meiner Mutter. Es sollte zugleich mein Geschenk zum siebzehnten Geburtstag sein, weil ich ihr schon gesagt hatte, dass mir nicht nach einer Teenagerparty zumute war. Lorraine würde unser Haus hüten, und wir würden für die Septemberferien nach Sydney fahren und an meinem Geburtstag schick essen gehen, in einem Lokal, das ich aussuchen durfte.

»Wir können beide einen Tapetenwechsel brauchen«, sagte meine Mutter.

Sie wolle vor allem von Victor wegkommen, sagte sie. Er begegnete ihr an jeder Ecke. Es war, als wäre die Stadt nicht groß genug für sie beide. Ich konnte es ihr nachfühlen. Schon sich zu verlaufen war auf diesen Straßen unmöglich. Alle waren sie gleich offen und breit und vertraut. Jeder Meter war mit irgendwelchen Erinnerungen verbunden, ob man wollte oder nicht. Es hatte etwas von einer Zugfahrt, bei der man nicht aussteigen konnte. Man musste an Bord bleiben und immer dieselbe Strecke abfahren, wieder und wieder und wieder, bis man wahnsinnig wurde.

»Wie klingt das?«, fragte sie. »Nur du und ich.«

Ich konnte schlecht Nein sagen, auch wenn zwei Wochen ohne Mr. Booker mir mehr wie eine Strafe vorkamen als wie eine Belohnung. Ich rief ihn in der Arbeit an, um ihm zu sagen, dass wir wegfuhren, aber er konnte nicht reden, weil er einen Studenten bei sich hatte.

»*Bon voyage*«, sagte er. »Schreib mir eine Karte.«

Meine Mutter freute sich so, von daheim wegzukommen. Es war ihr erster Urlaub seit Langem, und das erste Mal seit Jahren war mein Vater nicht mit dabei. Sie stieß die Faust in die Luft, als wir aus der Stadt hinausfuhren. »Adios, ihr Dumpfbacken! Wir hauen ab.« Dann schmetterte sie den Händel mit, der im Radio lief. »Halleluja«, sang sie, »halleluja, halleluja«, und mir wurde klar, dass meine Mutter mindestens so ungern hier lebte wie ich.

Unterwegs sagte sie mir, sie denke darüber nach, sich nach einer Stelle in Sydney umzusehen, um näher bei ihrer Schwester und auch bei Rowena und Amy zu sein.

»Was meinst du?«, fragte sie.

»Klingt gut«, sagte ich.

»Du wirkst nicht sehr begeistert.«

»Es ist dein Leben«, sagte ich. »Du brauchst mich nicht um Erlaubnis zu bitten.«

»Dann könntest du in Sydney studieren«, sagte sie.

Ich sagte ihr, dass ich mir nicht sicher sei, ob ich überhaupt studieren wollte. Sie solle ihre Entscheidungen nicht von mir abhängig machen, sagte ich, weil ich mich zu diesem Zeitpunkt in keine Richtung festlegen wolle, was so ehrlich war, wie ich nur sein konnte, ohne meiner Mutter zu beichten, dass ich mich wieder mit Mr. Booker traf. Das durfte niemand wissen, weder sie noch sonst irgendwer. Alle sollten glauben, dass es aus zwischen uns war, weil mir dann niemand dreinreden konnte, und auch, weil ich mich regelrecht dafür schämte, wie sehr ich Mr. Booker brauchte und er mich. Wir waren wie zwei Tiere, die sich ineinander verkrochen, um nicht zu erfrieren.

Rowena wohnte inzwischen in Leichhardt. Sie durfte bei einem Architekten und seiner Frau einhüten, die vier

Monate in Europa verbrachten und keine Mieter in ihrem Haus haben wollten. Rowena kannte sie, weil sie eine Zeit lang ihre Hunde ausgeführt hatte. Es waren Harlekinpudel, eine seltene Züchtung, wie Rowena erklärte, denn normalerweise ließen die Pudelzüchter alle Welpen, die nicht vollkommen einfarbig waren, einschläfern. Daisy und Dixie hatten große schwarze Tupfen in ihrem weißen Fell.

»Die sehen wie aufgemalt aus«, sagte meine Mutter.

»Die sind waschecht.«

Die Hunde folgten uns in unseren Teil des Hauses, der hinter der Küche lag, fast ein Flügel für sich mit eigenem Bad und zwei Ausziehsofas, auf denen wir schlafen konnten.

»Der Gästetrakt«, sagte Rowena.

»Ist das nicht irre?«, sagte meine Mutter.

Sie überreichte Rowena ein paar Flaschen Wein und die Kleider, die sie für das Baby gekauft hatte, das in seinem Laufstall im Wohnzimmer schlief. Amy war groß geworden seit Weihnachten. Sie entwickle schon ziemlich dezidierte Ansichten, sagte Rowena.

»Avocados sind mmh, aber Kürbis ist bäh.«

Ich begleitete Rowena zum Einkaufen vor zur Hauptstraße, meine Mutter blieb so lange bei der Kleinen. Rowena zeigte mir den italienischen Bäcker, bei dem sie ihr Brot holte, und das libanesische Feinkostgeschäft, in dem sie Tahini und Hummus und Halloumi-Käse kaufte, und ich tat so, als wüsste ich, was das alles sein sollte, weil ich nicht wollte, dass sie mich für unbedarft hielt.

»Das liebe ich so an den Inner-West-Bezirken«, sagte sie. »In Paddington sind sie über Weißbrot noch nicht hinaus.«

»Furchtbar«, sagte ich.

Während wir an der Theke anstanden, zeigte sie mir

die hochwertigsten Olivenöl-Sorten und ihren Lieblings-Balsamico. Sie gab nicht direkt an, aber sie genoss es doch ziemlich, mir vorzuführen, wie normal diese Art von Laden für sie war.

»Meinst du, ihr ist es ernst mit dem Hierherziehen?«, fragte sie, als ich ihr erzählte, was meine Mutter im Auto gesagt hatte.

»Von Victor kommt sie anders jedenfalls nicht los«, sagte ich.

»Ich habe sie gefragt, ob sie mit mir ein Haus kaufen will«, sagte Rowena. »Wenn ich wieder arbeite. Und es dann zum Verkauf herrichten.«

Und das war ihr großes Thema in den nächsten anderthalb Wochen, während uns Rowena im Saab des Architekten durch die Straßen fuhr, die Pudel mit Amy und mir auf der Rückbank. Sie besichtigten mindestens zwanzig verschiedene Häuser, von denen sie sich nicht ein einziges hätten leisten können. Meine Mutter meinte sogar zu Rowena, wenn sie hier in Sydney keine Stelle als Lehrerin fand, würde sie auf Innenarchitektin umsatteln, denn das sei etwas, worauf sie schon immer Lust gehabt habe.

»Wenn ich einen reichen Ehemann hätte«, sagte sie, »dann hätte ich den Schuldienst schon vor Jahren an den Nagel gehängt.«

»Aber dann hättest du deine Chance verpasst, dich zwanzig Jahre von Victor quälen zu lassen«, sagte Rowena.

»Auch wieder wahr.« Meine Mutter drehte sich zu mir um und lächelte mich an.

»Was ist so lustig?«, fragte ich.

»Hättest du Victor vermisst, wenn ich ihn gleich nach deiner Geburt verlassen hätte?«

»Noch mehr als jetzt, meinst du?«, sagte ich.

Nach ein paar Tagen schrieb ich Mr. Booker einen

Brief. Ich schrieb ihm, was wir alles unternahmen und wie viel besser alles in Sydney war. Und ich malte ihm ein Bild von meiner Mutter und mir, wie wir in unseren Badeanzügen bibbernd am Strand standen, weil es zu kalt und windig war, um ins Meer zu gehen. Ich zeichnete Eisberge ins Wasser, damit er den richtigen Eindruck bekam.

Er schrieb nicht zurück, aber damit hatte ich auch nicht gerechnet. Einmal rief ich ihn an, als Rowena und meine Mutter unterwegs waren, aber er sagte, es sei gerade ungünstig, ich solle warten und er würde sich melden, wenn ich wieder zu Hause war.

»Hast du meinen Brief gekriegt?«, fragte ich.

»Aber sicher doch«, sagte er, und dann wurde es ganz still in der Leitung, und ich wusste nicht, ob er noch dran war.

»Bist du noch da?«, fragte ich.

»Wo sollte ich sonst sein?«, sagte er.

»Fehle ich dir auch so?«, wollte ich wissen. »Du fehlst mir wahnsinnig.«

»Das weißt du doch«, sagte er.

»Tu ich nicht«, sagte ich. »Sonst würde ich ja nicht fragen.«

Und dann sagte er, er müsse jetzt zu seiner Vorlesung.

»Über was?«

»Über die Filme der Nouvelle Vague.«

»Mon dieu«, sagte ich.

Da lachte er endlich, aber ich konnte hören, dass ihn etwas bedrückte. Den ganzen Rest der Ferien quälte ich mich mit der Vorstellung, dass er mir eröffnen wollte, dass es zwischen uns endgültig aus war, und nur wartete, bis ich wieder da war, um es mir persönlich beibringen zu können.

Aber Mr. Bookers Sorgen hatten nichts mit mir zu tun. Er hatte Ärger in der Arbeit gehabt, erzählte er mir, als ich ihn daheim danach fragte; einige Studenten hatten sich beschwert, weil er Termine verschwitzt und Tutorien abgesagt hatte.

»Ich weiß, wer dahintersteckt«, sagte er. »So eine kleine Rotte extrem unbegabter Hochschüler, die sich von mir ungerecht bewertet fühlen. Also haben sie sich zu einer Protestbewegung formiert, mit Petitionen und Beschwerdeschreiben et cetera, et cetera.«

»Warum korrigierst du ihre Arbeiten nicht nach?«, fragte ich.

»Das hat schon ein Kollege gemacht«, sagte er. »Zwei haben sich verschlechtert, und der Rest ist gleich geblieben.«

»Also hast du gewonnen«, sagte ich.

»In der Tat«, sagte er, »aber nicht ohne Schaden an meinem Ruf, weiland ohne Fehl und Tadel.«

»Die sollten dich jetzt sehen«, sagte ich.

Er holte aus und schlug mir auf den Oberarm, so fest, dass es ein bisschen wehtat. Wir tranken ein Mittagsbier in einem Pub am Stadtrand, in dessen Garten ein englisches Miniaturdorf aufgebaut war. Wir waren einige Male mit Mrs. Booker hier gewesen. Mr. Booker kam gerne her, weil es innen mit Messingzaumzeugen und Gemälden von Fuchsjagden dekoriert war wie ein richtiges englisches Landgasthaus und weil das Guinness frisch gezapft wurde.

»Magst du deinen Beruf eigentlich?«, fragte ich ihn.

»Jedenfalls besser als im Bergwerk malochen.«

»Im Ernst jetzt«, sagte ich. Sich mit Mr. Booker richtig zu unterhalten war immer schwer, weil er nie das sagte, was er dachte, nicht wirklich jedenfalls, so als wäre nichts von Belang, schon gar nicht die wichtigen Dinge.

»Meinst du, ich mache Witze?«, fragte er.

Er zog an seiner Zigarette und blies den Rauch Richtung Decke.

»Was tätest du, wenn du so reich wärst, dass du nicht arbeiten müsstest?«

»'n kleines Hüttchen kaufen, für meine alte Ma«, sagte er mit zittriger Greisenstimme, »und für mich 'ne fette Hazienda in Spanien, damit ich und die Missis den ganzen Tag am Strand liegen könnten.«

»Und arbeiten würdest du gar nicht mehr?«, sagte ich.

»Arbeiten!«, meckerte er. »Arbeiten gehen bloß die Schwachköpfe.«

»Und hättest du neben mir noch andere Geliebte?«

»Neben dir? So 'n Quatsch«, krächzte er. »Bei mir wärt ihr alle auf einem Haufen.«

»Wie im Harem, meinst du?«

»Yes, Ma'am. Exakt wie im Harem.«

»Krank«, sagte ich.

»Du hast gefragt«, sagte er.

Danach fuhren wir zu mir, weil meine Mutter und Lorraine beide in der Arbeit waren und ich uns Zeit sparen wollte, denn Mr. Booker musste Mrs. Booker von ihrer Schule abholen, und ich musste in die Bibliothek, um dort für meine Probeklausuren zu lernen. Wir waren noch nie allein in unserem Haus gewesen, und ich kam mir vor, als wären wir zwei Einbrecher, die ein Objekt ausspähten. In mein Zimmer mit seinem schmalen Bett und den braven Vorhängen mochte ich Mr. Booker nicht mitnehmen, deshalb ging ich mit ihm ins Vorderzimmer. Ich schenkte uns beiden einen Whisky ein, und wir legten uns auf das Sofa vor dem Kamin, auf dem ich bei so vielen Partys mit Mr. und Mrs. Booker gesessen hatte. Jetzt, wo nur Mr. Booker und ich da waren, war das Haus so still, dass ich die Vögel im Garten hören konnte und den Besen unserer Nachbarin, die ihre Waschbeton-Einfahrt von Blättern frei fegte. Das tat sie jeden Tag, weil bei ihr alles picobello sein musste.

Mr. Booker zog gerade den Reißverschluss an meiner Jacke herunter, als das Telefon klingelte.

»Geh nicht ran«, sagte er. »Das ist die Sitte.«

Also ließ ich es klingeln, während mir Mr. Booker das Hemd über den Kopf streifte und meine Brüste zu küssen begann, aber es war so schwer, bei der Sache zu bleiben, während sich das Telefon in dem leeren Haus die Seele aus dem Leib läutete, dass ich Mr. Booker schließlich bitten musste, zu warten, und abhob.

»Ist Mum da?« Eddie klang, als wäre er gerannt.

»Sie ist arbeiten«, sagte ich. »Was ist denn mit dir los?«

»Mich hat gerade das Motel angerufen, in dem Dad wohnt«, sagte er. »Er hat sein Zimmer angezündet.«

Am liebsten hätte ich gelacht, aber ich wollte Eddie nicht noch mehr aufregen, darum schnitt ich nur Grimassen zu Mr. Booker hin, während Eddie sagte, dass Victor mit Verbrennungen ins Krankenhaus eingeliefert worden sei.

»Wie viel Schaden hat er angerichtet?«, fragte ich.

»Woher soll ich das wissen?«, sagte Eddie.

»Ich dachte, die vom Motel hätten es dir vielleicht gesagt.«

»Haben sie aber nicht«, sagte er. »Und um ihn machst du dir gar keine Sorgen?«

»Nicht besonders.«

Ich fragte ihn, was jetzt passieren solle, und er sagte, er habe einen Flug gebucht, ob ihn bitte jemand vom Flughafen abholen könne.

»Wie geht's Deirdre?«, fragte ich.

»Keine Ahnung«, sagte er, »ich hab sie nicht gesehen.«

Mehr sagte er nicht, sondern legte auf. Ich zog mir das Hemd wieder an und sagte Mr. Booker, dass ich losmusste, weil mein Vater im Krankenhaus lag.

»Ich bring dich hin«, sagte er.

Ich sagte, ich käme schon klar, weil ich das Auto von meiner Mutter nehmen konnte.

»Tut mir leid«, sagte er.

»Was tut dir leid?«

Er zündete zwei Zigaretten auf einmal an und gab mir eine.

»Fehlt ihm etwas Ernsthaftes?«

»Du meinst, abgesehen von der Tatsache, dass er geistesgestört ist?«

Mr. Booker legte die Arme um mich und zog mich an sich.

»*Pauvre* Bambi«, sagte er, und dann wiegte er mich hin und her wie ein Baby.

»Keine Bange«, sagte ich. »Es ist keine Erbkrankheit.«

Er lächelte und ließ mich los; ich sei Gold wert, behauptete er. An der Haustür küsste ich ihn und sagte, aufgeschoben sei nicht aufgehoben, und wir würden einfach ein andermal da weitermachen, wo wir heute unterbrochen worden waren.

»Wo hast du bloß all die Jahre gesteckt?«, fragte er.

»Immer am falschen Ort«, sagte ich.

Auf dem Rückweg vom Flughafen teilte Eddie mir mit, dass er und Deirdre nicht mehr zusammen waren.

»Ach je«, sagte ich.

»Ich bin heilfroh«, sagte er. Aber als ich zu ihm hinüberschaute, sah er nicht heilfroh aus, sondern deprimierter denn je und obendrein hundemüde.

»Gib die Hoffnung nicht auf«, sagte ich und klang fast genauso wie Rowena damals, als Mr. Booker nicht nach Sydney gekommen war, obwohl er es so fest versprochen hatte.

»Tu nicht so gönnerhaft«, sagte Eddie. »Diese Mitleidsfloskeln kannst du dir sparen.«

Ab da schwieg ich, weil es zwecklos war, mit Eddie

reden zu wollen. Ebenso gut hätte man mit einer Wand reden können.

Als Erstes fuhren wir ins Krankenhaus. Mein Vater hatte keine ernsteren Verletzungen, nur ein paar leichte Verbrennungen an den Händen. Er schlief, als wir kamen. Eddie zog los, um irgendwo einen Happen zu essen, und ich blieb an Victors Bett sitzen und bewachte ihn. Er lag auf dem Rücken. Sein Mund stand offen, und der Kiefer hing so schlaff herunter, dass die Haut tiefe Falten warf. Mit seinen buschigen Barthaaren ähnelte er einem dieser Walrossbullen, die so harmlos und schläfrig wirken und gerade dadurch so gefährlich sind.

Ich blätterte in der Zeitschrift, in der er gelesen hatte. Es war eine Segelzeitschrift. Sie enthielt lauter Bilder von Jachtfahrern, Männern, die die ganze Welt umsegelt und Rekorde gebrochen hatten und deren Schiffe unterwegs von Stürmen lädiert und vom Kurs abgetrieben worden waren. Der andere große Traum meines Vaters, neben dem Schauspieler-Traum, war der, als Einhandsegler den Pazifik zu überqueren, nur konnte er weder schwimmen, noch hätte er jemals das Geld gehabt, sich ein entsprechendes Boot zu kaufen.

»So möchte ich sterben«, sagte er. »Wenn es einmal so weit ist. Einfach eines Tages die Segel setzen und nie wieder zurückkehren.«

»Guter Plan«, sagte ich.

Meine Mutter kam direkt von der Schule und setzte sich auf die andere Bettseite.

»Was hat er gemacht?«, fragte sie.

Ich erzählte ihr, was ich von Eddie gehört hatte, und sie starrte meinen Vater einen Moment lang an und ließ das Gesicht dann in die Hände sinken, als ertrüge sie seinen Anblick nicht mehr.

Ich sagte ihr, dass sie ruhig fahren konnte; die Schwestern hätten gesagt, mein Vater sei sediert und würde vielleicht noch Stunden schlafen.

Sie blieb, bis Eddie zur Tür hereinkam, und dann sprang sie auf und warf die Arme um ihn. Er mochte keine Umarmungen. Er stand stocksteif da und wartete darauf, dass meine Mutter ihn losließ.

»Ich habe gerade mit einem der Ärzte gesprochen«, sagte er, als sie ihn freigab. »Er sagt, ein paar Tage können sie ihn hierbehalten.«

»Danke«, sagte meine Mutter.

Dann sagte Eddie, er würde im Motel vorbeischauen und nachsehen, ob sich noch irgendetwas retten ließ.

»Da würdest du mir sehr helfen«, sagte meine Mutter.

Eddie setzte sie und mich zu Hause ab und fuhr weiter zum Motel.

»Er und Deirdre haben sich getrennt«, berichtete ich ihr.

»Na, Gott sei Dank«, sagte meine Mutter. »Heißt das, er kommt hierher zurück?«

Ich sagte ihr, dass er nicht über seine Pläne gesprochen hatte.

»Weil ich es nämlich besser fände, wenn er das nicht tut«, sagte meine Mutter. »Ich will nicht, dass er jedes Mal denkt, er muss heimkommen und alles in die Hand nehmen, wenn Victor wieder mal Mist gebaut hat. Er hat schließlich ein eigenes Leben.«

»Während ich keins habe«, sagte ich.

»So habe ich das nicht gemeint.«

Ich fragte sie, wie sie sich zu verhalten gedachte, wenn Victor entlassen wurde.

»Ich hoffe bloß, du lässt ihn nicht wieder bei uns einziehen.«

»Nein«, sagte sie.

»Wenn du das tust, bin ich nämlich weg«, sagte ich.

Sie lachte und entschuldigte sich, dass ich es so schwer mit ihr hatte.

»Ich glaube, ich habe mich entschieden«, sagte sie dann. »Ich biete das Haus zum Verkauf an.«

»Wann?«, fragte ich. Sie sagte, eins nach dem anderen. Erst müssten der Garten hergerichtet und ein paar Reparaturen am Haus selbst durchgeführt werden. Und ehe ich nicht mit meinen Prüfungen fertig wäre, würde sie ohnehin nichts unternehmen.

»Und wo ziehen wir dann hin?«

»Irgendwohin, wo es interessanter ist«, sagte sie, und es klang, als wäre es ihr ganz ernst damit, aber die Frage bei ihr war natürlich immer, ob sie die Nerven behielt, wenn Victor sie erst mal am Wickel hatte. Er war so unglaublich gut darin, ihr einzureden, dass sie ihm etwas schuldete.

»Aber erzähl es nicht Eddie«, sagte sie. »Ich will nicht, dass dein Vater Wind davon kriegt, sonst kommt er und verlangt seinen Anteil.«

»Den hast du ihm doch längst ausgezahlt«, sagte ich.

»Das wird ihn nicht abhalten«, sagte meine Mutter.

Und sie lachte, aber es war kein frohes Lachen, und ich sagte ihr, zumindest ich würde ihr ja nicht mehr lang auf der Tasche liegen.

»Das meine ich nicht«, sagte sie und hob den Blick von den Kartoffeln, die sie fürs Abendessen stampfte.

»Ich weiß«, sagte ich. Meine Mutter wirkte so stark, aber wenn man sie in den Arm nahm, spürte man, wie klein sie war und wie zart.

Maikäfer, flieg!

Ende September, an einem Mittwochmorgen, rief Mr. Booker an: Er könne mich nach der Schule nicht abholen kommen, da Mrs. Booker unpässlich sei.

»Was fehlt ihr denn?«, fragte ich.

»Ich sag's dir, wenn wir uns sehen«, sagte er.

Zwei volle Tage vergingen, ehe er sich wieder meldete. Bis dahin hatten wir schon von Lorraine gehört, dass Mrs. Booker das Kind verloren hatte, was für mich mehr nach Schusseligkeit klang, so als hätte sie ihre Geldbörse oder den Hausschlüssel verlegt.

»Wie furchtbar«, sagte meine Mutter. »Sie muss am Boden zerstört sein.«

Lorraine sagte, sie habe Mrs. Booker wenige Tage danach gesehen und es gehe ihr ziemlich schlecht.

»Es war ein Mädchen«, sagte Lorraine. »Daphne.«

»So ein hübscher Name«, sagte meine Mutter.

Ich sagte nichts. So gut ich wusste, wie traurig es für die Bookers sein musste, freute sich ein Teil von mir doch, dass das Baby tot war, was mich selbst schockierte, aber das änderte nichts an dem Gefühl. Ich hatte das Kind von Anfang an nicht gemocht.

»Wie geht es Mr. Booker?«, erkundigte sich meine Mutter, als hätte sie meine Gedanken gelesen. Lorraine und sie schauten Schnittmuster für Lorraines Hochzeitskleid durch. Lorraine war von der Idee mit dem Strickkleid abgekommen, weil es zu heiß und zu schwer sein würde. Stattdessen wollte sie sich ein Kleid nähen, ein ganz schlichtes, preiswertes. Sie wollte nicht unnötig Geld für die Hochzeit ausgeben, weil sie Geoff endlich dazu gebracht hatte, mit ihr gemeinsam ein neues Haus zu mieten, in einer neuen Gegend, mit neuen Möbeln und einem neuen Bett, sodass Sandras altes Bett an Sandra zurückverkauft werden konnte.

»Er sagt nicht viel«, sagte Lorraine. »Typisch britisch eben.«

Ich versuchte ihn am nächsten Tag in der Arbeit anzurufen, aber sein Telefon klingelte und klingelte nur, und niemand hob ab.

Als er mich am Freitag zurückrief, klang er munterer, als ich erwartet hatte.

»Es tut mir so leid«, sagte ich.

»Wie gewonnen, so zerronnen«, sagte er. »Oder wie meine alte Dame zu sagen pflegte, der Herr hat's gegeben, der Herr hat's genommen.«

Er hatte getrunken. Ich hörte immer gleich an seiner Stimme, ob er getrunken hatte oder nicht. Wenn er betrunken war, bekam sein Tonfall so etwas Seidiges, als sänge er die Worte in irgendeinem verqualmten Hinterzimmer vor einer Zuhörerschaft von exakt null Mann. Er fragte, ob ich mir von meiner Mutter das Auto borgen und ihn zu einer kleinen Ausfahrt abholen könne.

»Was ist mit dem Datsun?«, fragte ich.

»Kaputt.«

Also fuhr ich mit ihm durch die Kiefernpflanzungen aus der Stadt hinaus, und er erzählte mir die komplette Geschichte. Zwischen Mrs. Booker und ihm habe es einen Dissens gegeben, sagte er.

»Einen was?«, fragte ich.

»Eine Meinungsverschiedenheit.«

»Worüber?«

»Schwer zu sagen«, sagte er. »Sie vermisst England.«

»Warum geht sie dann nicht zurück?«

»Exakt mein Vorschlag«, sagte er.

Mrs. Booker habe ihre Koffer gepackt, sagte er, und sei zum Flughafen aufgebrochen, dann aber falsch abgebogen und in verkehrter Richtung auf die Autobahn aufgefahren.

»Ach du Schande«, sagte ich.

»Und dann hat sie den Wagen in die Leitplanke gesetzt, woraufhin die Polizei bei mir anrief. Sie wollten sie wegen verkehrsgefährdendem Verhalten einbuchten, aber mittlerweile lag sie hinten im Einsatzwagen in den Wehen.«

»Das ist ja furchtbar«, sagte ich.

»Es kommt noch schlimmer«, sagte Mr. Booker, und dann griff er nach meiner Hand und bat mich, kurz anzuhalten, weil er dringend pinkeln müsse.

Ich wartete im Auto auf ihn, und als er nicht zurückkam, ging ich ihn suchen. Er saß mitten im hohen Gras, die Beine gerade von sich weggestreckt, und starrte über die Schafpferche hinweg auf die Hügel in der Ferne, die um diese Nachmittagszeit in Orange- und Lavendeltönen schimmerten. Er klopfte auf den Boden neben sich, und ich setzte mich zu ihm.

»Hat sie das Kind deshalb verloren?«

»Nein«, sagte er. »Aber dazu beigetragen hat es.«

Eine Zeit lang schwiegen wir beide. Der Wagen sei jetzt Schrott, sagte Mr. Booker schließlich.

»Vielleicht findet ihr den gleichen ja wieder«, sagte ich.

»So einen kriegst du auf der ganzen bis dato erforschten Welt nicht noch mal«, sagte er. Und dann sagte er, dass Mrs. Booker als Nächstes ein größeres Auto wolle, eine Limousine oder einen Kombi.

»Selbst jetzt noch?«, fragte ich.

Er sah mich an und lächelte schief.

Ich beugte mich zu ihm herüber und küsste ihn und drückte ihn rückwärts ins Gras, und wir kamen schon fast zur Sache, da hörte Mr. Booker plötzlich auf, lag nur da und starrte hinauf in den violetten Himmel.

»Was hast du?«, fragte ich.

»Ich will verdammt sein, wenn ich weiß, was das werden soll«, sagte er.

»Das wirst du gleich merken«, sagte ich, schwang mich auf ihn und zog mir das Hemd über den Kopf.

Er sah zu mir hoch und lächelte.

»Da leitet der Blinde den Blinden«, sagte er.

»Oder auch umgekehrt«, sagte ich.

Hinterher bedankte er sich bei mir. Wir hatten uns aufgesetzt und klopften uns Gras und Staub von der nackten Haut und den Kleidern.

»Passt schon«, sagte ich.

Er beugte sich vor, nahm mein Gesicht in seine schönen Hände und starrte mich an.

»Was ist?«

»Du bist so umwerfend«, sagte er.

»Warum machst du das immer?«, fragte ich.

»Mache ich was?«

»Dich wie ein Idiot aufführen.«

»Es hat mich dahin gebracht, wo ich heute bin«, sagte er. Und dann schob er den Kopf vor und biss mich in die Lippe, dass sie zu bluten anfing.

Wenn dir das Pflaster zu heiß wird

Eddie kam aus Melbourne zurück und heuerte bei einem Taxiunternehmen an. Er zog bei meiner Mutter aus und in eine Zweizimmerwohnung, und in der ersten Zeit nach dem Krankenhaus kam mein Vater bei ihm unter. Meine Mutter fand, dass ich ihn besuchen sollte, also ging ich hin.

»Es ist nur, bis ich mich wieder gefangen habe«, erklärte mir Victor. »Und Eddie muss nicht ganz so sehr knapsen.«

Ich sah ihm zu, wie er in der Küche hantierte, damit mein Bruder vor seiner Schicht etwas Warmes in den Bauch bekam. Mein Vater besaß keine Übung im Kochen. Er nahm das Brotmesser fürs Fleisch und legte kein Schneidebrett unter, sodass die Klinge in die Arbeitsplatte fuhr und Scharten hinterließ.

»Was kochst du?«, fragte ich.

»Mein Paradegericht«, sagte er. »Steak mit Zwiebeln.«

»Brauchst du Hilfe?«

»Ich komme bestens zurecht«, sagte er. Seine Hände steckten noch in ihren Wundverbänden. Der Mull war blutig von den Steaks.

Ich machte uns beiden eine Tasse sauren Kaffee und setzte mich in die Essecke neben der Küche. Von hier hatte man Blick auf den Garten, wo das Gras einen halben Meter hoch wucherte und alles andere abgestorben war.

»Wie geht's dir inzwischen?«, fragte ich.

»Seit wann interessiert dich das«, sagte er.

Ich sagte, wenn er mich nicht dahaben wollte, könne ich auch wieder gehen.

»Dich hat doch bestimmt deine Mutter geschickt«, sagte er. »Damit du ihr Bericht erstattest.«

»So was in der Art«, sagte ich.

»Die Dame hat zweifellos Wichtigeres zu tun, als persönlich nach mir zu schauen«, sagte er.

Ich bat ihn, meine Mutter aus dem Spiel zu lassen. Ich fragte ihn, was in ihn gefahren war, dass er sein Zimmer in Brand gesetzt hatte.

»Ich hab's nicht absichtlich gemacht«, sagte er. »Das war ein Unfall.«

»Das sieht der Moteldirektor aber anders.«

»Der Mann leidet an Wahnvorstellungen.«

Ich erzählte ihm, dass der Anwalt des Motels bei meiner Mutter angerufen hatte, um sie für die Reparaturen in Anspruch zu nehmen.

»Wie kommt denn der an ihre Nummer?«, fragte mein Vater, ohne mich anzusehen.

»Das würde sie auch gern wissen«, sagte ich.

»Er muss meine Post geöffnet haben«, sagte mein Vater.

»Er meint, du bist noch Miete schuldig.«

»Soll er mich doch verklagen«, sagte mein Vater.

Ich fragte ihn, ob die Ärzte noch einmal mit ihm über die Medikamentierung gesprochen hätten, und er sagte, das hätten sie.

»Ich habe vor ein paar Wochen den Fehler gemacht, meine Dosis zu halbieren«, sagte er. »Keine gute Idee.«

Er deckte das Fleisch mit einem Stück Zeitungspapier ab, damit die Fliegen nicht drankamen, und setzte sich an den Tisch. Seine Kleider sahen aus, als hätte er in ihnen geschlafen, und gebadet und sich rasiert hatte er auch schon länger nicht mehr. Er fing an, mir zu erzählen, wie dankbar er Eddie war, dass er ihn bei sich wohnen ließ.

»Es ist keine einfache Situation für ihn«, sagte er.

»Hat ihn ja niemand gezwungen«, sagte ich.

»Na ja, offen gestanden habe ich mich schlicht geweigert, noch mal als Bittsteller vor eure Mutter hinzutreten«, sagte er. »Ich weiß, wo ich nicht willkommen bin. Sie hat ihre Gefühle mir gegenüber mehr als deutlich gemacht, als ich das letzte Mal ihre Hilfe gebraucht habe.«

»Das ist doch gut«, sagte ich. »Da weißt du wenigstens, woran du bist.«

Das meinte ich ganz ehrlich. Ich freute mich für meine Mutter, dass sie es endlich einmal geschafft hatte, sich Victor vom Leib zu halten. Ich dachte, vielleicht kriegte er ja diesmal die Kurve und nahm sein Leben selbst in die Hand.

Ich blieb eine Stunde und hörte meinem Vater beim Reden zu, hauptsächlich weil jeder Versuch, ihn zu stoppen, zwecklos gewesen wäre. Es schien ihm völlig egal zu sein, ob ich zuhörte oder nicht, so als gäbe es außer Reden keine Beschäftigung für ihn. Ich wusste, dass ihm die Tage zu lang wurden und sein einziger anderer Ausweg der Schlaf war, denn so kannte ich es von all den früheren Malen, die er ohne Job daheim festgesessen hatte. Die meiste Zeit redete er von meiner Mutter – dass für ihn alles in bester Ordnung gewesen sei, bis meine Mutter plötzlich begonnen habe, das Gegenteil zu behaupten.

»Es hat mich getroffen wie ein Blitz aus heiterem Himmel«, sagte er.

Ich sagte, das sei doch eigenartig, denn sogar ich hätte ja gewusst, dass etwas nicht stimmte.

»Ich glaube, fast die ganze Nachbarschaft wusste es«, sagte ich. »Du hast es ja praktisch von den Dächern geschrien.«

»Deine Mutter hat gesunde Auseinandersetzungen anscheinend mit persönlichen Angriffen verwechselt«, sagte mein Vater.

»Also gesund klang daran für mich nichts«, sagte ich.

Dann sagte ich, ich müsse jetzt los, weil das Auto daheim gebraucht wurde, aber tatsächlich fuhr ich, weil Eddie aufgestanden und zum Essen in die Küche gekommen war. Ich wollte nicht dasitzen und mit meinem Bruder Konversation machen, während mein Vater das Steak briet, denn wir redeten ja doch nur irgendwelchen Blödsinn, um nicht sagen zu müssen, was wir wirklich dachten.

»Danke für den Kaffee«, sagte ich zu meinem Vater.

»Triffst du immer noch diesen Perversen, diesen Hooker?«, fragte er. Das war für die Ohren meines Bruders bestimmt. Es sollte zeigen, welch treusorgender Vater Victor noch immer war.

»Du meinst wohl Mr. Booker«, sagte ich.

»Hooker, Booker, was auch immer.«

»Wir laufen uns ab und zu mal über den Weg«, sagte ich. »Die Stadt ist ja nicht gerade weitläufig.«

»Die sind neulich zu mir ins Taxi gestiegen«, sagte mein Bruder. »Hackedicht alle beide, um drei Uhr nachmittags.«

»Kommt mir bekannt vor«, sagte ich.

»Wussten nicht mehr, wo sie ihr Auto abgestellt hatten«, sagte mein Bruder. »Und dann kriegten sie sich in die Haare darüber, ob es hellblau oder dunkelblau ist.«

»Warum hast du keine Freunde in deinem Alter?«, fragte mein Vater.

»Warum hast du überhaupt keine Freunde?«, fragte ich.

Heim fuhr ich den langen Weg um den See. Das Einzige, was ich an der Stadt mochte, waren die Bergblicke, die sich beim Fahren vor einem auftaten. Wenn ich die Musik ganz laut drehte, die Fenster herunterkurbelte und dazu rauchte, dann war es, als säße ich in einem Film über mein eigenes Leben, in dem ich meinem Schicksal irgendwie entronnen war, und das hier wäre jetzt die Szene, in der ich die Stadt hinter mir ließ und anderswo neu anfing. Ich spielte das Joni-Mitchell-Album von meiner Mutter, und solange ich sang, gab es nichts als den Song und die Straße, auf der ich fuhr, und den Horizont unter dem wolkenlosen Himmel. Ich war nicht glücklich in meinem Film, aber traurig war ich auch nicht. Ich fühlte mich in der Schwebe zwischen dem Davor und dem Danach, an einem Punkt, an dem noch alle Dinge gleich denkbar sind. Aber natürlich sind sie das nie, oder jedenfalls nicht für lange. Früher oder später bilden sich Konstellationen von Fakten. Wenn es anders wäre, hätte nichts eine Form oder eine Bedeutung. Das sagte ich einmal auch zu Mr. Booker, und er meinte, die Kunst bestehe darin, den Fakten so lange zu trotzen wie nur irgend möglich.

»Sehr romantisch«, sagte ich.

»Ich wüsste nichts, was romantischer wäre«, sagte er.

Aber schon bald fing ich wieder zu warten an, weil Warten das Einzige war, wovon ich etwas verstand. In erster Linie wartete ich darauf, dass Mr. Booker mich anrief und mir die Zeit für unser nächstes Treffen nannte. Seine Nachmittage seien schwer planbar geworden, sagte er, weil es aufs Semesterende zuging und alle Studenten noch schnell mit ihm besprechen wollten, was in den Prüfungen drankommen würde oder was sie bei der Evaluierung schreiben sollten.

»Ich sage ihnen immer, es ist gehupft wie gesprungen«, sagte er. »Aber sie kommen trotzdem ständig damit an.«

»Vielleicht sollte ich nächstes Jahr einfach hierbleiben und unter dir studieren«, sagte ich.

»Oder auf mir drauf«, sagte er. »Was immer dir lieber ist.«

Er nahm mich in seinem neuen Wagen zur Bibliothek mit, einem marineblauen Mazda, den er billig von einem Freund gekauft hatte. Für einen Stopp unterwegs blieb uns keine Zeit, weil ich für die Klausur am nächsten Tag lernen musste und Mr. Booker mit der Institutssekretärin und ihrem Mann, einem Dachziegel-Vertreter, zu einer Kostümparty verabredet war. Mr. Booker ging als Beatle. Er hatte sich die Haare zu einem Pony in die Stirn gekämmt und dazu eine Uniformjacke aus Satin und eine Brille mit runden, getönten Gläsern ausgeliehen – seine rosarote Brille, sagte er. Mrs. Booker sei nicht nach Ausgehen zumute, da sie an einem Kater laboriere.

»Ich dachte, sie hätte aufgehört?«

»Der Weg zur Hölle ist mit guten Vorsätzen gepflastert«, sagte Mr. Booker.

»Was macht sie so?«, fragte ich. »Ich meine, sagt sie je etwas über uns? Oder ist das etwas, was ihr totschweigt?«

»Eins der vielen Dinge, die wir totschweigen.« Und dann seufzte er, und wir fuhren eine Weile, ohne zu sprechen, bis ich ihm erzählte, dass meine Mutter das Haus verkaufen und aus der Stadt wegziehen wollte.

»Recht hat sie«, sagte er.

»Ich weiß nicht, ob ich mit ihr mitgehen soll oder nicht«, sagte ich.

»Monokel, Testikel, Brieftasche, Uhr«, murmelte er und bekreuzigte sich entsprechend. Es hatte nichts Spezielles zu bedeuten. Es war einfach Mr. Bookers Art: Wenn ihn etwas aufwühlte, reagierte er mit irgendwelchen Witzeleien, die ihm spontan in den Sinn kamen. Vieles von dem, was er sagte, war so wie Verse aus einem langen Gedicht, das ununterbrochen in seinem Kopf geschrieben wurde.

»Du musst's ja wissen«, sagte ich.

Ich fragte ihn, was ich tun sollte, wenn ich mit der

Schule fertig war. Ich machte mir Sorgen um meine Zukunft, sagte ich. Er legte mir die Hand aufs Bein und sagte, die Zukunft werde überbewertet.

»Ich meine es ernst«, sagte ich.

»Ich auch«, sagte er.

Ich sagte, eigentlich wartete ich ja darauf, dass er endlich Wort hielt und mit mir nach Rio durchbrannte.

»Aber wahrscheinlich sind das nur wieder leere Versprechungen.«

»Aber nicht doch.« Er sah mich zärtlich an. »Frag mich in einer Woche noch mal.«

»Wieso? Was ist in einer Woche?«

»Da fährt meine teure Gattin zu einer Fortbildung«, sagte er. »Sie hat beschlossen, fortan nur noch für ihre Karriere zu leben.«

»Warum sagst du mir das jetzt erst?«, fragte ich.

»Du lässt mich ja nicht zu Wort kommen«, sagte er. »Ständig gackerst du dazwischen wie ein aufgescheuchtes Huhn.«

Ich fragte ihn, wie lange Mrs. Booker weg sein würde, und er sagte, zwei Nächte.

»Endlich allein«, sagte ich.

»Kein Grund, so zufrieden zu klingen«, sagte er.

Ich lachte ihn aus, und er drückte mein Knie.

»Lust auf ein versautes Wochenende?«

»Du weißt, was das Herz eines Mädchens höherschlagen lässt.«

»Dann schlage ich vor, wir decken uns mit Trüffeln und Champagner ein und machen die Schotten dicht.«

»Und was sage ich meiner Mutter?«

»Da fällt dir schon was ein«, sagte er.

Mr. Booker hielt vor der Bibliothek und ließ den Motor laufen.

»Das klingt doch mal gut«, sagte ich.

»Findest du?«, fragte er.

»Was findest du denn?«, fragte ich.

»Dass du die Notbremse ziehen solltest«, sagte er.

»Was soll das plötzlich heißen?«, fragte ich.

»Du bist schließlich noch ein Kind.«

»Du sagst das, als ob es was Neues wäre«, sagte ich. »Was soll ich denn sagen, wenn du mir auf diese Tour kommst?«

»Gar nichts«, sagte Mr. Booker. Dann beugte er sich vor, küsste mich auf die Wange und wartete, bis ich ausgestiegen war. Im Wegfahren hupte er kurz. Das Letzte, was ich von ihm sah, ehe er um die Kurve verschwand, war seine Hand, die mir aus dem Fahrerfenster winkte.

Und dann wartete ich natürlich auf meine nächste Begegnung mit Mrs. Booker. Ich hatte sie seit dem Tag an der Rennbahn nicht mehr gesehen, aber früher oder später mussten wir uns ja über den Weg laufen. Mir wäre früher sogar lieber gewesen als später, damit ich es hinter mir hatte, wie eine Mathearbeit oder einen Zahnarzttermin. Nicht, dass ich irgendeine Ahnung gehabt hätte, was ich zu ihr sagen sollte, wenn wir uns sahen, oder was sie zu mir sagen würde, denn streng genommen kannte ich Mrs. Booker gar nicht besonders gut. Ich kannte sie zum Beispiel längst nicht so gut wie Mr. Booker. Aus naheliegenden Gründen.

Schließlich traf ich sie auf der Geburtstagsfeier von Mums Freundin Hilary. Es war ein Freitag, und ich hatte gerade meine letzte Klausur geschrieben, deshalb war ich in der Stimmung, auszugehen und Spaß zu haben. Meine Mutter sagte, ich solle doch mit auf die Feier kommen und etwas essen, bevor ich weiterzog zu der Prüfungs-Abschlussparty bei Kate Hollis, nur ein paar Straßen von Hilary entfernt.

Ich sah Mrs. Booker gleich beim Hereinkommen, und sie sah meine Mutter und mich. Man konnte sich auch schwer übersehen, denn es waren höchstens zwanzig Leute im Zimmer. Trotzdem tat sie völlig vertieft in das Buch in ihrer Hand und warf keinen Blick in unsere Richtung, wofür ich ihr dankbar war, weil ich auf diese Weise noch Zeit hatte, mir ein Glas Wein zu holen und mit Philip Small Talk über unsere Englischklausur zu machen.

»Hast du die *Gatsby*-Frage genommen?«, fragte ich ihn.

»Nein«, sagte er. »Die zu T. S. Eliot.«

»Findest du Eliot gut?«, fragte ich.

»Phänomenal«, sagte er. »Der Mann ist ein Genie.«

»Besser als Fitzgerald?«

»Na ja, noch gilt die Weniger-ist-mehr-Regel, oder?«, sagte er.

Ich hatte keinen Schimmer, was er meinte, aber ich blieb stehen und hörte ihm zu, weil ich dadurch beschäftigt wirkte und Mrs. Bookers Blick ausweichen konnte.

»In meinem Anfang ist mein Ende. Fitzgerald braucht einen ganzen Roman für mehr oder weniger dieselbe Aussage.«

»Ist das etwas Schlechtes?«, fragte ich.

»Schlecht nicht unbedingt«, sagte er. »Ich bevorzuge nur einfach einen ökonomischeren Ansatz.«

Damit ließ Philip mich stehen, auf die abrupte Art, mit der er fast alle seine Unterhaltungen beendete, und stelzte hinaus in den Garten hinterm Haus, wo er sich allein hinsetzte und bedächtig die Häppchen auf seinem Teller zu verspeisen begann.

Das war der Moment, in dem Mrs. Booker neben mir auftauchte und sich Wodka nachschenkte.

»Lange nicht gesehen«, sagte sie.

Ich drehte mich zu ihr um und probierte ein Lächeln, obwohl sämtliche Muskeln in meinem Gesicht durcheinanderzuzucken schienen. Sie war betrunken, das merkte ich an ihren mehrfachen glücklosen Versuchen, sich die Brille zur Nasenwurzel hochzuschieben.

»Was verschafft uns die Ehre?«, fragte sie.

»Ich bin auf dem Weg zu einer Prüfungs-Abschlussparty«, sagte ich.

»Um was zu feiern?«, wollte sie wissen.

»Den Abschluss meiner Prüfungen.«

»Das besticht durch Logik«, sagte sie und führte mich am Arm zu einem Stuhl, auf dem sie sich niedersetzte, um in ihrer Tasche nach Zigaretten zu kramen. Als sie mir eine anbot, nahm ich sie.

»Ich habe auch etwas zu feiern«, sagte sie. Sie sah nicht aus, als ob sie feiern würde. Sie war ganz schwarz gekleidet, als wäre sie in Trauer.

»Was denn?«, fragte ich.

»Das wüsstest du wohl gerne.«

Sie sah starr geradeaus und rauchte ihre Zigarette. Ich setzte mich auf die Sofalehne neben ihrem Stuhl und wartete darauf, was als Nächstes kommen würde.

»Das mit dem Baby tut mir leid«, sagte ich nach einer Weile. »Lorraine hat mir erzählt, dass es ein Mädchen war.«

Mrs. Booker antwortete nicht gleich, aber dann sah sie mich durch ihre vollgetapsten Brillengläser an und fragte, was Lorraine sonst noch erzählt hatte.

»Nichts«, sagte ich.

»Schon erstaunlich, diese Chuzpe«, sagte sie. Ich war mir nicht sicher, ob sie Lorraine oder mich meinte, deshalb schwieg ich.

»Dann bist du jetzt wohl zufrieden«, sagte sie.

»Wie bitte?«, fragte ich.

Es war seltsam, wie ruhig sie war. Sie hatte nicht einmal die Stimme erhoben. Genauso gut hätte sie übers Wetter reden können.

»Ich kann dir nur sagen«, fuhr sie fort, »pass gut auf, was du dir wünschst.«

Ich wartete noch einen Augenblick, dann bedankte ich mich für ihren Rat und wollte schon aufstehen, als Mrs. Booker mich am Arm packte und so laut rief, dass alle im Zimmer es hören mussten:

»Hau doch ab und verreck! Ihr alle hier! Von mir aus könnt ihr alle miteinander verrecken!« Und dann sah sie mich an und zeigte mit ihrer Zigarette auf mich. »Aber vor allem du«, sagte sie. »Du bist doch nichts als eine Hure.«

Ich musste fast lachen, weil das längst nicht das Schlimmste war, was Mrs. Booker mir an den Kopf werfen konnte. Sie hätte noch ganz andere, viel zutreffendere Dinge sagen können, aber das tat sie nicht, sondern lehnte sich nur zurück und trank ihr Glas leer. Dann stand sie auf und ging und drehte sich nicht einmal um, als jemand im Zimmer zu applaudieren begann.

Als ich Mr. Booker davon erzählte, griff er nach meiner Hand und küsste sie und entschuldigte sich, dass seine Frau sich coram publico zum Gespött gemacht hatte. Wir saßen in dem Café, in dem er morgens immer frühstückte.

»*Hure*«, sagte ich. »Das tut schon weh.«

»Ungefähr so weh wie eine Ohrfeige mit einer Feder«, sagte er. Er inhalierte und schluckte den Rauch hinunter.

»Sie war ganz schön wütend«, sagte ich.

»Dazu hatte sie jedes Recht«, sagte er.

»Warum verteidigst du sie auch noch?«

»Weil sie nichts als eine schuldlose Leidtragende ist«, sagte er und streckte die Hand nach seinem Kaffee aus.

»Findest du das wirklich?«

Mr. Booker nippte an seiner Tasse und lächelte mich über ihren Rand hinweg an.

»Hure«, sagte er.

»Geiler alter Bock«, sagte ich.

»Was ich nicht verstehe«, sagte ich dann, »warum verlässt sie dich nicht? Ich an ihrer Stelle hätte dich schon längst verlassen.«

»Sie ist eben ein netterer Mensch als du«, sagte er.

»Wenn ich will, kann ich auch nett sein«, sagte ich.

Aber aus meiner Sicht hatte es nichts mit Nettigkeit zu tun, dass Mrs. Booker bei Mr. Booker blieb, obwohl das sie beide mit jedem Tag, der verstrich, nur noch unglücklicher machte. Nein, sie war einfach der Meinung, wenn sie selbst nicht glücklich sein konnte, dann durfte es auch kein anderer sein. Dafür würde sie schon sorgen.

Trautes Heim

Ich belog meine Mutter darüber, wo ich am Wochenende hinfuhr. Ich erfand eine Schulschlussparty in einem Haus auf dem Land, zu der ich mit ein paar Freundinnen wollte.

»Welche Freundinnen?«, fragte sie.

Ich nannte ihr einige Namen.

»Und wie kommst du da hin?«

Ich sagte, Bella Larwood würde mich im Auto mitnehmen.

»Wer ist Bella Larwood?«, fragte sie.

»Die würdest du mögen«, sagte ich. »Sie ist eine tolle Leichtathletin. Sie war in der staatlichen Endausscheidung im Diskuswerfen.«

Ganz kurz dachte ich, meine Mutter würde mir das Mitfahren verbieten, aber dann sagte sie doch Ja.

»Ich ruf dich an, wenn ich dort bin«, versprach ich.

»Aber nicht vergessen«, sagte sie.

Und dann packte ich meine Tasche und nahm den Bus in die Stadt. Mr. Booker holte mich an der Bushaltestelle ab wie verabredet, und wir fuhren zu seinem Haus.

Es war fast, als wären wir auf Hochzeitsreise. Mrs. Booker hatte alles frisch geputzt und mengenweise Essen eingekauft, damit Mr. Booker nicht selber einkaufen oder hungern musste. Sie hatte ihm sogar Suppe und Rinderschmortopf vorgekocht und in den Kühlschrank gestellt, mit Aufklebern auf jedem Topf, was was war und wann es gegessen werden sollte.

»Wie fürsorglich von ihr«, sagte ich.

»Sie scheut keine Mühe«, sagte Mr. Booker. Er spazierte nur mit einem Handtuch bekleidet in der Küche herum. Ich musste ihn immer wieder ansehen. Seine Haut glänzte feucht nach dem Duschen, und von seinen dunklen Locken fielen Wassertröpfchen auf seine blassen Schultern und den Rücken.

»Das machst du andauernd«, sagte ich.

»Was mache ich?«

»Sie verteidigen.«

»Das liegt daran, dass sie nichts falsch gemacht hat«, sagte er.

»Ist das deine Art, dein Gewissen zu beruhigen, wenn du andere Leute fickst?«

»Was für andere Leute?«, fragte er. »Gibt es dich in mehrfacher Ausführung?«

»Ich versteh das nicht«, sagte ich. »Es ist zu schräg.«

»Das kommt schon noch«, sagte Mr. Booker. »Wenn du älter bist. Du wirst staunen, wie schräg es im Leben zugeht.«

Ich antwortete ihm nicht. Ein richtiger Streit war es nicht, aber es ging in die Richtung, und ich wollte es nicht noch schlimmer machen, weil ich merkte, wie unangenehm es Mr. Booker war, wenn ich über seine Frau sprach. Ein paar andere Themen waren ebenso tabu. Das Baby zum Beispiel, dabei standen die Kindermöbel, die die Bookers gekauft hatten, nach wie vor in dem Zimmer gegenüber dem Elternschlafzimmer, zusammen mit all den Lätzchen und Babydecken und Kleidern und Spielsachen. Manches davon war noch originalverpackt, und der Stubenwagen steckte in einer Plastikhülle, damit er nicht einstaubte.

Als wir den Rinderschmortopf gegessen hatten, half ich Mr. Booker beim Abspülen, und dann schlug er vor, wir sollten uns ein Eis holen gehen, weil wir den ganzen Tag nicht draußen gewesen waren. Also zogen wir uns an und liefen zum Laden und zurück, was fast eine Stunde dauerte. Es war der ideale Abend für einen Spaziergang, denn es wurde schon Sommer, war bisher aber nur tagsüber heiß. Nach Sonnenuntergang kühlte alles ab außer der Brise, die warm war und süß vom Duft der Akazienblüten.

Mr. Booker und ich hatten Sekt getrunken und dann Wein und dann Whisky, und unser Denken war nicht mehr das klarste. Deshalb blieben wir auch vor einem fremden Haus stehen und setzten uns auf den Grünstreifen neben der Straße und sahen einer Familie beim Abendessen zu. Es waren Vater, Mutter und drei Kinder, und nach einer Weile stand die Mutter von ihrem Stuhl auf und trug die zwei kleineren Kinder hinaus, sodass nur der Vater mit dem ältesten Kind übrig blieb, einem Jungen. Die beiden saßen einander gegenüber und aßen, ohne zu sprechen, bis der Vater bemerkte, dass jemand zu ihnen hereinsah, und aufstand und ans Fenster trat. Er spähte ins Dunkel und machte dann eine wedelnde Geste, um uns weiterzuscheuchen, obwohl wir nichts weiter machten, als auf dem Grünstreifen zu sitzen.

»Lass uns lieber gehen«, sagte ich und zog Mr. Booker vom Boden hoch.

»Er lädt uns auf einen Drink ein«, sagte Mr. Booker.

»Das glaube ich eher nicht«, sagte ich. Der Mann stand jetzt an einem anderen Fenster, das offen war, und rief zu uns hinaus: »Kann ich Ihnen irgendwie behilflich sein?«

»Nein, danke«, sagte ich und puffte Mr. Booker in den Rücken, damit er endlich weiterging.

»Wir haben uns verirrt!«, rief Mr. Booker ganz laut.

»Wir irren in der Wüste herum. Wir sind am Verdursten in dieser verdammten Dürre hier draußen.«

Ich fasste ihn beim Arm und zerrte ihn hinter mir her, und der Mann an seinem Fenster ließ uns nicht aus den Augen, bis wir weit genug weg waren.

»Was ist faul an diesem Bild?«, fragte Mr. Booker und deutete auf all die Häuser um uns herum, die so ordentlich in ihren Gartenvierecken standen.

»Sag du's mir«, sagte ich.

»Die Tatsache«, sagte er, »dass sich hier keiner um den anderen schert. Da, wo ich aufgewachsen bin, kannte jeder jeden. Wir gingen alle beieinander aus und ein. Einmal habe ich Mrs. Davies sogar dabei erwischt, wie sie's dem Kohlenhändler mit der Hand besorgt hat. Ihr Gesicht hättest du sehen sollen. Sie hat mir Geld angeboten, wenn ich nur den Mund halte.«

»Wie viel?«, fragte ich.

»Ein Pfund«, sagte er. »Das war für mich ein kleines Vermögen. Ich hab es genommen, aber meinem Vetter hab ich's trotzdem erzählt, und der hat es Mr. Davies gesteckt, der gar nicht erbaut war.«

»Und die Moral von der Geschichte ist was?«

»Immer schön die Finger bei dir behalten«, sagte Mr. Booker.

»Ein weiser Rat.«

Als wir heimkamen, machte Mr. Booker Kaffee und schlug vor, wir sollten versuchen, bis zu der Fußballübertragung aus England aufzubleiben, die um Mitternacht kam. Davor lief eine Wiederholung der *Sieben Samurai*.

»Meinen Studenten im Kurs sage ich immer, selbst wenn sie das ganze restliche Jahr schwänzen, diesen einen Film müssen sie sehen, denn es gibt keinen einzigen überflüssigen Moment darin.«

Und so saßen wir bis zwei Uhr nachts im Bett, das Mr.

Booker uns auf dem ausgeklappten Sofa zurechtgemacht hatte, damit wir im Schlafzimmer nichts durcheinanderbrachten. Es gefiel ihm, mich bei sich zu haben, ständig griff er nach meiner Hand, hob sie hoch und küsste sie, wie um sich zu vergewissern, dass ich noch da war.

Am nächsten Tag half ich ihm beim Aufräumen und ging ein Stück die Straße entlang auf der Suche nach einer fremden Mülltonne, in der ich unsere leeren Flaschen entsorgen konnte. Beim Zurückkommen sah ich Mr. Booker an der Tür stehen und mir entgegenschauen. Er trug nichts als eine Unterhose, und mir fiel plötzlich auf, wie alt er im Vergleich zu mir war. So, wie er da im Türrahmen lehnte und seine Zigarette rauchte und das Gewicht von einem Bein aufs andere verlagerte, hätte man denken können, er wäre schon ein alter Mann. Und dadurch wurde mir klar, wie andere Menschen ihn sehen mussten, Mrs. Booker, Lorraine, Geoff, all die Leute, die ihm vom Alter her näherstanden als ich – wie sie höchstwahrscheinlich auf ihn und auf mich schauten und sich nach den Gründen für das fragten, was da zwischen uns passiert war, wo es doch lediglich zeigte, dass man Liebe eben nicht kommen sieht. Ganz plötzlich ist sie da, wie eine Tür, die sich mit einem Mal in einer eben noch nackten Wand öffnet.

»Ich will nicht nach Hause«, sagte ich zu Mr. Booker, als er aufbrechen musste, um Mrs. Booker vom Flughafen abzuholen.

»Du musst leider trotzdem«, sagte er.

»Ich hab die Nase voll«, sagte ich. »Ich mag mich nicht mehr nach jedem Mal heim zu meiner Mutter schleichen müssen. Das ist so würdelos.«

Das brachte Mr. Booker zum Lächeln.

Ich wollte ihm sagen, dass ich es satthatte, darauf zu warten, dass er seine Frau verließ, aber so, wie er schaute, war klar, dass er das längst wusste und ich ihm auch sonst nichts sagen konnte, worauf er nicht selbst schon gekommen war, außer vielleicht, dass ich immer mehr das Gefühl hatte, dass jetzt der Anfang vom Ende begann.

Ich hatte Mr. Booker einmal gefragt, ob er irgendetwas in seinem Leben bereue, und er hatte gesagt, er hätte England verlassen sollen, solange er noch jung war, und ich solle zuschauen, dass ich so bald wie nur möglich von meinen Eltern und ihren Problemen wegkam. »Es macht dich krank, dein Elternhaus«, sagte er.

»Ich setz dich daheim ab«, sagte er, als wir ins Auto stiegen.

»Nicht nötig«, sagte ich. »Lass mich einfach irgendwo in der Stadt raus, dann nehm ich von da den Bus. Ich will nicht, dass meine Mutter uns sieht.«

Aber noch mehr sorgte ich mich wegen Eddie. Er fuhr jeden Tag zehn bis zwölf Stunden mit seinem Taxi durch die Gegend. Bei ihm stand viel eher zu befürchten, dass er mich sah, und dann erfuhr es auch mein Vater.

»Wie immer dir am besten gedient ist«, sagte Mr. Booker.

»Sehe ich dich am Mittwoch?«, fragte ich.

»In aller Pracht und Herrlichkeit«, sagte er.

Aber dann sah ich ihn doch nicht. Am Mittwochmorgen sagte er ab, weil er wegen eines entzündeten Zahns zum Zahnarzt musste. Und die Woche darauf sah ich ihn auch nicht, denn da hatte er eine Mediationssitzung.

»Was ist eine Mediationssitzung?«, fragte ich.

»Eine gottverfluchte Zeitverschwendung«, sagte er. »Lieber würde ich Rasierklingen schlucken.«

»Dann geh nicht hin«, sagte ich.

Er sagte, dass ihm leider keine Wahl bleibe, und fragte, ob ich den Freitagabend im Kino freibekommen könne;

jetzt, wo ich keine Schule mehr hatte, arbeitete ich Vollzeit dort. Mrs. Booker habe am Freitag ihre erste Tangostunde, sagte er, und er habe keine Lust, in der Stadt rumzuhängen wie ein überzähliger Schwanz bei einer Hochzeit, nur um sie hinterher heimfahren zu können.

Er holte mich am Kino ab, und sowie ich zu ihm ins Auto stieg, spürte ich, dass etwas sich verändert hatte. Nicht, dass Mr. Booker etwas gesagt hätte, er war nur fahrig und nervös. Er bat mich gleich als Erstes, ihm an der Zigarette, die er schon rauchte, eine neue anzuzünden, und als ich sie ihm gab, sah ich, dass seine Hände zitterten.

»Fehlt dir irgendwas?«, fragte ich.

»Alles paletti«, sagte er, aber ich merkte ihm an, dass er log.

Er fuhr mit mir zu einem Lokal, das er erst kürzlich in einem neuen Einkaufszentrum am Stadtrand entdeckt hatte, und parkte direkt davor.

»Was ist das?«

»Ein kleines Fleckchen Irland«, sagte er.

Von außen sah der Laden wie eine Arztpraxis aus, aber drinnen spielte eine irische Band, die Tische waren durch Trennwände voneinander abgeschirmt, damit sie gemütlicher wirkten, und das Licht war so schummrig, dass man kaum seinen Weg fand.

»Was willst du trinken?« Mr. Booker steuerte schnurstracks auf den Tresen zu. Ich bat um ein Glas Rotwein und drückte mich rasch in eine freie Sitznische, damit die Barfrau nicht am Ende noch sah, wie jung ich war, und sich weigerte, Alkohol an mich auszuschenken.

Mr. Booker kam mit einem großen Bier und einer Flasche Wein mit zwei Gläsern zurück.

»Da wären wir, mein Herzblatt«, sagte er. »Die Würstchen mit Kartoffelpüree kann ich wärmstens empfehlen.«

Ich sagte, dass ich keinen Hunger hätte, weil ich schon daheim mit meiner Mutter zu Abend gegessen hatte.

»Du brauchst was auf die Rippen«, sagte er. Er goss mein Glas voll und sah mir beim Trinken zu.

»Was schaust du so?«, fragte ich.

»Ich schau dich einfach an«, sagte er.

»Das macht mich nervös«, sagte ich.

Darauf saßen wir eine Zeit lang stumm da und tranken, und dann ging Mr. Booker an den Tresen und holte sich noch ein Bier und einen Whisky und eine Packung Erdnüsse, und als er sich wieder hinsetzte, sagte er, er müsse mir etwas sagen, das ich nicht falsch auffassen dürfe.

»Nämlich was?«

Er und Mrs. Booker würden über Weihnachten nach England fahren, sagte er, um Mrs. Booker senior zu besuchen, die an einer nebulösen Erkrankung leide.

»Entweder das, oder sie kommt hierher. Was sie ablehnt, weil sie keine Hitze mag.«

»Wann kommt ihr zurück?« Ich versuchte zu klingen, als spielte es keine große Rolle.

»Einen konkreten Termin gibt es noch nicht.«

»Vor der Hochzeit?«

»Möglicherweise nicht.«

»Pech«, sagte ich. »Es wird sicher lustig.«

»Man kann nicht auf zwei Hochzeiten tanzen«, sagte er. »Wie du sehr wohl weißt.«

Ich schenkte mir Wein nach und trank das Glas in einem Zug leer. Dann wartete ich erst einmal, während die Wärme sich durch meinen Körper schlängelte.

»Nimm mich mit«, sagte ich, als der Wein mein Gesicht erreicht hatte. Ich lächelte, aber nicht, weil mir nach Lächeln zumute war.

»Nichts täte ich lieber«, sagte er.

»Aber du machst es nicht.«

»Weil ich's nicht kann«, sagte er.

»Läuft aufs Gleiche hinaus«, sagte ich.

Mr. Booker nippte an seinem Whisky und zündete uns beiden eine Zigarette an. Er gab mir meine, dann sagte er, dass er mir von unterwegs schreiben und mir ein Geschenk mitbringen würde.

»Wir reden hier von ein paar Wochen«, sagte er.

»Vielleicht bin ich gar nicht mehr hier, wenn du zurückkommst«, sagte ich.

»Sondern wo?«

»Kommt drauf an, ob meine Mutter das Haus loswird oder nicht.«

»Halt mich auf dem Laufenden«, sagte er.

»Wie denn?«, sagte ich. »Ich weiß ja nicht, wo du bist.«

»Ich gebe dir die Adresse von meinen Eltern«, sagte er. »Da kannst du mir hinschreiben.«

Erst da ging mir auf, dass Mr. Booker wahrscheinlich schon seit einer Weile wusste, dass er und Mrs. Booker eventuell nicht zurückkommen würden, und nur nicht den Mumm gehabt hatte, es mir zu erzählen, was auch der Grund für seine Fahrigkeit war. Am liebsten hätte ich über den Tisch gelangt und ihm eine gescheuert und ihm gesagt, dass ich nicht vorhatte, hier zu sitzen wie ein treues Hündchen und zu warten, ob er sich irgendwann doch für mich entschied, aber ich wusste, das würde nichts bringen, weil er erstens betrunken war und es zweitens nicht hören wollte. Also stand ich einfach auf und marschierte aus dem Lokal, am Auto vorbei auf die dunkle Straße und dort weiter in Richtung Stadt. Nach ungefähr zehn Minuten hielt Mr. Booker neben mir und sammelte mich ein, und wir fuhren auf den Hügel hinter der Uni, wo wir parkten und über die Lehne nach hinten auf die Rückbank kletterten.

»Im Datsun wäre das nicht gegangen«, sagte ich, und er

befahl mir, still zu sein, also hörte ich auf zu reden und ließ ihn mit mir machen, was er wollte. Seine Nervosität war wie weggeblasen. Er hatte es eilig, wie an dem Abend, als wir uns zwischen den Felsen versteckt hatten, und er sagte immer wieder, dass ich ihm gehörte.

»Weißt du das nicht?«, fragte er mich.

»Doch.«

Das Lied der Straße

Meine Mutter verkaufte das Haus Ende November, aber die neuen Besitzer wollten erst zum Jahreswechsel einziehen, sodass uns fast ein Monat zum Packen blieb.

Ich half ihr, so viel ich konnte, obwohl ich mittlerweile zwei Jobs hatte, einen in einem Zeitungsladen, drei Tage die Woche, und den anderen im Kino, vier Abende die Woche. Das Geld sparte ich. Der Plan war, bis zum Ende des Sommers so viel anzuhäufen wie möglich, um einen Flug buchen zu können, wohin immer ich wollte. Ich wusste, dass Alice zum Skilaufen nach Amerika fuhr, weil sie angerufen und gefragt hatte, ob ich eventuell mitkommen würde. Aber das wollte ich nicht. Und Kate Hollis hatte mir vorgeschlagen, mit ihr nach Japan zu gehen, um dort Englisch zu unterrichten, aber Kate Hollis war kein sehr fröhlicher Mensch, wenn man allein mit ihr war, sie war sogar extrem negativ, deshalb hatte ich ihr gesagt, dass ich abwarten müsse, wo meine Mutter letzten Endes hinzog, bevor ich irgendwelche Entscheidungen traf.

Und dann sagte meine Mutter, Rowena hätte begonnen, sich nach einem Haus in Sydney umzusehen, sodass ich vielleicht bei ihr wohnen könnte, wenn sie eins gefunden hatte, und meine Mutter würde dann nachkommen.

»Und wo wohnst du so lange?«, fragte ich.

Sie sagte, sie hätte schon ein Zimmer an der Universität reserviert, die Unterkünfte für Gastdozenten zur Verfügung stellte.

»Aber du bist doch kein Gastdozent«, sagte ich.

»Die sind wohl etwas dünn gesät«, sagte sie.

»Heißt das, du willst allein leben?«, fragte ich.

»Nur bis ich eine Stelle in Sydney gefunden habe«, sagte sie. »Ich freu mich schon richtig. Das wird wieder sein wie als Studentin.«

Die Studienzeit sei die glücklichste Zeit ihres Lebens gewesen, erzählte meine Mutter immer, weil sie endlich nicht mehr unter der Fuchtel meiner Großmutter stand und tun und lassen konnte, was sie wollte. Sie tanzte ein paar Schritte durchs Zimmer und machte sich dann wieder ans Bücherpacken. Dazu hörte sie dröhnend laut Cat Stevens. Es war seltsam, sie so übermütig zu sehen, fast als fiele ihr mit jeder Kiste, die sie vollpackte und fürs Abholen zuklebte, ein Stein mehr vom Herzen.

Beim Essen sagte sie, dies sei ihr zwanzigster Umzug und der einfachste.

»Inwiefern?«, fragte ich.

»Keine Kinder, keine Tiere«, sagte sie. »Und kein Victor im Hintergrund, der Sand ins Getriebe streut.«

»Man soll den Tag nicht vor dem Abend loben«, sagte ich.

Mein Vater war bereits einmal mit Eddie da gewesen, um einen Schwung Sachen aus der Garage mitzunehmen, die meine Mutter wegwerfen wollte.

»In der Not schmeckt jedes Brot«, sagte er.

Er sah so gut aus wie schon lange nicht mehr. Das kam von der vielen Bewegung, die er jetzt hatte, behauptete er, weil er nur noch gelegentlich Auto fuhr und stattdessen das Rad nahm. Anscheinend radelte er jeden Tag zu seiner neuen Arbeit im Postamt, wo sie während der Weihnachtszeit zusätzliche Kräfte zum Briefesortieren brauchten.

»Ich glaube, ich habe meine Nische gefunden«, verkündete er meiner Mutter.

Sie schenkte allen Tee ein und bot meinem Vater und Eddie Kuchen an.

»Für mich nicht«, sagte mein Vater. »Ich muss auf meine Linie achten.« Aber keine fünf Minuten später nahm er doch ein Stück und verschlang es in einem Rutsch.

»Ich sortiere, also bin ich«, sagte er und strich sich die Krümel aus seinem neuen Bärtchen.

»Das ist der einzige echte Vorteil am Umziehen«, sagte meine Mutter. »Man wird gezwungen, die Dinge, die man für sein Leben braucht, von denen zu trennen, die man nicht braucht.«

»Sprich, mich«, vollendete mein Vater.

»Du sagst es«, sagte meine Mutter.

Ein Schweigen trat ein, in dem alle ihren Kuchen aßen, nicht zuletzt mein Vater, der sich noch einmal nachgenommen hatte, dann sagte Eddie, er würde wahrscheinlich auch recht bald von hier weggehen, vielleicht nach Queensland mit seinem Kumpel Mikey Kerrigan, und sich einen Job in den Minen suchen. Er sah vorsichtig erst meinen Vater an, dann meine Mutter.

»Wegen mir muss keiner hierbleiben«, sagte Victor, nachdem er sich geräuspert hatte.

»Nicht gleich natürlich«, sagte Eddie. »Ich kann einen Nachmieter für das Zimmer suchen, wenn du möchtest.«

»Nicht nötig«, sagte mein Vater.

Und dann tranken sie ihren Tee aus und luden die Sachen in den Jaguar, der eine Beule schräg über der Fahrertür hatte, von der der Lack abplatzte, sodass das nackte Metall hervorschaute.

»Ihr hättet den Wagen von dem anderen Typen sehen sollen!«, sagte mein Vater.

Meine Mutter und ich winkten ihnen nach, als sie fuhren, und mein Vater rief aus dem Fenster: »Ihr seht mich wieder!«

»Welch trostreiche Aussicht«, sagte meine Mutter mit gezwungenem Lächeln.

Ich traf Mr. Booker noch zweimal vor seiner Abreise. Das erste Mal war zum Frühstück im Café. Er hatte mich hinbestellt, um mir die Adresse seiner Eltern in England zu geben. Sie wohnten in einer Wohnwagensiedlung an der Küste von Devon, erklärte er mir.

»Da waren wir zwei-, dreimal im Sommerurlaub. Und vor lauter Begeisterung haben sie es gleich zu ihrem Alterssitz erkoren.«

»Danke«, sagte ich und nahm den Zettel, den er mir hinstreckte.

»Heiliger Sankt Patrick«, sagte er mit seiner irischsten Stimme. »Dich nur anzuschauen treibt einem alten Mann schon die Tränen in die Augen.«

Er fragte mich, wie es daheim mit dem Packen voranging, und ich sagte, wir hätten so viel gepackt, wie jetzt schon möglich war, bevor an Heiligabend die Umzugsleute kamen und den Großteil von Mums Sachen einlagerten. Der Rest sollte dann später abtransportiert werden, wenn Rowena ein Haus für uns gefunden hatte.

»Dann bist du also auf dem Sprung nach Sydney«, sagte er.

»Mal wieder«, sagte ich. »Wenn ich mich nicht doch nach Übersee absetze.«

»Wo würdest du hingehen?«, fragte Mr. Booker.

»Paris«, sagte ich. »Da könntest du mich zu einem Rendezvous treffen.«

Mr. Booker zündete sich eine Zigarette an und lächelte durch die Rauchkringel in meine Richtung.

»Auch keine schlechte Idee«, sagte er, aber es war ihm

nicht ernst damit, das sah ich an der Art, wie sein Blick sich von meinem löste und auf den Tisch vor ihm fiel, wo sein halb gegessenes Frühstück wartete.

»Möchtest du das noch?«, fragte ich.

Einen Moment lang dachte er wohl, ich meinte das Rendezvous, denn er blieb stumm. Erst als ich nach seinem Teller griff, schaltete er und lachte.

»Lang zu!«

Beim zweiten Mal hatte er mich gebeten, ein letztes Mal mit ihm ins Motel zu gehen. Ich sagte, ja, aber ich würde nicht lange bleiben können, weil ich arbeiten musste.

»Dann eben ein Quickie«, sagte er. »Zum Abgewöhnen.«

»Zum Abgewöhnen«, sagte ich.

Der Geruch fiel mich an, sowie ich durch die Tür trat, Raumspray vermischt mit nassem Hund. Aber wenigstens war die Bettwäsche sauber und frisch. Mr. Booker schlug vor, dass wir zusammen duschen sollten, weil es so heiß war, also duschten wir, und danach saßen wir im Bett und rauchten, die weißen Laken über uns gezogen, und er erzählte mir seinen Reisetraum.

»Ich stehe auf einem Bahnsteig, und meine Koffer sind schon im Zug, alle bis auf einen, den wichtigsten, weil darin meine gesamten Briefe sind.«

»Briefe an wen?«, fragte ich.

»Das habe ich vergessen«, sagte er. »Ich meine, im Traum habe ich es vergessen. Und dann fährt der Zug an, und ich kann nicht aufspringen, bevor mir nicht einfällt, wo ich diesen einen Koffer stehen gelassen habe.«

Ich erzählte ihm, wie ich im Traum einmal Victors sämtliche Sachen gepackt und raus in den Regen gestellt hatte, einschließlich eines Flugzeugs, an dem er heimlich in seinem Zimmer bastelte.

»Was für ein Flugzeug?«, fragte Mr. Booker.

»So eins mit Propellern.«

»Ein Modellflugzeug.«

»Kein Modell«, sagte ich. »Ein echtes Flugzeug. Ich hatte es ihm in die Einfahrt gestellt, und dann kam er heim und beschwerte sich, weil die Einfahrt für eine Startbahn nicht lang genug war.«

»Es wird Zeit für dich«, sagte er.

»Das sage ich ihm auch jedes Mal«, sagte ich.

»Nein, für dich wird es Zeit«, sagte Mr. Booker und tippte auf seine Uhr. Ich hätte bereits in der Arbeit sein müssen.

Ich würde gern sagen können, dass ich beim Abschied an der Tür des Motelzimmers sanft wie ein Lamm war, in mein Schicksal ergeben und in gar keiner Weise hysterisch, aber das Gegenteil war der Fall. Ich hatte mich schon einige Male von Mr. Booker verabschiedet, aber diesmal wusste ich, dass es vielleicht für sehr lange Zeit war, und ich verging fast vor Selbstmitleid. Es war das gleiche Gefühl wie damals, als die Bookers zum ersten Mal zu uns gekommen waren und das Haus meiner Mutter mit Licht erfüllt hatten, nur umgekehrt, denn indem er zurück nach England ging, nahm Mr. Booker alles Licht mit sich und ließ die Welt im Dunkeln zurück. Ich sagte Mr. Booker, dass er nicht weggehen durfte. Ich sagte ihm, wenn er mich verließ, würde ich sterben vor Einsamkeit.

»An Einsamkeit stirbt man nicht«, sagte er. »Glaub mir, ich weiß, wovon ich rede.«

»Du redest nichts als Scheiße«, sagte ich. Ich heulte und versuchte mein Gesicht in seinem Hemd zu vergraben, und er versuchte mich von sich wegzuhalten, damit meine Tränen und mein Rotz ihm nicht die seidene Krawatte ruinierten.

»Ich wünschte, ich könnte es ändern«, sagte er mit so schwacher Stimme, dass ich ihn kaum verstand.

»Fick dich«, sagte ich.

Und dann machte er sich von mir los und ging hinaus. Ich rannte ihm nach und schrie die Treppe hinunter, dass er von mir aus abkratzen konnte und dass er ein Perverser war, genau wie mein Vater gesagt hatte, und dass ich ihn, gleich als er mich das erste Mal angegrapscht hatte, wegen Kinderschänderei hätte anzeigen sollen. Aber das alles hörte Mr. Booker wahrscheinlich gar nicht mehr, weil er schon draußen ins Auto stieg, um dort zu warten, bis ich mich wieder eingekriegt hatte, was ich ziemlich schnell tun musste, da ich bereits jetzt massiv zu spät zu meiner Schicht kam und Donna, meine Chefin, bestimmt längst die Minuten zählte, die ich überfällig war, um sie mir vom Lohn abzuziehen.

Am Abreisetag der Bookers fuhr ich mit unserem Auto durch die Gegend und parkte dann nicht weit von ihrem Haus, um sie aufbrechen zu sehen. Was ich mir davon versprach, weiß ich nicht, aber wahrscheinlich musste ich mich einfach vergewissern, dass Mr. Booker tatsächlich abfuhr, denn etwas in mir weigerte sich zu glauben, dass er sich allen Ernstes so mir nichts, dir nichts davonmachen konnte. Er hatte mir erzählt, dass ihr Flug um ein Uhr mittags ging, also wartete ich von zehn Uhr an, um sie nicht zu verpassen. Um elf fuhr ein Taxi vor, und die Bookers kamen mit ihrem Gepäck aus dem Haus. Ich schaute zu, wie sie ihre Taschen in den Kofferraum luden und hinten einstiegen. Und dann rollte das Taxi davon, und ich sah ihm nach, mit einem Gefühl im Kopf, als würde er mit Wasser volllaufen, und ich dachte, so muss Ertrinken sein.

Hochzeitsglocken

Mein Vater erschien zu Geoffs und Lorraines Hochzeit, obwohl er nicht eingeladen war. Es habe ihm einfach leid um Eddies Einladung getan, sagte er und wedelte mit dem Umschlag vor dem Gesicht meiner Mutter herum, die mit Hilary im Garten stand, als er ankam. Eddie war mittlerweile in Queensland, und mein Vater hatte seine Wohnung für sich. Er sah sehr fesch aus mit seiner dunkelblauen Hose und dem Sportsakko, und gewaschene Haare hatte er auch, aber es war etwas so Starres an der Art, wie er die anderen Gäste musterte, dass mir und meiner Mutter ganz anders zumute wurde.

»Es tut mir so leid«, sagte sie zu Lorraine. »Möchtest du, dass ich ihn wegschicke?«

»Alles gut«, sagte Lorraine. »Lass ihn ruhig.« Sie hatte sich ihr Hochzeitskleid aus einem alten Kimono geschneidert, es war lang und tiefrot und hatte einen Stehkragen. Ihre schwarzen Haare trug sie auf dem Kopf aufgetürmt, sodass sie größer und glamouröser aussah denn je.

»Du kannst ja richtig schick sein, wenn du willst«, sagte mein Vater zu ihr, während er sich am Getränketisch ein Glas Punsch eingoss.

»Richtiger Anlass, richtiger Look«, sagte Lorraine.

»Sag bloß«, sagte mein Vater. Ich sah den Blick, mit dem er ihr nachschaute, als sie davonging, mit einer Art

Sehnsucht darin, als hätte er plötzlich beschlossen, Lorraine doch zu mögen.

»Ich denke, du hasst Partys«, sagte ich.

»Vielleicht weißt du nicht alles, was es über mich zu wissen gibt«, sagte er.

»Ich weiß genug«, sagte ich.

Es war keine große Hochzeit, an die fünfzig Gäste und ein Priester, der die beiden unter einem Bogen aus weißen Rosen im Vorgarten meiner Mutter traute. Der nachfolgende Empfang fand auf der Farm eines Freundes etwa zwanzig Fahrminuten entfernt statt.

Meine Mutter und ich nahmen meinen Vater im Auto mit. Er saß auf dem Rücksitz und redete in einer Tour von einer Frau, die er in der Arbeit kennengelernt hatte, einer Brasilianerin, die Nachhilfe in Englisch brauchte.

»Also habe ich sie unter meine Fittiche genommen«, sagte mein Vater, um dann zu versichern, dass es nicht *diese* Art von Beziehung sei. »Falls das deine Sorge ist.«

»Warum sollte es?«, fragte meine Mutter. »Du bist ein freier Mann.«

»Das gedenke ich zu sein«, sagte mein Vater. »Und zwar in Bälde.«

Er wolle am Weihnachtstag nach Yamba hochfahren, sagte er, um ein Boot zu besichtigen, das dort zum Verkauf stand.

»Wo ist denn Yamba?«, fragte meine Mutter.

»Oben an der Zentralküste«, sagte er. »Wenn alles nach Plan läuft, kaufe ich es und mache mich gleich ein bisschen vertraut damit. Ein paar kleine Probetörns die Küste auf und ab. Was hältst du davon?«

»Klingt gut«, sagte meine Mutter.

»Ich dachte, vielleicht hättest du ja Lust mitzukommen«, sagte mein Vater.

Meine Mutter warf einen Blick in den Rückspiegel und

erwiderte nichts. Wir hatten die Abzweigung zur Farm erreicht und holperten nun im Konvoi den Schotterweg zum Haus entlang.

»Du musst mir deine Antwort nicht gleich geben«, sagte mein Vater.

»Danke«, sagte meine Mutter, »aber danke, nein.«

»Ich dachte, du könntest vielleicht eine kleine Pause von alledem hier brauchen«, sagte Victor.

»Na ja«, sagte meine Mutter, »eher einen Schlussstrich. Deshalb habe ich ja auch das Haus verkauft.«

Darauf verfiel mein Vater in Schweigen, bis meine Mutter zwischen all den anderen Autos auf der Weide neben dem Farmhaus geparkt hatte.

»Das Angebot steht«, sagte er dann.

Meine Mutter und ich blieben sitzen, bis mein Vater ausgestiegen war. Wir sahen ihm nach, wie er mit forschen Schritten auf das Partyzelt zuhielt.

»Was sollte *das* denn?«, fragte ich.

»Wenn ich das wüsste«, sagte meine Mutter.

Die Party dauerte die ganze Nacht, aber so lange blieben meine Mutter und ich nicht. Wir fuhren gegen elf, gleich nachdem mein Vater von dem Chemielehrer aus Lorraines Schule und seiner Frau im Auto mitgenommen worden war. Wir bedankten uns bei Geoff und Lorraine für die schöne Feier und das wunderbare Büfett, und Lorraine stellte uns noch schnell alle in einer Reihe auf, damit wir mit ihnen fotografiert werden konnten, meine Mutter und ich innen und sie und Geoff außen.

»Lächeln!«, befahl Geoff, der neben mir stand und den Arm um meine Taille gelegt hatte. Plötzlich spürte ich seine Hand unter meinen Rockbund und den Gummizug meines Höschens schlüpfen, und ich war zu betrunken, um es zu verhindern. Richtig überraschend kam es nicht, aber es machte mir nur umso klarer, warum ich so schnell wie möglich aus dieser Stadt wegmusste und warum ich nie wieder hierher zurückkommen wollte, für nichts und niemanden.

Auf der Heimfahrt fing ich zu weinen an.

»Was hast du?«, fragte meine Mutter. »Ist irgendwas passiert?«

Ich sagte, ich sei einfach müde.

»Hast du zu viel getrunken?«, fragte sie.

»Wahrscheinlich«, sagte ich. »Ich kann mich nicht erinnern.«

Sie streckte den Arm aus und strich mir übers Haar und sagte, wie erwachsen der Rock und das Oberteil mich machten. Ich trug den Rock, den die Bookers mir gekauft hatten, weil ich bis dahin nicht oft Gelegenheit gehabt hatte, ihn anzuziehen, und dazu eine ärmellose rote Bluse und einen schwarzen Seidenschal, den Rowena mir zum Geburtstag geschenkt hatte.

»Danke«, sagte ich.

Und dann sagte ich meiner Mutter, dass ich nun doch ihrem Rat folgen und in Sydney studieren wollte. Ich würde mich für Französisch einschreiben, sagte ich, damit ich für mein Austauschjahr nach Frankreich gehen und dort lernen konnte, fließend zu sprechen, und außerdem für Japanisch, weil die japanischen Schriftzeichen so hübsch aussahen und weil alle sagten, dass die Zukunft in Asien lag.

»Wie schön«, sagte meine Mutter. »Ich bin so froh. Dieses Planlose, dabei war mir gar nicht wohl.«

»Mir auch nicht«, sagte ich wahrheitsgemäß. Ich hatte Angst, wenn ich den ganzen Tag nichts zu tun hätte, würde es mir am Ende gehen wie Victor, dessen Leben eine einzige Kette von Enttäuschungen war, und das wollte ich um gar keinen Preis. Außerdem sollte Mr. Booker sehen können, dass ich selbst etwas auf die Beine stellte, statt nur dazusitzen und darauf zu warten, dass er sich etwas überlegte, so als wäre ich nicht seine Geliebte, sondern ein Problem, das er lösen musste.

Letztlich sagte ich meiner Mutter damit natürlich nur, was sie gern hören wollte. Das war das Mindeste, was ich tun konnte: ihr das Gefühl geben, dass ich ein festes Ziel vor Augen hatte. Denn das war es, was sie selbst so dringend gebraucht hätte und nie gehabt hatte. Warum predigte sie mir denn sonst ständig, dass ich keinen Augenblick meines Lebens vergeuden durfte, weil jeder vergeudete Moment unwiederbringlich weg war?

»Das Leben ist zu kurz«, sagte sie.

»Ich weiß«, sagte ich. »Kann es sein, dass du das schon mal gesagt hast?«

Eine Weile fuhren wir schweigend, und dann fragte sie mich, ob ich Mr. Booker denn sehr vermisste.

»Unentwegt«, sagte ich.

»Möchtest du darüber sprechen?«, fragte sie.

»Nein«, sagte ich.

Das nicht zu kommentieren muss meiner Mutter extrem schwergefallen sein. Sie konzentrierte sich angelegentlich auf die Straße, die dunkel und kurvenreich und einsam war, und ich meinte ihre unausgesprochenen Gedanken förmlich in der samtigen Nacht versinken zu hören wie Steine, die in einen Teich fallen.

Daheim ging ich noch einmal zu ihr hinein, um ihr Gute Nacht zu sagen. Sie saß vor ihrem Spiegel und rieb sich mit Kleenex die Abschminkcreme aus dem Gesicht wie eine Schauspielerin nach der Vorstellung. Ich legte die Arme um sie und atmete den Geruch der Creme und der Seife ein, die sie immer benutzte.

»Und du kommst auch ganz bestimmt klar?«, sagte ich.

»Wie meinst du das?«

»Wenn ich weggehe.«

»Natürlich«, sagte sie.

Dann fragte ich sie, ob sie sich manchmal wünschte, doch noch einmal jemanden zu finden, einen anderen Mann, mit dem sie zusammen sein konnte, aber sie lachte nur.

»Mit dem Kapitel habe ich abgeschlossen«, sagte sie. Doch so ganz nahm ich ihr das nicht ab, denn etwas an dem Blick, mit dem sie uns beide im Spiegel ansah und dann hinunter auf die Papiertücher in ihrer Hand, verriet fast eine Art Scham über ihre Antwort, als gestände sie damit einen Verlust oder eine schmerzliche Niederlage ein. Und ich musste an etwas denken, das Mr. Booker einmal zu mir gesagt hatte, darüber, dass Sex das A und O ist, denn um nichts sonst kreisen die Träume und Sehnsüchte und Erinnerungen der Menschen mit so viel Hoffnung und so viel Reue. Du wirst niemanden finden, sagte er mir, der sich auf dem Sterbebett darüber grämt, zu wenig Bücher über Filmgeschichte gelesen zu haben – wenn, dann grämt er sich über zu wenig Sex.

Meine Mutter sagte, es sei sehr lieb von mir, mir ihretwegen Gedanken zu machen, aber sie sei nicht einsam, wenn es das sei, worum ich mich sorgte.

»Ich bin allein«, sagte sie, »aber das ist nicht dasselbe.«

»Wenn du's sagst.« Ich gab ihr einen Kuss auf die Wange. Darauf drehte sie sich zu mir um, schlang die Arme um mich und trug mir auf, auch ja glücklich zu sein.

»Ich geb mir alle Mühe«, sagte ich.

Briefe, die von Herzen kommen

Ich schrieb einen Brief an Mr. Booker, um ihm meine Adresse in Sydney mitzuteilen, genauer gesagt, in Newtown. Ich würde Anfang Januar umziehen, schrieb ich, und ich würde ihm auch die Telefonnummer sagen, sobald ich sie wüsste. *Ich hoffe, Du amüsierst Dich gut,* schrieb ich. *Ich mich nicht. Seit Du weg bist, gibt es niemanden mehr, mit dem ich reden kann. Du bist mein einziger Freund. Ich bilde mir ständig ein, Dich zu sehen, an jeder Straßenecke, und dann fällt mir wieder ein, dass Du nicht da bist, und ich möchte nur noch sterben. Ich liebe Dich. Bambi* X. Und dann beschloss ich, den Brief doch nicht abzuschicken, denn falls Mr. Booker wissen wollte, wo er mich suchen musste, dann konnte er das selbst herausfinden, wenn er so weit war, er brauchte ja bloß jemanden zu fragen, den wir beide kannten, und wenn alle Stricke rissen, konnte er immer noch meine Mutter anrufen. Daran würde sich zeigen, wie sehr er mich liebte oder ob er mich überhaupt liebte.

Also warf ich den Brief in das große Feuer im Garten, in dem ich meine sämtlichen Schulsachen mit Ausnahme der Französischbücher verbrannte. Meine Mutter kam zu mir heraus, und zusammen schauten wir zu, wie jeder neue Papierstoß, mit dem ich die Flammen fütterte, sie heller und heller lodern ließ: die Mathearbeiten, die

Referate, die Geschichtsaufsätze über die Ursachen des Zweiten Weltkriegs.

»Bist du gar nicht traurig, dass diese Zeit jetzt vorbei ist?«, fragte meine Mutter.

»Todtraurig«, sagte ich und tat so, als müsste ich dicke Tränen von meinen Wangen abwischen.

Ein paar Tage später bekam meine Mutter einen Brief von meinem Vater, der in Port Macquarie abgestempelt war. Sie ließ ihn sich von mir vorlesen, während sie vor ihrem Schrank stand und Kleider für die Heilsarmee aussortierte.

> Liebe J., anbei findest Du ein Foto des Bootes, von dem ich Dir bei unserem letzten Treffen erzählt habe. Ich bin stark versucht, es zu kaufen, und wollte Dich fragen, ob Du nicht eventuell meine gleichberechtigte Teilhaberin werden möchtest. Die Idee wäre, mit zahlenden Passagieren an Bord die Küste auf und ab zu segeln. Ich dachte sogar, vielleicht könnte es Dich reizen, Dich unserer Crew als Küchenchefin und Flaschenwäscherin anzuschließen. Gib mir doch bitte baldmöglichst Bescheid; ich habe dem Verkäufer eine kleine Anzahlung gemacht, damit er mich vormerkt, aber er kann maximal zwei Wochen warten. Stets der Deine, Victor.
> PS: Die Dame auf dem Deck ist in der Preisforderung von $ 59 950 (ursprünglich $ 65 000) leider nicht inbegriffen.

Ich zeigte meiner Mutter das Zeitungsbild, das an den Brief getackert war. Darauf stand eine lächelnde Frau im Bikini am Bug einer kleinen Jacht unter vollen Segeln. Sie winkte mit einer Hand und hielt sich mit der anderen an der Takelage fest. Mein Vater hatte an den Rand neben ihrem Kopf eine Sprechblase mit den Worten gemalt: *Ich bin ein Mädchen, das einfach nicht Nein sagen kann!* Meine Mutter las den Brief schweigend ein zweites Mal und starrte lange auf das Foto, bevor sie beide Blätter säuberlich faltete und zurück in das Kuvert schob. Dann stopfte sie es in den Schuhkarton in ihrer obersten Kommodenschublade, wo sie Victors gesamte Korrespondenz aufbewahrte.

»Eines Tages«, sagte sie, »wird das eine interessante Lektüre abgeben.«

»Wenn er wenigstens schwimmen könnte«, sagte ich.

Rowena kam über Weihnachten und blieb bis nach Neujahr, weil die Pudelbesitzer aus Europa zurück waren und sie in das Haus in Newtown nicht einziehen konnte, ehe sie nicht im Grundbuch eingetragen waren. Sie zeigte mir Fotos von dem Haus, das ich ja noch nicht kannte; ich war daheimgeblieben, als meine Mutter nach Sydney geflogen war, um es zu besichtigen und den Vertrag zu unterzeichnen. Es war ziemlich alt, aber ruhig gelegen, und viele der anderen Häuser in der Straße seien renoviert, sagte Rowena, weshalb dieser Teil des Viertels sehr angesagt sei. Sie zeigte mir auf dem Stadtplan, wie nah ich es zur Uni haben würde, falls ich in Sydney studieren wollte.

»Die Bushaltestelle ist gleich an der Ecke!«

»Super.« Ich versuchte, ähnlich begeistert zu klingen wie sie. Ich begriff jetzt, welchen Plan meine Mutter verfolgte. Sie hatte alles so gedeichselt, dass ich nicht bei ihr wohnen bleiben konnte, selbst wenn ich das gewollt hätte. Ich musste ein neues Leben anfangen, ob ich dafür bereit war oder nicht. Dadurch wollte sie unter anderem möglichst viel Abstand zwischen Mr. Booker und mich bringen. Meine Mutter war nicht dumm. Sie wusste, was gut für mich war, auch dann, wenn ich es selbst nicht wusste.

Sie lächelte mir zu, und ich lächelte zurück, und sie überreichte mir mein in Zeitungspapier eingewickeltes Weihnachtsgeschenk. Ich wusste schon, was es war, ein Bettüberwurf aus bunten Wollquadraten, den sie und Lorraine in ihrem Strickclub für mich gestrickt hatten.

»So viel Arbeit«, sagte ich und beugte mich vor, um ihr einen Kuss zu geben.

Rowena und der Kleinen hatte sie Pullover im Partnerlook gestrickt, so rot wie Feuerwehrautos.

Wir fuhren alle zusammen nach Sydney, unsere sämtlichen Siebensachen in den Kofferraum von Rowenas Mietwagen geschachtelt. Meine Mutter kam auf ein paar Urlaubstage mit, damit sie am Strand liegen und das Packen und die Arbeit vergessen konnte, bevor die Schule wieder losging. Sie saß mit Amy auf der Rückbank, und ich saß vorne bei Rowena, einen Sack voll Kleider an meinen Füßen, und während wir aus der Stadt herausfuhren, drehten wir »Ruby Tuesday« voll auf und sangen alle mit. Sogar Amy quietschte, ruderte mit den Armen und warf sich im Takt vor und zurück.

»Sie ist ein Stones-Fan der ersten Stunde«, sagte Rowena.

Mir blieb keine Zeit, mich umzudrehen und zurückzuschauen. Ich hätte es auch nicht gewollt, denn wir näherten uns schon meiner Lieblingskurve, an der erst die Tankstelle kam und dann die Fernfahrerkneipe, und ab da gab es nur noch die freie Natur, und von den Vororten sah man nichts mehr. Ich fühlte mich jedes Mal schlagartig besser beim Anblick der Felder und Bäume und Farmhäuser, als wären sie die Wirklichkeit, und die Stadt wäre nichts als ein böser Traum, aus dem ich endlich aufgewacht war.

Abgedreht

Es dauerte lange, bis ich Mr. Booker wiedersah. Meine Mutter erwähnte, dass er aus England zurück war, aber ich rief ihn nicht an und schrieb ihm auch nicht, weil ich ihn ja zu vergessen versuchte, was nicht leicht war. Es war schwer, so schwer, dass ich manchmal dachte, es würde mir nie gelingen und er würde immer Teil von mir sein, so wie Victor Teil meiner Mutter blieb, auch wenn sie ihn hasste. Und dann begann ich mich zu fragen, ob das, was ich den Bookers damals erzählt hatte, nicht sogar stimmte und ich durch die Trennung meiner Eltern tatsächlich einen Knacks hatte – irgendeinen Grund musste es schließlich geben, dass ich mich von Mr. Booker dieses erste Mal hatte küssen lassen. Ich hätte auch Nein sagen können. Rückblickend wäre es das einzig Vernünftige gewesen.

Ich fing mein Studium an, wie ich es meiner Mutter versprochen hatte, aber nach einem Semester beschloss ich, erst einmal auszusetzen. Ich hatte noch das ganze Geld von meinen Ferienjobs, und neben der Uni hatte ich Teilzeit in einer Videothek gearbeitet und mir so etwas dazuverdient. Ein kurzer Intensivkurs in Paris sollte mein Französisch aufmöbeln, und danach wollte ich in Frankreich herumreisen und mich mit Gelegenheitsjobs durchbringen. Kein sehr fundierter Plan, aber ausreichend, um meiner Mutter plausibel zu machen, dass ich meine Zeit nicht vertat. Ich sagte ihr, allermindestens würde ich die Sprache lernen.

»Such dir einen französischen Liebhaber«, sagte Rowena. »Von denen muss es in Frankreich doch nur so wimmeln.«

»Mit den Männern bin ich durch«, sagte ich.

»Wer's glaubt, wird selig«, meinte Rowena.

Ich bin mir nicht mehr sicher, wie Mr. Booker herausfand, wann ich abreiste, aber ich glaube, er wusste es von Lorraine, jedenfalls rief er mich in Sydney an und sagte, er würde zu einer Konferenz in die Stadt kommen, ob er mich vielleicht zum Flughafen bringen dürfe. Ich war so überrascht und so froh, von ihm zu hören, dass ich, ohne nachzudenken, Ja sagte und es hinterher sofort bereute.

»Warum?«, fragte ich am Telefon.

»Warum nicht?«, sagte er.

»Weißt du denn, wo ich wohne?«

»Nein«, sagte er. »Verrätst du es mir?«

Also sagte ich es ihm.

»Wie geht es dir so?«, fragte ich.

»Pas mal«, sagte er. *»Et toi?«*

»Ça va«, sagte ich und dann, dass ich jetzt auflegen müsse, weil die Kleine aufgewacht sei und Rowena nicht da sei.

»Dann bis Dienstag«, sagte er.

»Bis Dienstag«, sagte ich.

Am Dienstag fuhr er vor Rowenas Haus vor, wo wir schon mit meinem Gepäck standen, und als er aus dem Auto sprang, konnte ich sehen, dass er noch ganz der Alte war: elegant gekleidet, seine Bewegungen elastisch, die Haare glänzend, die Haut sauber geschrubbt und duftend. Er wirkte völlig unverändert. Er begrüßte erst Rowena mit Diener und Handkuss, dann mich. Dann hob er meine Taschen in den Kofferraum und wartete mit offener Beifahrertür, während ich mich von Rowena und Amy verabschiedete.

Sie winkten mir nach, solange ich sie sehen konnte, und ich winkte zurück, bis Mr. Booker um die Ecke bog und sie außer Sicht waren.

»Und, aufgeregt?«, fragte Mr. Booker.

»Und wie«, sagte ich.

»Kennst du denn jemanden in Paris?«

»Nur eine Person.« Und ich erzählte ihm, dass ich die Nummer einer Austauschstudentin hatte, die ich an der Uni kennengelernt hatte. »Sie ist jetzt wieder dort und studiert Betriebswirtschaft.«

»Gut«, sagte er. »Paris ist groß. Da braucht man jemanden, der sich auskennt.«

»Hm«, sagte ich.

Mr. Booker schwieg eine Zeit lang und bat mich dann, ihm eine Zigarette anzuzünden und mir auch eine zu nehmen.

»Ich hab aufgehört«, sagte ich.

»Ich auch«, sagte er.

Ich zündete zwei Zigaretten an und gab ihm eine, und wir rauchten stumm, bis Mr. Booker mich fragte, wie es mir in Sydney gefiel, und ich antwortete, auf jeden Fall besser als da, wo ich vorher gewohnt hatte.

»Wie du dir ja denken kannst«, sagte ich.

»Allerdings«, sagte er.

»Ich dachte, du wärst vielleicht in England geblieben«, sagte ich. »Nachdem ich nichts mehr von dir gehört habe.«

»Meine teure Gattin wäre nicht ungern geblieben«, sagte er. »Ihr entspricht es dort mehr.«

»Und dir?«

»Mir nimmt es die Luft zum Atmen«, sagte er. »Zu viele Geister von früher.«

»Das heißt, du bist nach wie vor verheiratet?«

»Wunder gibt es immer wieder«, sagte er.

Ich sah ihn starr an, und er sah starr zurück, und beide warteten wir, bis die Autos vor uns sich wieder in Bewegung setzten, ehe einer von uns sprach.

»Wie geht es deiner Mutter?«, fragte Mr. Booker dann. »Wir sehen uns gar nicht mehr. Ich komme derzeit nicht viel unter Menschen. Ich bin fest an die Leine gelegt.« Mit der freien Hand machte er eine Geste, als steckte sein Kopf in einer Schlinge.

»Ihr geht's gut«, sagte ich. »Jetzt, wo ihr Victor nicht mehr auf der Pelle sitzt.«

Wo mein Vater denn sei, erkundigte er sich, und ich sagte ihm, dass Victor auf Tour gegangen war. Das letzte Mal, sagte ich, hatte er sich aus Westaustralien gemeldet, auf dem Weg nach Broome.

»Und was will er da?«, fragte Mr. Booker.

»Wen interessiert's«, sagte ich. »Solange er nicht wieder hier aufkreuzt.«

Zum letzten Mal gesehen hatte ich meinen Vater, als er am Geburtstag meiner Mutter bei uns in Newtown hereingeschneit war.

»Er wusste von mir, dass wir eine Party feiern, also rückte er mit einer halb vollen Flasche Wein an, die er seit zwei Monaten im Auto herumkutschierte, und einer Riesenladung Wäsche.«

Wie ungut der Besuch ausgegangen war, erzählte ich Mr. Booker lieber nicht.

»Von mir aus kann er auch ganz wegbleiben«, sagte ich.

»Das meinst du nicht im Ernst«, sagte Mr. Booker.

»Oh doch«, sagte ich.

Zum Einchecken war es noch zu früh, also schlug Mr. Booker vor, wir sollten uns auf einen Drink in die Bar setzen. Ich kann mich an nicht viel von dem erinnern, was er redete, während wir tranken. Es ging um seine Probleme in der Arbeit, darum, wie freudig alle an der Universität ihrer Kultur des Mittelmaßes huldigten, weshalb er dort auch genau am richtigen Platz sei.

»Hast du dir je überlegt, was anderes zu machen?«, fragte ich ihn.

»Wie zum Beispiel?«

»Gebrauchtwagenhändler.«

»Viel zu anstrengend«, sagte er.

Von der Bar aus konnte man die Flugzeuge starten und landen sehen, und wir saßen am Fenster und schauten ihnen zu.

»Du musst nicht bleiben«, sagte ich.

»Zeit hab ich wie Heu.« Er trank einen langen Zug von seinem Whisky und schwappte ihn im Mund herum, ehe er ihn hinunterschluckte. »Die Konferenz beginnt erst heute Abend. Da tobt dann der Bär.«

Flughäfen hätten es ihm angetan, sagte er. Sein Lieblingsgeruch sei der frisch polierter Flughafenböden vermischt mit dem Gestank von verbranntem Gummi und Kerosin, der von draußen hereindrang, sooft irgendwo eine Tür geöffnet wurde. Und sein liebster Moment sei der unmittelbar nach dem Abheben, wenn es absolut kein Zurück mehr gab.

»Warum kommst du nicht einfach mit?«, fragte ich.

»Weil du mich eines Tages mit exakt demselben Blick anschauen würdest wie Mrs. Booker«, sagte er.

»Mit was für einem Blick schaut sie dich an?«

Er starrte aus dem Fenster und trank sein Glas leer.

»Als ob es auf der Welt keinen Menschen gäbe, den sie auch nur annähernd so dick hat wie mich.«

Mr. Booker beugte sich vor und küsste mich auf den Mund, dann verließ er die Bar, schob sich tänzerisch zwischen den Tischen hindurch, ohne sich noch einmal umzudrehen oder zu winken. Das Letzte, was ich von ihm sah, war sein Jackett, das hinter einer Schlange chinesischer Reisender verschwand. Er hielt den Kopf hoch erhoben, seine Hand strich das Haar im Nacken glatt, und ich hatte das Gefühl – auch wenn es sich an nichts Konkretem festmachen ließ –, dass er weinte.

Danksagung

Dank an meine Lektorin Caro Cooper, die in dem unausgegorenen Entwurf, den ich ihr ursprünglich abgeliefert hatte, Potenzial gesehen und den Glauben daran bis zuletzt bewahrt hat. Und an alle anderen bei Text Publishing.

Dank auch an meine Mentoren Barbara Masel, Benjamin Law, Janis Balodis und an all meine Kollegen im Queensland Writers Center.

Und Dank vor allem an Shin Koyama, der mir Raum und so vieles mehr gegeben hat, und an Nat und Dan, dass ihr mitgemacht habt.